L'AMOUR
SANS LARMES

DU MÊME AUTEUR

Les Saint-Charles, Jean-Cyrille Godefroy, 1983.
La Revenante, Jean-Cyrille Godefroy, 1984.
Chassés-croisés, Le Promeneur, 1992.
Les Renards de pierre, Le Promeneur, 1993.
Amours sans retour, Quai Voltaire, 1994.
Un beau mariage, La Table Ronde, 1996.
Et la vague les emporta..., La Table Ronde, 1999.

Molly Keane

L'AMOUR SANS LARMES

Roman

Traduit de l'anglais par
Anouk Neuhoff

Quai Voltaire

Titre original :
Loving without Tears.

Première publication : 1951, William Collins.

1

Dans la lumière d'un début d'après-midi de juin, en cette heure vide qui suit le déjeuner, un homme et une femme étaient assis dans une pièce donnant sur la mer.

La femme écrivait avec la plus grande concentration. L'homme jouait du piano. Il tapotait un petit air avec la détermination d'une femme occupée à son tricot. Comme chez les tricoteuses, c'étaient ses mains affairées, plus que son visage, qui accaparaient l'attention. De ses mains et de son jeu se dégageait une impression de délicatesse, d'émotion maîtrisée. Pourtant le pli amer de la bouche venait démentir la délicatesse des mains et de la musique, tout comme les rides qu'une lutte, victorieuse ou perdue, avait creusées dans ce visage allongé ; seules subsistaient les traces du combat. Quelles qu'aient été ses souffrances, ses yeux noisette aux lourdes paupières exprimaient un parfait équilibre mental lorsque l'homme redressa la tête pour prêter une oreille complaisante à son propre jeu. Ses épaules maigres remuaient sous un épais pull-over de couleur rouille ; il se mit à chanter, et ce de manière épouvantable.

Exaspérée, la femme reposa bruyamment son stylo et pivota vers l'homme, le piano et la mer.

« Oliver, vous êtes vraiment obligé de chanter ? Vous savez que ça m'horripile. »

Il se retourna. Ses yeux se moquaient d'elle autant que de lui-même.

« Une voix de salon un peu haut perchée, certes, mais plutôt agréable, je trouve. »

Elle se leva et se dirigea vers lui : elle avait des seins et des fesses aussi ronds que quatre nids de grives de l'année, de longs flancs d'acier et des côtes étagées aussi impeccablement que les barreaux d'une cage à oiseaux. Elle opposait au temps qui passe un menton tellement haut que cela lui donnait parfois une allure stupide, comme si cette pose pleine d'assurance allait la faire basculer en arrière. Ses cheveux étaient blancs depuis ses vingt-neuf ans, décoloration spectaculaire à la mort de son mari. À quarante-sept ans, sa chevelure possédait une vigueur, une souplesse et un éclat véritablement étonnants.

« Pardonnez-moi, mon cher, dit-elle d'une voix moins glaciale, mais j'ai l'impression d'être un de ces horribles pingouins qui battent des ailes sans pouvoir avancer. Quelle heure est-il ? »

Lui ayant lancé un regard à la fois indulgent, réprobateur et désespéré, Oliver baissa les yeux sur sa montre.

« Vous me demandez ça toutes les dix minutes depuis le déjeuner.

– Quelle raseuse je fais. Mais répondez-moi quand même, insista-t-elle, tout en rectifiant énergiquement une pile de magazines.

– Il est trois heures et votre fils sera là dans une heure.

– L'heure la plus longue de ses deux ans d'absence ! Deux ans… Enfin, il n'aura pas changé, j'en suis sûre. » Elle poussa un soupir de contentement, comme pour se persuader de la qualité si précieuse, si inaltérable du passé ; ses yeux se repaissaient de cette pièce qui était à elle autant que les enfants étaient à elle, à elle et rien qu'à elle.

Oliver connaissait cette expression possessive et satisfaite qu'affichait Angel. Un frisson macabre imperceptible lui parcourut les os, le contraire absolu de l'appétit de vie qui résidait en elle. Il aimait cette pièce, lui aussi, comme il aimait chaque bastion de ce ridicule château gothique victorien. Ce minuscule château, perché hystériquement au bord d'une falaise, comme un château sur le Rhin. Mais à ses pieds, à la place du cours majestueux d'un fleuve, il y avait la mer, un bras de l'Atlantique pénétrant la côte sud de l'Irlande. D'une douceur lumineuse en ce jour d'été, les reflets du soleil et de la mer s'introduisaient à flots par les prétentieuses fenêtres à meneaux. Il y avait trois fenêtres dans la pièce, toutes donnant sur la mer, et celle du milieu se découpait dans un grand arc. Se tenir dans sa courbe en contemplant l'eau claire et les algues ondoyantes constituait une expérience qu'Oliver ne se lassait jamais de mettre en contraste avec la vulgarité opulente de la pièce qui s'étendait derrière.

Oliver adorait le plaisir sans affectation qu'Angel prenait à ce mobilier Buhl, à ces marbres richement taillés, à ces meubles peints pseudo-italiens, à ces appliques dorées provenant d'églises autrichiennes, à ces vases muraux blancs d'une grande sophistication achetés chez Mrs. Spry, à ces peintures florales, à ces photos des enfants signées Marcus Adams, à ces photos d'elle signées Lenare, ainsi qu'à ces photos de son défunt mari signées Keturah Collins. Ces choses-là étaient à elle et faisaient partie d'elle, au même titre, bien sûr, que les enfants. Elle demandait :

« Est-ce qu'il aura changé, Oliver ? Bien sûr que non. »

Il n'y avait aucune anxiété véritable dans la question d'Angel, et cette suffisance irrita Oliver au plus haut degré.

« Il sera méconnaissable, répondit-il avec aigreur. Regardez les choses en face, ma chère, ces retrouvailles avec votre jeune pilote de chasse risquent d'être affreusement glaciales.

– Voyons, vous oubliez que c'est mon bébé à moi. »

Ainsi le message n'était pas passé. Elle ne subodorait en rien les changements qu'il pressentait en cet enfant prodigue. Elle poursuivit sur sa lancée :

« Dix-neuf ans quand il m'a quittée, vingt et un maintenant. Qu'est-ce que ça peut faire ?

– Ça peut faire que vous allez retrouver un jeune inconnu. Un jeune inconnu magnifique, bronzé par deux ans de soleil italien, qui va rentrer à la maison tout chancelant sous le poids des médailles et de la gêne. »

Comment allait-elle prendre cette remarque ? Comme il s'y attendait, elle regarda la mer et murmura :

« Il rentre auprès de sa mère.

– Allons, à d'autres ! » Au piano, Oliver fit claquer deux épouvantables accords. « Il rentre pour vivre, et la vie commence là où maman se retire. »

Elle rétorqua, légèrement réprobatrice :

« Julian sait que je peux absolument tout comprendre.

– Peut-être ne suis-je qu'un vieux cynique délabré pourvu d'un seul poumon, mais si j'étais Julian je crois que je préférerais une petite bringue avec quelqu'un qui ne comprendrait absolument rien. En tout cas, pour commencer. »

Elle contra cet argument sans difficulté. « Ça va de soi, je lui fournirai les jeunes filles qu'il faut pour qu'il prenne du bon temps. C'est bien ce que vous voulez dire, n'est-ce pas ? »

Elle l'aurait fait, en plus.

« D'accord, chérie, j'abandonne. Vous fournirez, vous donnerez, vous prendrez... mais vous ne prierez certainement pas le ciel pour qu'il vous apprenne à laisser votre fils tranquille ! »

Angel était habituée à ce genre de raillerie affectueuse ; elle préférait largement cette attitude à l'indifférence, et elle déclara avec douceur :

« Je vous en prie, ne jouez pas les vieux cyniques... vous êtes aussi excité que nous tous de fêter le retour de Julian. »

Une des trois portes s'ouvrit et une toute petite personne vêtue d'une robe rose apparut en titubant : elle transportait un gigantesque vase en verre, aussi rempli de lys que l'église St. Margaret à Westminster, lorsqu'elle s'apprête à accueillir une riche mariée de juin.

« Même Tiddley, dit Angel en indiquant la petite créature, presque invisible derrière son fardeau, ne se réjouit pas davantage de fêter le retour de son cousin à la maison. Ce n'est pas vrai, *petite* * ? »

Tiddley hissa le bouquet de lys sur un buffet français garni d'un marbre blanc et brun et d'une quantité d'orne-

* Les mots en italique suivis d'un astérisque sont en français dans l'original [*N.d.T.*].

ments en cuivre, avant de répondre d'une voix essoufflée : « C'est bien le moins. Je fais tout mon *possible* *, Tante Angel.

– Ce qui est encore beaucoup trop par cette canicule, répondit Oliver. Et puis, si tu dois parler français, tu dois dire « *Possi-BLE* * », comme dans *Les Misérables* *.

– Ah, oui. » Elle se tenait debout sur une chaise, disposant énergiquement les lys dans leur vase avec ces gestes brusques qu'ont les bons décorateurs floraux. « *Mon possible* *, répéta-t-elle, sans changer le moins du monde son intonation. Merci, Oliver.

– Ne fais pas attention à lui, chérie, la rassura Angel. Nous parlons français depuis des années pour améliorer l'accent des enfants. C'est devenu comme une seconde nature. Tes lys sont vraiment merveilleux... mais est-ce bien l'emplacement idéal ?

– Ils sont ravissants, n'est-ce pas ? » Tiddley descendit de sa chaise. À la fois ravie et épuisée, elle respirait fort en contemplant son superbe bouquet. « Je n'aurais jamais pu couper mes lys pour quelqu'un d'autre que Julian. » Petite, brune et trapue, elle ressemblait à un enfant de chœur grassouillet dont la voix risquait de muer à tout moment.

« Plus que cinquante minutes avant de le revoir », déclara Angel, s'étant suffisamment extasiée sur les lys. Tiddley était un peu trop satisfaite de son œuvre.

« Après deux années. » Deux années qui, à entendre Tiddley, semblaient lui appartenir davantage qu'à Angel.

« Presque trois, rectifia Angel, récupérant son dû. Je ne compte pas la fois où je l'ai vu à l'hôpital avant qu'il parte pour l'étranger. »

Oliver se dit qu'il était temps de mettre fin à ce concours de souvenirs sentimentaux.

« Pas vraiment la même chose, hein ? lança-t-il, doucereux. Toutes ces infirmières qui vous envoient promener sans ménagement.

– Les infirmières ont toujours été adorables avec moi, protesta paisiblement Angel. Évidemment, je sais assez bien m'y prendre avec les gens. Tiddley, juste une idée, est-ce qu'on ne pourrait pas mettre les fleurs ici, plutôt ?

– Où ça ? » Désespoir.

« Avec la mer en arrière-fond : fleurs blanches sur fond de mer… hou, attention, chérie.

– Je veux bien vous croire pour les infirmières, dit Oliver, prenant le vase des mains de Tiddley et le posant à sa nouvelle place. Vous savez assurément tirer le maximum des gens. » Il souleva Tiddley dans ses bras pour qu'elle arrange son bouquet. Tout le monde aimait soulever Tiddley, mais elle sortait toujours intacte de cette étreinte.

« Parfait, murmura Angel. Je savais que j'avais raison. Eh bien, trésor, t'es-tu occupée des légumes pour le dîner : les pois nouveaux, les champignons, les tomates ?

– Je ne serai jamais prête à temps, ma chérie, répondit Tiddley, l'air penaud. Julian débarque à quatre heures.

– Hé quoi, tu n'es pas obligée de le voir avant le goûter, répliqua Angel d'un ton cassant. Et puis, mon ange, pourquoi cette robe rose ridicule ? Tu ne peux pas travailler correctement avec ça sur le dos. »

Confuse, Tiddley répondit honnêtement : « Je m'étais seulement dit que j'avais envie d'être un petit *peu gaie, peut-être* *, pour le premier jour de Julian. » Elle se mit à envelopper un livre, avec la méticulosité d'une vendeuse de chez Bumpus.

« Voyons, Tiddley, il se moquera pas mal de ce que tu portes, ma chérie ! s'esclaffa Angel dans un éclat de rire aussi caressant qu'un gazouillis. Et puis il a l'habitude de tes vieux pantalons de velours. Qu'est-ce que tu es en train d'emballer, mon chou ? Allons, dépêche-toi. »

Les doigts de Tiddley s'affairaient. « C'est juste un petit cadeau pour Julian. » Mais le besoin de se vanter était trop fort : « Un bouquin dont il a toujours rêvé sur la façon de réparer les petits moteurs de bateaux, épuisé depuis des années. J'ai écrit à sept librairies différentes et je l'ai déniché. »

Angel lui adressa un gracieux sourire absent, mais Oliver s'écria avec chaleur :

« Comme c'est astucieux de ta part, Tiddley. Il va pouvoir se régaler pendant des jours à traficoter son malheureux bateau.

– Attendez un peu qu'il voie son *Julietta* ! s'écria Angel, authentiquement émue de sa propre générosité. J'y ai fait installer un moteur flambant neuf... Une véritable surprise !

– Une véritable erreur », corrigea Oliver, désapprouvant sans réserve.

La réaction de Tiddley fut plus lente. Il s'écoula un certain temps avant que ses mains fébriles ne se dépouillent de leur ardeur et que Tiddley ne prenne la mesure de sa déconvenue, envisageant son stupide petit cadeau dans sa nouvelle proportion. Si elle acheva de nouer la ficelle, c'était uniquement parce qu'elle avait commencé, puis elle posa le paquet sur le piano.

« Plus très utile à présent », déclara-t-elle d'un ton lugubre. Se postant dans l'embrasure du grand bow-window – qu'ils appelaient le phare quand ils étaient enfants –, elle contempla la mer par-delà le jardin. C'était comme d'être seule au sommet d'une tour. Un refuge pour les enfants boudeurs et les enfants déçus.

Angel se targuait d'arriver à percevoir rapidement les problèmes. « Après tout, chérie, dit-elle, consolante, c'est le geste qui compte, et Julian sera extrêmement touché. Tu le gâtes toujours, Tiddley, exactement comme tu me gâtes, moi. »

Tiddley était incapable de résister au moindre atome de gratitude. La remarque d'Angel la réchauffa et la ragaillardit. « Tu es ingâtable, Tante Angel, dit-elle en se détournant spontanément de la mer déserte. C'est une des choses bien que le bon *Dieu* * t'a données.

– C'est fou ce que tous tes amis peuvent être français, la tança Oliver en bâillant. Sois mignonne, file dans ton jardin, ajouta-t-il.

– Et au fait, mon chou, va donc mettre ton pantalon de velours. » Quand Angel donnait un conseil, on était obligé d'en tenir compte.

Tiddley s'immobilisa, sa main sur la poignée de la porte-fenêtre du phare. Celle-ci s'ouvrait sur la terrasse dallée. Au-dessous, un escalier judicieusement aménagé conduisait à la mer à travers un jardin escarpé. Quelque chose continuait à la tracasser.

« Tante Angel, je crois que cet homme a encore téléphoné, annonça-t-elle avec ces détours compliqués qui précèdent une requête impopulaire.

– Quel homme ? À quel sujet ? » Angel était en train de refaire le bouquet de Tiddley ; à chaque changement, Tiddley prenait une brusque aspiration, mais elle ne protesta pas.

« Le maître d'école, répondit-elle. Au sujet de mon petit piano. Dis, tu ne vas pas le lui vendre ?

– Le petit piano de la salle de classe, rectifia gentiment Angel. Eh bien, s'il fait une offre correcte, je ne pourrai pas refuser. Après tout, Boufonnette, tu peux aussi bien jouer tes trois petits airs sur ce pianc… ou sur ton vieil harmonica.

– Oh, je détesterais retourner à mon harmonica », dit Tiddley avec mépris, comme si elle évoquait un plaisir démodé. Il n'empêche que sa voix tremblait quand elle ajouta : « Je suis tellement attachée au piano de la salle de classe.

– Il croule sous les photos et il est complètement désaccordé », intervint Oliver, très curieux de voir ce qui allait découler de cette remarque à la fois méchante et vaguement chirurgicale.

Tiddley réagit comme une grenouille sous les forceps :

« Qui vous a demandé de mettre votre grain de sel ? »

Étaient-ce des larmes ? Oh, ces pauvres jeunes filles. Ces pauvres jeunes filles de vingt-trois ans affligées de tantes bienveillantes. Il joua une douce phrase decrescendo au piano, petite guirlande rendant hommage à la douleur. Puis, contradictoire, il lança d'un ton taquin : « Mille pardons, *mademoiselle* *.

– Vous ne devez pas taquiner ma Tiddley, protesta Angel, exploitant admirablement cette diversion. Je veux qu'elle ait le meilleur piano de la maison. N'est-ce pas, chérie ? insista-t-elle avec une raillerie affectueuse. Je la comprends. Tu peux me faire confiance, pas vrai, Choupinette ? Maintenant, déguerpis. Pantalon de velours, haricots verts, tomates, champignons… et surtout, on se concentre ! »

Tiddley hésita. Puis elle s'en alla.

Oliver se remit à jouer sa phrase. Il leva les yeux tandis que la porte se fermait :

« Et ne vous avisez pas de vendre son petit piano, dit-il, comme pour clore un débat.

– Pour rien au monde », acquiesça aussitôt Angel. Puis, hésitante, elle rectifia : « Euh, en tout cas, pas pour moins de dix livres.

– Pauvre petite Tiddley, soupira Oliver avant de se rendre à la cheminée pour prendre une cigarette dans un abominable coffret en jade.

– Vous n'en avez plus ? demanda Angel.

– Pas qui me plaisent.

– Celles-là étaient destinées à Julian. »

Sans faire de commentaire, il lui en donna une et les alluma toutes les deux.

« Si monumentalement insignifiante, poursuivit-il au sujet de Tiddley. Si désespérément vulnérable, si incroyablement nature, si indécrottablement nature. Comme si elle était née avec un cairn-terrier sur les genoux…

– Allons, on ne se moque pas de l'irréprochable nièce orpheline. » L'exquise tête blanche d'Angel se renversa sur un coussin en satin vert olive. Son menton se redressa jusqu'à atteindre l'angle idéal. Experte en attitude, ses yeux réclamaient l'approbation. Mais Oliver était appuyé bras croisés sur le linteau en marbre de la cheminée et sa tête reposait délicatement sur ses bras.

« Elle désherbe le jardin, elle lave les chiens, elle tond la pelouse, elle fait pousser des fleurs merveilleuses, ainsi que des tomates et des champignons. » Il pensait encore à Tiddley. S'il avait esquissé le moindre geste d'admiration à l'égard d'Angel il aurait sans doute pu lui récupérer son piano. Ignorée, Angel observa sèchement :

« N'oubliez pas qu'elle me doit sans conteste un peu d'amour et certains bons offices. Ne lui ai-je pas tout donné depuis que ma pauvre idiote de sœur est morte ?

Tout, littéralement, depuis ses six ans… je me suis occupée d'elle, je l'ai rendue heureuse et je l'adore. »

Tout cela était tellement vrai. Et Tiddley, à sa manière modeste, était tellement heureuse. Qu'est-ce que ça pouvait lui faire, à lui ? Il songea : je me suis trop profondément immiscé dans leurs vies à tous. Moi, qui n'ai pas d'autre vie. Moi, qu'Angel a indéniablement délivré de la maladie, du désespoir et de la mort. Angel, ma sauveuse enflée de suffisance, mon petit tyran débordant d'amour, mon délicieux exemple de la bêtise absolue, que je trouve tellement touchante et tellement dure. En fait, il se contenta de dire :

« Tout le monde apprécie les esclaves dévoués, mais si j'étais vous je ne vendrais pas son petit piano. » Il avait envie de gronder Angel, et il avait envie de traduire en paroles cet adieu mortuaire aux espoirs de jeune fille qu'il avait composé pour le piano.

« Et pourquoi pas, je vous prie ? rétorqua Angel, qui réagissait vivement à la critique. Elle gaspille une heure par jour à s'exercer, et une heure par jour, Oliver, ça fait trois cent soixante-cinq heures par an. »

Cette remarque provoqua chez lui un véritable accès d'indignation. « Où serait-elle si elle ne pouvait pas jouer *L'Île de Capri,* et *Vienne, ville de mes rêves,* et cette épouvantable nouvelle chanson, dans la salle de classe après le dîner ? Angel, réfléchissez… quand il y a de la brume sur la mer et que ses lys embaument là-bas à la folie.

– N'importe quoi ! Il y a trop de vent pour les lys là-bas. Elle les fait pousser dans le potager, vous le savez très bien.

– D'accord, d'accord, quelque chose de moins sophistiqué, alors. Des giroflées, si vous préférez. Déjà pas mal entêtants, d'ailleurs. Pauvre petite Tiddley… “ Mon Dieu, faites que je ne devienne pas folle ”, voilà le sens que ça a pour elle quand elle se défoule sur le piano de la salle de classe. »

Avec un art consommé de la dérobade, Angel réfuta du fond du cœur la protestation scandalisée d'Oliver : « Vous montrez cette pauvre Tiddley sous un angle curieusement malveillant et cruel… » Puis, comme un oiseau feignant une aile cassée, elle se retrancha derrière une autre question : « Des suggestions utiles à propos de ma fille ? Histoire de clore le chapitre. » Elle se tut et, comme Oliver ne disait rien, elle continua : « Slaney a beau n'avoir que dix-huit ans, vous pensez sans doute qu'elle regorge d'aspirations perverses, elle aussi.

– Eh bien, ma chère... » Il jeta sa cigarette, décidant d'oublier provisoirement Tiddley et de s'amuser un peu. « À mon avis, il faudra autre chose qu'un piano de salle de classe pour assouvir les désirs de Slaney. Désirs que je ne considère pas non plus comme si pervers que ça.

– Enfin, Oliver... cette enfant me raconte tout... absolument tout. »

Sa Slaney, cette enfant si belle, si protégée, si saine, heureusement trop jeune encore pour le monde et pour l'effort de guerre. Pas plus tard qu'hier, elle était la ravissante poupée bouclée des goûters d'enfants ; pour Angel, les tenues de Slaney relevaient encore tout autant de sa responsabilité de mère qu'à cette époque-là, si proche, si lointaine. L'alimentation de Slaney relevait elle aussi de son métier de mère. De même qu'un jardinier prend soin de ses nectarines, Angel s'occupait avec diligence du teint de sa fille, de sa chevelure, et de sa santé physique. De surcroît, elle entraînait ce corps magnifique à exceller dans les sports les plus appropriés à sa mise en valeur : génisse brossée et pomponnée, ses attraits prodigieux, ses pensées inconnues, Angel guidait sa fille avec un ruban vers le sacrifice et la gloire suprêmes du mariage idéal.

« Enfin, voyons, Oliver, que voulez-vous dire ? Cette enfant me raconte absolument tout. Elle n'a pas d'autre pensée dans sa jolie tête hormis ses sorties en bateau, ses poules de Minorque, ses parties de pêche et sa natation... À moins, réfléchit sa mère, qu'elle ne se fasse du souci pour son plongeon de haut vol ?

– Vous n'avez pas remarqué que le colonel Christopher s'était pris de passion pour ces sports de plein air ?

– Chris ? » Sa voix à l'accent angoissé prit la délicieuse tonalité chantante du soulagement. « Oh, ce cher vieux Chris, le meilleur bougre qui soit, le lascar le plus chouette... » Aucune expression n'aurait pu suggérer avec autant de force un pauvre crétin. « Je vous assure, mon cher Oliver, vous avez un problème pathologique si vous pensez que Slaney s'intéresse à Chris.

– Et pourquoi pas ? Un jeune militaire vigoureux et brillant, doublé d'un jeune animal séduisant par la grâce de Dieu. »

Il s'agissait plus là d'une attaque contre la suffisance d'Angel que d'une défense du brave type en question.

« J'aurais remarqué, répliqua-t-elle sans aucun trouble ; Slaney m'en aurait parlé.

– Ah oui, vous croyez ? J'envie réellement votre confiance en vous, ma chère. »

Par-dessus la tête d'Oliver, Angel regarda la mer azurée de juin. « Il se trouve simplement que je fais confiance à mes deux enfants. Je me fie aussi totalement à eux qu'ils se fient à moi. »

2

Loin au-dessous du ridicule château, Slaney et son colonel lézardaient au soleil. Ils étaient étendus sur une saillie de la falaise recouverte de bruyère épaisse, aussi plate qu'une table et aussi chaude qu'une plaque dans un four moyen. Aucun vent ne soufflait à cet endroit. La falaise penchait au-dessus d'eux. La mer respirait en dessous. Les giroflées maritimes et les bruyères cendrées lançaient leurs flammes roses et pourpres sur le bleu implacable du ciel et de la mer. Tout était merveilleusement dépouillé, propre et salé.

Le colonel se redressa et regarda sur le côté en direction du quai. Il était vide à l'exception des bateaux. Le *Julietta*, le *Mouette argentée*, ainsi que son *Courlis* projetaient sur l'eau leurs ombres indistinctes qu'ils chevauchaient d'un air de regret. Regardant plus loin, le colonel essaya de repérer dans le village une certaine maison rose toute simple. La jungle birmane où il était devenu colonel à l'âge de trente et un ans, où la mort et les odeurs de mort, de maladie, de blessures et de fleurs l'avaient enveloppé comme un linceul, recula d'un pas supplémentaire dans sa mémoire. Il oscillait voluptueusement entre l'idée d'allumer une cigarette et celle d'embrasser à nouveau Slaney. Il songeait confusément : je ne vais pas l'embrasser tout de suite. J'ai à nouveau du temps devant moi. J'ai aujourd'hui et j'ai demain et tous les jours suivants. J'ai l'éternité. Je vais prendre mon temps.

Elle s'était détournée, contemplant la mer. Il apercevait

les os de son maigre cou enfantin, les os d'un oiseau hivernal, et les jeunes seins fermes sous sa chemise bleue. Ses jambes interminables étaient allongées aussi inertes que celles d'une poupée sur les rochers. Elle était rousse, et sa peau avait cette pâleur acide qui participe de la générosité quelque peu effrayante des cheveux roux. Elle avait un front aussi plein et haut qu'un œuf de Pâques en sucre blanc, et un menton aussi fragile et pointu qu'un œuf de mésange à longue queue. Elle redoutait les boutons que l'acidité de sa peau favorisait. Elle n'avait absolument aucune confiance en elle. Elle imitait ce qu'elle admirait. Elle avait déjà aimé, bien sûr. Elle avait porté son cœur en bandoulière, une fois pour sa prof d'éducation physique, deux fois pour des receveurs d'autobus, et à présent pour Chris. Aujourd'hui elle avait été embrassée pour la première fois de sa vie si protégée. Elle avait franchi ce gouffre, aussi profond qu'étroit, entre les personnes qui ont déjà été embrassées et celles qui ne l'ont jamais été. Elle ne se sentait plus de joie. Elle était véritablement aux anges, tout comme Chris, supposait-elle.

Aussi, lorsqu'il trouva un morceau de chocolat dans sa poche et qu'il lui en donna la moitié, murmura-t-elle :

« N'est-ce pas un miracle ?

– Quoi donc, chérie ?

– Que nous mangions comme ça du chocolat après ce qui s'est passé.

– C'est que… nous avons faim.

– Je ne t'ai jamais autant aimé. »

Elle le dévisagea. Il était remarquablement beau. Mince et brun. Les idées pures, les membres longs, une nature simple. Elle se rapprocha à nouveau de lui, revigorée peut-être par le chocolat. Il tenait à faire preuve d'un sang-froid exemplaire. Il dit :

« J'espère que je ne vais pas avoir le hoquet. »

Slaney se colla à lui : « Tu es ma petite souris timide, pas vrai ? »

Il sentit sa réserve s'évanouir. « Non, c'est toi qui es ma petite souris. » Quelle faiblesse de répondre !

Là, elle pouvait renchérir : « Tu es ma petite souris… mon petit ouistiti… mon ouistiti. »

Il fut obligé de la contredire. « Non. C'est toi ma petite souris. C'est toi mon ouistiti. C'est toi mon adorable petit logis. Tu es tout pour moi, en fait. »

Elle le savait. C'était le triomphe de l'amour. Le Pourquoi de notre Existence. Le pays où les étoiles brillent à tout jamais.

« Oh, chuchota-t-elle, ce que j'aimerais que nous soyons deux petits ours… »

Il se serra à son tour contre elle. « Ah oui ? Et pourquoi ?

– Parce qu'alors nous pourrions hiberner ensemble pendant tous les mois d'hiver… ne serait-ce pas merveilleux ?

– Merveilleux, oui. » Ses résolutions paraissaient bien futiles.

3

Sous le plaid, Julian tenait la main de Sally dans la sienne.

C'était une toute petite blonde à la scandinave, habillée avec l'exquise perfection que seules savent sauvegarder les Américaines durant les longs voyages : un petit chapeau de guingois orné d'une broche en diamant, un tailleur en tweed de couleur pâle, un immense sac à main, des mains bronzées et manucurées avec de nombreuses bagues, une jolie bouche et des yeux gris aussi durs que des opales, coupés en amande comme ceux d'une biche.

Le taxi, hors de prix, gravissait une colline. Ils étaient presque arrivés. Elle n'allait pas tarder à découvrir le site, à être enthousiasmée.

« Regarde, dit-il.

– Où ça ? fit-elle.

– Slievenamon.

– Parle anglais, mon chou.

– Les montagnes.

– Oh. »

Les montagnes surgirent tout à coup dans leur champ de vision en immenses lignes galopantes. Elle le vit qui dévorait leurs crêtes des yeux.

« Ce sont elles, annonça-t-il. Elles ont toujours cette allure-là quand on rentre à la maison.

– Ah oui ? dit-elle en frissonnant.

– C'est ma vue préférée. Passé les contreforts de Slievenamon, l'autre côté descend vers la mer et vers Owlbeg, où nous habitons.

– Où nous habitons… » C'était fou ce qu'elle s'était rapprochée de cette existence exotique qu'était celle de Julian. Avant-hier appartenait au passé. L'Italie, la guerre, le soleil, la mer, leur rencontre et leur découverte amoureuse étaient derrière eux. Cette route caillouteuse et cette montagne grise devant eux, et au-delà, une maison inconnue, une mère inconnue, des flots inconnus.

Mais elle n'avait pas peur. Toute sa vie elle avait eu affaire à des inconnus. On apprend la technique de bonne heure, dans le monde du spectacle. Ce qu'il fallait se rappeler, c'était que ce gosse avait profondément besoin d'elle. C'était l'essentiel pour l'instant. Julian était un garçon bien. Quand elle l'avait trouvé, il était ébranlé et indécis. Elle l'avait reconstruit, et elle savait qu'elle avait fait du bon travail. Un travail bien fait dans le vaste bourbier de la guerre. Elle était ici avec lui pour aussi longtemps qu'il avait besoin d'elle. Il voulait l'épouser. Soit. Elle avait été son refuge et sa sécurité, et c'était précisément ces choses-là qu'il lui offrait en retour. Toute une vie à l'abri et en sécurité. Cette perspective à long terme l'épouvantait un peu. Elle avait besoin du réconfort de cet amour fervent qui existait entre eux. Elle avait besoin que les yeux de Julian se détachent de ces montagnes voraces pour se reposer sur elle.

Ils se reposèrent sur elle après un soupçon d'hésitation.

« Que penses-tu de mes montagnes ? demanda-t-il.

– Elles me font penser à l'Autriche.

– Mais tu n'as pas aimé l'Autriche. Et tu sais qu'il faut que tu adores mes montagnes, n'est-ce pas ?

– Je vais en raffoler. »

Les yeux de Julian la quittèrent à nouveau. Il était sur cette route familière, qu'avait parcourue chaque âge de sa vie. Chaque âge de sa vie excepté l'instant présent, qui signifie toujours l'inconnu, l'inachevé. Là, quand un mouflon à cornes rebroussait chemin au milieu des rochers pâles pour rejoindre la bruyère, il était le petit garçon retournant auprès de Birdie la Nounou, auprès des ours en peluche, des biscuits et du verre de lait, le dentiste et le zoo derrière lui. À cet endroit où le lac sombre avec ses rhododendrons sans fleurs ne voyait jamais le soleil, ses pensées allaient chercher le confort et la réalité auprès de la collection de timbres et du jeu de Meccano de son adolescence. Et quand ils regrimpaient vers le soleil, c'étaient les casiers à homards, les bateaux, la truite de mer dans la rivière, qui lui venaient spontanément à l'esprit. Il n'avait encore jamais travaillé à Owlbeg, ce lieu avait toujours été synonyme de vacances.

Et maintenant quoi ? Il y avait un fossé entre le garçon qui avait emprunté cette route pour partir à la guerre et le jeune homme qui rentrait aujourd'hui, auréolé d'une certaine gloire (que dénigrait le cynisme puéril de son âge) et accompagné de ce premier amour, témoignage sophistiqué et décoratif de nouvelles expériences. Les jeunes doivent avoir de quoi s'enorgueillir lorsqu'ils cheminent vers la maturité. C'est elle qui faisait actuellement son orgueil suprême.

S'écartant de lui juste assez pour provoquer un nouveau désir de contact, elle s'adressa à son domestique, qui était installé devant avec le chauffeur.

« Ces montagnes vous plaisent, Walter ?

– Je les adore, Mrs. Wood. Elles sont splendides. » Il ajusta son écharpe (Charvet d'avant-guerre) et lui jeta un regard inquiet par-dessus son épaule. « J'espère de tout cœur que nous arriverons avant ma migraine.

– Pas question d'avoir votre migraine avant d'avoir défait les valises », l'avertit-elle sèchement. Adroite et précise, avec ces gestes élégants et outrés qui rehaussaient le moindre de ses actes, elle alluma une cigarette pour elle et une pour Julian.

Il prit la cigarette puis la regarda avec intensité.

« Je suis tout excité, dit-il. Pas toi ? Je meurs d'impatience de tout te montrer. Je meurs d'impatience qu'ils te voient. »

4

« La confiance, Oliver, est un jardin ravissant dont la porte est fermée aux cyniques. » Angel énonça ce lamentable aphorisme comme s'il était d'une stupéfiante originalité.

« Vous m'en direz tant, soupira-t-il.

– Quoi qu'il en soit, reprit-elle d'une voix qui reflétait un credo moins aléatoire que la confiance et moins arbitraire que la contrainte, je connais mon Julian, et je ne peux accepter que ma Slaney gâche sa belle jeunesse dans quelque abominable garnison des collines indiennes.

– Les jeunes gens ont la pénible habitude de préférer gâcher leur belle jeunesse comme il leur chante », fit-il remarquer de façon raisonnable.

Elle répondit de façon raisonnable : « Non. Si on les manœuvre avec tact, avec fermeté et avec amour, on peut faire d'eux ce que l'on veut.

– Vous êtes tellement remplie de tact et de ce merveilleux amour maternel qu'un de ces jours vous allez finir par éclater. »

Au lieu de répliquer, elle s'inclina. Rendant les armes, elle demanda ce qui motivait pareille cruauté.

« Pourquoi m'agresser comme ça, Oliver ? Pourquoi choisir aujourd'hui où je suis tellement heureuse ? Où mon Julian rentre à la maison, où mon soleil brille et où mon ciel est d'un bleu magnifique. Pourquoi choisir aujourd'hui ? »

Il répondit sincèrement : « Parce que je vous aime. »

Toujours enchantée par l'imprévu, elle murmura : « Vous m'aimez ? Mon cher Oliver, vous aussi ?

– Oh, seulement à ma manière tranquille, évidemment. » Il n'aurait pu lui infliger pire douche froide.

« Oh, juste à votre manière tranquille. Ah, je vois... » Angel recouvra son sang-froid aussi facilement qu'un arbre plie puis se redresse sous la bourrasque : « Eh bien, évidemment, comme vous savez, très cher, mon amour est tout entier dédié à mes enfants. »

Là, l'espace d'un instant, il se montra sérieux.

« C'est pour cela que j'ai peur pour vous. Vous aimez trop. Vous donnez et vous exigez trop. Julian va avoir envie de jouer à sa façon et de travailler à sa façon. Slaney aussi. » Allait-elle accepter ? Allait-elle percevoir, même obscurément, certains dangers des retrouvailles ? Non, pas elle.

« Ne vous inquiétez pas. Je crois pouvoir dire que je comprends mes enfants. N'oubliez pas que mon mari a été tué quand ils étaient tout petits, si bien que toutes ces années j'ai dû être...

– Ne le dites pas. Je sais : à la fois leur père et leur mère. Une combinaison impossible.

– Merci. Ça a pourtant marché.

– Et que se passerait-il si vous arrêtiez d'être une mère pleine de compréhension et d'adoration et que vous alliez vous coucher de bonne heure avec une migraine et trois aspirines en laissant Julian retrouver ses marques tout seul ?

– Ne dites pas de bêtises. » Elle n'était pas tant agacée par cette suggestion que par la sottise qu'elle trahissait de sa part. « Mais enfin, il serait perdu sans moi...

– Ah oui ? » Oliver soupira. « Faites comme vous l'entendez. Ce n'était qu'une idée, bien sûr. » Baissant les bras, il se rassit au piano avec un air d'incurable désœuvrement. Désœuvré, et à trois heures de l'après-midi. Ça, Angel ne pouvait le supporter.

« J'aimerais assez, mon cher, que vous emmeniez votre carcasse et vos idées dans le bureau et que vous jetiez un œil sur les comptes de la ferme. Après tout, qu'est-ce que vous êtes ? Mon conseiller spirituel ou mon régisseur ?

– Et qui a fait de moi son régisseur alors que franchement, ma chérie, je n'étais pas fichu de reconnaître un taureau d'une vache ? Qu'est-ce qui vous a poussée à me choisir ? Un juriste avec un seul poumon et une connaissance très sommaire de la campagne… »

Elle adorait se souvenir. Le temps se laissait éplucher, comme une jolie banane qu'on pèle.

« Eh bien, vous étiez tellement triste et charmant quand nous vous avons trouvé, ce merveilleux printemps juste avant la guerre, tout esseulé au Tyrol autrichien… et en plus vous aviez une gentiane sur votre chapeau ! »

C'étaient ces petits détails authentiques qui liaient le charme d'Angel à la vie. La gentiane dans le ruban de son chapeau lui remit en mémoire le jour en question… La démarche fanfaronne de cet enfant, tout juste descendu des montagnes, qui jeta son sac de gentianes et d'edelweiss à terre devant le chalet. La façon dont le soleil brillait, illuminant à l'infini de jaune pâle et de blanc cette forêt de troncs recouverts de lichen. Le chocolat, la crème, le verre d'eau. La route déserte et impeccable. Le torrent violent aux eaux rendues verdâtres par la neige fondue. La terrible solitude des bois verdoyants… Et puis l'arrivée d'Angel avec Julian, Slaney et Tiddley, formant un petit groupe à la fois magnifique et ridicule. Une femme adorable ; des enfants adorables, joyeux, ridicules.

« Je me rappelle, dit-il, désormais souriant, avoir offert à mon poumon restant et à mon cœur brisé un bol d'air montagnard.

– Je n'ai jamais su pour votre cœur.

– Est-ce que vous vous souvenez des alisiers, avec leurs fruits au goût de crème aigre ?

– Je n'ai jamais su pour votre cœur.

– Bon, d'accord. Je n'aime pas du tout parler de mon cœur.

– Il doit aller mieux aujourd'hui. Au bout de six ans, le pire des chagrins s'atténue forcément.

– Il va mieux aujourd'hui.

– Mais comment était-elle ? »

Il ne lui aurait rien dit si la souffrance n'avait pas disparu. Ignorant cette douleur, Angel l'avait entouré de ses soins jusqu'à ce qu'il renoue avec un bienheureux état d'indifférence.

« Faut-il vraiment que je vous raconte ? » Il savourait cette sensation de pouvoir badiner avec ce qui jadis avait tellement compté.

« N'allez pas prétendre que vous souffrez encore.

– Juste un léger pincement », avoua-t-il dans le but de provoquer sa grimace. Elle ne pouvait supporter qu'on ait le moindre secret pour elle.

« Eh bien, elle était américaine, petite, blonde, coriace, et totalement fascinante. Elle avait quitté son mari à Prague.

– Son mari ? C'est charmant ! Vraiment, à Prague, avez-vous dit ?

– Oui. Mais voilà le dénouement atroce de l'histoire : elle m'a quitté à Innsbruck pour retourner auprès de lui.

– Eh bien, Oliver, je suis ravie qu'elle vous ait quitté. Il ne pouvait guère s'agir d'une fille très respectable. »

Il acquiesça de tout cœur, la réaction d'Angel le comblant de joie par sa sénilité accidentelle : « Ça, c'est le moins qu'on puisse dire ! »

Angel perçut dans le ton de sa voix cette chaleur douillette de la réminiscence. Elle s'empressa de changer de sujet.

« Comme tout ce dont je m'occupe, les choses se sont arrangées merveilleusement. Vous êtes revenu avec nous à Owlbeg. Votre poumon a guéri, comme je l'avais prévu. Et votre cœur a guéri parce que… parce que je me plais à penser que vous êtes heureux. » (À nouveau, ce constat véridique, comme dans son évocation de la gentiane…) « Et puis, Oliver, quelle aide précieuse vous m'avez apportée, en entretenant ainsi le domaine pour Julian.

– Pas vraiment pour Julian, dit-il, mais parce que ça me plaît. J'aime le travail et j'aime la mer, et la santé que vous avez su me rendre. »

Scrutant la haute mer, il se souvint de la manière vaguement brutale dont elle l'avait amené ici depuis l'Autriche, en déclarant, sans grand espoir : « Il n'est pas si rare de voir des gens guérir de la tuberculose. L'air iodé est excellent, et vous pourrez habiter le cottage de Tante Gwenda. Elle avait un géranium lierre à fleurs doubles vraiment ravissant… il faudra vous en occuper, le protéger de la gelée, vous savez. Je crois que vous allez vous rétablir. Je ne laisse jamais rien mourir. »

C'est ainsi qu'il avait débarqué à Owlbeg en cette dernière année légendaire juste avant la guerre. Qu'il vive, travaille et trouve la plénitude alors que le monde entier croulait sous les jeunes cadavres lui paraissait le genre de contradiction dont sa vie avait toujours été faite. Il lui semblait absurde que son corps condamné recouvre la santé et que son esprit acéré éclaire le chemin d'une sotte comme Angel.

Cela faisait maintenant cinq ans qu'Oliver vérifiait les dépenses engagées par Angel sur le capital qui devait échoir à Julian, si Julian survivait. Il l'avait détournée de luxueux projets de plomberie pour Owlbeg et l'avait dissuadée de redécorer fastueusement la maison pour appliquer plutôt son enthousiasme à un boisement raisonnable et bien ordonné du petit domaine quasiment dénué d'arbres où soufflaient les vents marins. Sous sa tutelle et son influence, Angel s'avérait aujourd'hui aussi excitée par une moissonneuse-batteuse qu'elle l'avait été par le projet tout-électrique qu'elle avait envisagé pour Owlbeg en 1941. Quant au découvert qui avait assombri le vingt et unième anniversaire de Julian, il avait été considérablement réduit par trois années d'honnête et dur labeur à la ferme. Angel appelait Oliver son régisseur. Ce titre sonnait bien et lui conférait de l'autorité, mais le terme d'ouvrier-intendant aurait été plus adéquat pour décrire l'emploi qu'il occupait sur les quatre cents acres d'Owlbeg.

Oliver s'était découvert au fond de lui une passion dévorante pour cette terre qui n'était pas la sienne. Les arbres de trois ans qu'il avait plantés lui procuraient une satisfaction qui était presque charnelle. Les champs qu'il avait chaulés et marnés étaient pour lui comme des enfants florissants de santé ; plusieurs cas de fausses couches chez les vaches l'avaient mis à deux doigts d'écrire une lettre à la revue *Fermiers et Éleveurs*, et il était pourtant d'un naturel extrêmement réservé.

Quel nom pouvait-il donner à toute son entreprise ? Pour qui et pour quoi se couchait-il épuisé le soir tombé ? Pour quelle raison subissait-il et en fait savourait-il les folies inhérentes à cette constante association avec Angel ? Et pourquoi guettait-il toujours les lendemains avec une curiosité pleine d'impatience ? Le mot de gratitude était un mot trop plat. Et la situation ne s'expliquait pas non plus par l'absence angoissante de Julian. En fait, l'espoir que Julian revienne un jour gérer son petit héritage semblait souvent relever du plus fol optimisme.

Oliver avait d'abord travaillé pour oublier, puis pour le bonheur qu'il trouvait dans le travail, ainsi que pour l'attachement déraisonnable qu'il vouait désormais à cet endroit où il avait survécu, et non pas succombé, où il avait oublié l'amour et ses blessures, où la compassion avait gonflé à nouveau son cœur mort (sans pour autant adoucir sa langue). La compassion pour Tiddley, si facile à ridiculiser, si horriblement triste. La compassion pour Slaney, si bornée, si préservée. La compassion pour Birdie, qui représentait à ses yeux l'archétype du dénuement amoureux, et dont les frustrations empruntaient, dans son travail journalier, ces corridors célestes menant à l'espérance, ces routes vertigineuses aboutissant à la félicité, illusions sans lesquelles nous mourons. Pour Angel aussi, sa bienfaitrice, il éprouvait une certaine tendresse, mais ici la compassion s'agrémentait d'une résistance chronique à ses extravagances, ainsi que de la certitude qu'Angel constituait un danger, une force dont il fallait jouer avec dextérité.

« Nous vous aimons tous », affirmait-elle à présent. On aurait dit une petite tape sur le dos de la main. « Nous comptons tous sur vous et nous avons confiance en vous. Même Birdie…

– Même Birdie. » Il lui ôta les mots de la bouche : « La vieille gitane.

– Allons, Oliver, non ! » Angel était toute indulgence et

dénégation. « Laissez donc Birdie tranquille. Cette bonne grosse vieille nounou de mes bébés. »

Il pensa à la vie de dévouement de Birdie, et à ses folles espérances pareilles aux faux printemps de février, et il dit, d'un ton assez cassant : « C'est votre façon de voir. En vérité elle est plus jeune que vous ne l'êtes et elle n'est pas plus grosse.

– Eh bien, une chose est sûre, reprit-elle, décidant de laisser passer la remarque d'Oliver, Birdie tirera les cartes et lira l'avenir des amoureux dans les tasses à thé jusqu'à sa mort. Elle est comme ça.

– Elle aurait dû avoir plus de bébés dont s'occuper. Elle n'aurait pas dû rester ici une fois que Julian et Slaney n'ont plus eu besoin d'elle.

– Elle est terriblement utile.

– Il y a bien trop de passion inemployée qui va dans les travaux de couture et dans la cuisine de Birdie, dans les chandails qu'elle tricote pour l'Europe affamée et dans sa haine de Finn Barr.

– Elle est assommante avec mon petit Finn, soupira Angel. Nounou un jour, casse-pieds toujours, mais on ne devient pas majordome d'un coup de baguette magique.

– Surtout quand on a commencé sa vie comme braconnier », lui rappela-t-il.

Elle s'emporta, comme toute femme lorsque ses problèmes ménagers se heurtent à des critiques non constructives :

« Qu'est-ce que vous voudriez que je fasse ? En dépit de notre déplorable neutralité, je n'ai pas vu un seul domestique en état de travailler depuis quatre ans, quant à nos cuisiniers, ils gagnent tous des fortunes en Angleterre. Nous avons une chance incroyable. Birdie sait cuisiner et elle est d'accord pour le faire, et puis est-ce que c'est mon rôle ou le vôtre de réformer Finn Barr et de changer le braconnier crève-la-faim qu'il était en jeune domestique respectable ?

– Ma chère, c'est très typiquement votre rôle. » Comme pour illustrer le débat, la porte du vestibule s'ouvrit et un garçon blond et bronzé entra dans le salon. Il portait un énorme paquet et il attendit en silence pendant qu'Oliver se levait et finissait de parler, une main sur la porte donnant sur le jardin escarpé et la mer.

« C'est le genre de tâche dont vous vous délectez. Serait-ce exagéré d'appeler ça la mission dont vous êtes investie ? »

Elle lui lança un regard qui équivalait à un coup de pied puis se tourna vers le garçon blond et le paquet, non sans prendre conscience qu'il y avait sans doute du vrai dans ce qu'avait dit Oliver. Son analyse était à la fois pertinente et déplaisante. Qu'est-ce qui n'allait pas ? Quel code des usages domestiques son jeune viking avait-il violé ? Il se tenait debout dans un silence bienséant, ses cheveux blonds aussi lisses qu'une aile de canari, sa cravate soigneusement nouée, sa veste d'intérieur absolument impeccable. Les yeux d'Angel l'examinèrent de haut en bas. Non. Elle ne pouvait espérer qu'Oliver ne s'en soit pas aperçu. Le pantalon sombre de Finn était remonté sur ses jambes au moyen de pinces à vélo. Ses pieds nus étaient chaussés d'espadrilles, des espadrilles qui laissaient apparaître ses orteils.

« Finn, s'écria-t-elle avec dans la voix tous les chagrins de la terre. Oh, Finn Barr, combien de fois te l'ai-je répété ? Quand tu viens dans le salon, tu descends ton pantalon et tu mets tes chaussures. Tes chaussures noires, Finn.

– Pardonnez cette bourde, madame, s'excusa Finn en esquissant comme un mouvement de repli. C'est ma tenue de baroudeur ; j'étais à la poursuite du lapin mangeur d'œillets de Miss Tiddley.

– Et tu l'as eu ? » demanda Oliver. Les œillets de Tiddley faisaient partie de cette propriété qu'il aimait tant. L'extermination de la vermine – lapins, rats, corbeaux, belettes – constituait le lien qui l'unissait à Finn Barr. Si Angel avait récemment dispensé Oliver de ladite extermination au profit du service de la maison, elle l'en avait éloigné physiquement mais pas encore mentalement.

« Ah, si on l'a estourbi, on n'était pas là pour le voir. Il s'est brusquement enfilé dans un trou, monsieur, quand il a entendu le camion qui apportait ça… » Finn tendit à nouveau l'immense paquet. Il brûlait d'en connaître le contenu. « Pardonnez cette liberté, madame, mais il y a écrit URGENT sur toutes les étiquettes. Est-ce que je le déballe ? » Son discours passait de la décontraction roublarde du braconnier à cette raideur guindée que Birdie avait imposée à sa charmante sauvagerie.

« Je t'en prie », répondit Angel de la voix suppliante avec laquelle elle formulait ses ordres les plus rigoureux.

Oliver ressurgit par la porte du phare. « Eh bien, tant pis pour ma dignité, mais je ne peux plus me tenir à l'écart. Qu'y a-t-il dans cet énorme paquet, Angel ? »

C'était ça, Angel, et de vivre avec Angel… Toujours un paquet pour apparaître à l'improviste. Une crise ou un bonheur à partager. Une extravagance à condamner ou une bonne affaire à applaudir.

« Mon cher, j'ai moi-même hésité un instant, avoua-t-elle. Ce sont les skis nautiques, bien sûr. Je les ai commandés quand il a raconté dans une lettre à quel point il s'était régalé à faire de l'aquaplane quelque part dans l'Adriatique. Il va être fou de joie, vous ne croyez pas ?

– Fou de joie et mort de froid, ma chère, pas de doute. » Sa curiosité assouvie, Oliver se tourna vers Angel avec une indulgence exaspérée, puis il continua : « S'il avait raconté dans une lettre à quel point il s'était régalé en Égypte, vous lui auriez offert un magnifique chameau, je suppose ?

– Exactement.

– Oh, ça, on peut vous faire confiance. »

Elle accepta le compliment avec un petit sourire.

« C'est terrifiant », lui lança-t-il avant de quitter la pièce.

Sortant sous le soleil, il contourna la maison par le chemin aux dalles brûlantes qui courait sous ses fenêtres. Terreuses à cause de l'herbe aux chats qui y poussait à profusion, les pierres du sentier étaient joliment égayées par les petites taches éclatantes des fleurs de giroflée.

L'autre côté du château (le côté où se trouvait le gigantesque porche d'entrée, avec sa débauche de minarets et de gargouilles) regardait vers l'intérieur des terres et vers le nord. L'herbe venait lécher la base de l'édifice, coupée avec soin à hauteur des portes-fenêtres : vert foncé, son tapis recouvrait uniformément ces monticules mafflus qui boursouflent tous les champs situés près de la mer, les signalant même aux pieds d'un aveugle comme des champs côtiers, par la rondeur élastique qu'ils ont sous la semelle. Cette étendue d'herbe sauvage succédait à l'herbe coupée et rejoignait une ceinture d'arbres. Dénuée de fleurs, la prairie dégageait une atmosphère d'abandon et d'idylle à la Aucassin et Nicolette. Cette façade nord aux tours gothiques contenait toute la ténébreuse poésie et tous les reniements angoissés de ses origines, aussi apocryphes que splendides.

C'était la façade d'Owlbeg que préférait Oliver. Il avait planté des seringas à l'endroit où les arbres les abritaient du vent, et nourrissait l'espoir d'y voir s'épanouir leurs étoiles pâlottes une nuit de juillet. Pour l'heure, ayant parcouru la courte allée bien gravillonnée (le gravier est une denrée abondante et peu onéreuse au bord de la mer) que bordaient des escallonias, des fuchsias et des palmiers étonnamment florissants, il franchit le grand portail (couvert d'une multitude de ganglions et autres adénoïdes de pierre), et dévala le flanc escarpé de la colline jusqu'au village. Le village sommeillait comme un chat au soleil, bien en contrebas de toute cette outrance seigneuriale. Le village appartenait à une époque plus âpre et plus noble.

5

De la fenêtre du phare, Angel suivait des yeux Oliver, son ami, sa créature, cet homme sardonique et séduisant dont le voisinage, avec un manque certain de charité, enviait et suspectait l'intérêt qu'il portait à la maîtresse du domaine, à ses enfants et à Owlbeg. « On peut compter sur lui, murmura-t-elle. C'est ce qui les agace. »

Puis elle posa les yeux sur le jardin débordant de vitalité où Tiddley et elle trimaient comme des nègres : c'était fou ce qu'elle l'aimait. On aurait dit le jardin d'une villa du sud de la France, tant il s'accordait peu à son cadre sauvage et à l'énorme château qui le surplombait. Il y avait néanmoins quelque chose de très attachant et de très rassurant dans sa luxuriance soignée. Angel continuait à rêver d'une piscine, dont on aurait pompé l'eau dans la mer toute proche (il n'y a qu'ainsi que l'eau de mer peut être chaude), mais jusqu'ici la véhémence d'Oliver l'en avait dissuadée. Cela ne l'empêchait pas de rappeler constamment à Oliver la résistance qu'il avait opposée à la construction du solarium. Ledit solarium consistait en une merveilleuse excroissance circulaire semblable à une mare, qui formait saillie sur la mer et le ciel, délicieusement abritée du vent et ouverte au soleil ; là, les plus beaux meubles de jardin (copiés, sur les instructions d'Angel, par un menuisier du village, et recouverts par ses soins et ceux de Birdie de la toile à voile servant aux bateaux de pêche locaux) étiraient leurs silhouettes engageantes, tandis que des nattes en tissu, destinées aux adeptes les plus acharnés du bain de soleil, étaient les fidèles reproductions des modèles d'avant-guerre à l'Eden Roc.

« Vous aviez trouvé totalement scandaleuse l'idée de mon solarium, se plaisait-elle à lui rappeler, et maintenant c'est un de vos coins préférés. Surtout le dimanche à midi quand vous avez un délicieux apéritif à côté de vous.

– Et un autre dans le ventre. Angel chérie, vous êtes d'une hospitalité tellement somptueuse le dimanche à midi. » Il fondait toujours au souvenir et à la perspective de ces dimanches matin.

Angel se détourna de la fenêtre pour regarder Finn Barr, qui rêvassait au milieu des emballages tout en contemplant les stupides joujoux hors de prix qu'il avait dépaquetés.

« Allons, Finn, range-moi tout ça. Ne traîne pas, mon enfant. Le temps presse. » Bienveillante et ferme, elle avait décidé de lui accorder un peu d'attention.

« Sacrebleu, madame, mille pardons, mille excuses, mais ces timons m'intriguent. À quoi est-ce qu'ils peuvent bien servir ? » L'innocent sauvage qu'il était leva vers Angel ses yeux pleins de douceur, l'amadouant comme d'habitude.

« À faire du ski nautique, Finn... un million de miles à l'heure derrière le *Julietta* ou le *Mouette argentée.*

– Ça alors ! » Tout à coup, il prit la position d'un skieur filant de manière extatique à la surface de l'eau. « J'ai vu ça au cinéma... oh, doux Jésus, madame, vous nous laisserez essayer ?

– Voyons, nous n'avons pas besoin de Jésus dans ce salon, le gourmanda-t-elle comme pour les chaussures noires. Mais si Miss Birdie me fait un bon rapport sur toi... alors, peut-être, nous verrons plus tard. » Cependant, l'enthousiasme de Finn la gagnait à son tour. « Ah, je me demande si la baie sera assez calme pour les mettre à l'épreuve ce soir...

– Il y a de vilains brisants du côté de la Tête d'Or, madame, et un vent d'est à décorner les bœufs, énonça-t-il avec le pessimisme assuré du sportif qui sait qu'il ne lui sera pas donné de pratiquer son sport.

– N'importe quoi, Finn, c'est un jour idéal ! répliqua-t-elle, fermée à ses sous-entendus. Maintenant, écoute-moi, éluda-t-elle, est-ce que tu as mis de l'ordre dans la boîte à outils de Mr. Julian ?

– Miss Tiddley la garde sous son lit, madame, chaque outil frotté au papier de verre et enduit de vaseline jusqu'au moindre petit étau. » Finn était surpris qu'Angel ne fût pas au courant.

« Ah bon ? » fit-elle, songeant intérieurement : « La touchante créature. L'adorable petit gnome… » Tout haut, elle ajouta : « Oui, oui, bien sûr », comme si la chose lui était un instant sortie de l'esprit. « Dis-moi, poursuivit-elle, est-ce que tu as bien vérifié son matériel de pêche ? Est-ce que tu t'es bien assuré que ses plus belles mouches n'avaient pas disparu, et qu'elles n'avaient pas été mangées par les mites ? » Malicieuse allusion à d'éventuels larcins, car Finn était lui aussi un pêcheur émérite…

Finn riposta à cette attaque évidente : « N'étais-je pas debout avant que l'aube se lève pour arracher une plume au paon sur son perchoir, et zigouiller un geai pour le soupçon de bleu qui nuance son aile ? Mr. Julian ne manquera jamais de plumes pour ses mouches tant que je serai à Owlbeg. »

Elle accepta cet argument. « Et est-ce que tu as bien astiqué tous ses trophées scolaires ?

– Jusqu'à la petite coupe gagnée à la course aux œufs poussés à la cuillère. »

Elle adorait ce genre de minutie. « Bravo, Finn. Tu feras un merveilleux majordome à la longue.

– Ça me brise vraiment le cœur de ne plus pêcher, madame !!! », s'écria-t-il avec autant de mélancolie que d'opportunisme.

Angel ne fut pas dupe.

« Tu apprends à devenir majordome désormais, Finn. D'ailleurs, à ce propos, l'autre jour, quand tu as passé les côtelettes d'agneau au colonel Hawke et qu'il n'en a pris qu'une, tu lui as sifflé dans l'oreille : " Prenez-en deux, monsieur. " Eh bien, c'est une chose qu'aucun majordome digne de ce nom ne ferait.

– Oh, mille excuses, mille pardons, mais ce jeune monsieur mourait tellement de faim et la côtelette qu'il avait prise n'était pas plus grosse qu'une tête d'épingle…

– Peu importe, Finn, ça ne se fait pas. Et ne t'immisce jamais non plus dans la conversation.

– Je ferai mon possible pour m'en souvenir, madame. Mais enfin, il y a des fois où c'est vraiment dur. Imaginez jeudi dernier… votre monsieur assis là à la table du déjeuner, mentant comme un arracheur de dents à propos du saumon qu'il a pêché. Il avait oublié que je fréquentais la rivière avant d'être à l'office… Quand je pense que je n'ai pas ouvert la bouche pour le remettre à sa place !

– Eh bien, je sais que c'est difficile, Finn, concéda Angel avec une délicatesse infinie, mais tu dois essayer. Pour moi.

– Oh, madame, j'essaierai. Avec l'aide de Dieu, j'essaierai. Je ferai n'importe quoi pour vous être agréable. »

Ces deux-là n'arrêtaient pas de se défier mutuellement. Il existait entre eux un lien affectif profond. Il comprenait et elle comprenait, et imperceptiblement chacun imposait à l'autre sa propre volonté. Ils formaient un couple comme la reine et son joli page.

« Je sais, Finn, dit la reine en dégustant l'éloge de son page. Et c'est tellement important pour moi… Bon, se ressaisit soudain la maîtresse de maison, sois gentil et nettoie-moi tout ce bazar. Et puis, après le goûter, tu iras voir si tu ne peux pas venir à bout de ce fichu lapin. Il a boulotté la moitié des œillets du parterre de fleurs. N'oublie pas de cirer allègrement la table de la salle à manger. Et tu penseras à défaire les bagages de Mr. Julian.

– Maman ! » Slaney venait de surgir à la fenêtre. « Qu'est-ce que tu dis à Finn, maman chérie ? » Elle avait entendu et elle était dans tous ses états. Elle se mettait toujours dans tous ses états. « Maman, tu sais que c'est toujours Birdie qui défait les bagages de Julian. »

Angel regarda vers la fenêtre où Slaney tournait le dos à la mer et à la lumière : contre le ciel, ses cheveux roux semblaient vidés de leur couleur, ses joues étaient aussi pâles que son grand front inquiet, ses yeux assombris par l'anxiété ; elle fonçait toujours tête baissée dans les problèmes, comme un nageur dans des flots démontés. Chris était derrière Slaney, appuyant contre le mur des filets à crevettes : bronzé, suffisant, le geste lent, il était bien décidé à rester.

« Tu le sais, maman, n'est-ce pas ? »

Angel jeta à sa fille un bref coup d'œil par en dessous. Elle est à fleur de peau, se dit-elle. Très bien. Transigeons.

« Vois-tu, Finn, tu dois aider Birdie. Il faut qu'il apprenne, tu comprends, ma chérie.

– Très bien, madame. » Le page inclina sa tête blond platine, puis se retira.

Il sortit par la troisième porte de la pièce qui donnait sur la salle à manger.

« Nannie-Bird va être tout simplement furieuse, commenta Slaney, toujours désespérée.

– Je ne vois vraiment pas pourquoi », répondit Angel, endossant plaintivement toute responsabilité. Elle se tourna vers Chris qui venait d'entrer dans la pièce et se tenait maintenant à côté de Slaney, un peu silencieux peut-être.

« Oh, mon cher Chris, quand es-tu arrivé ? » Calme et douce, sa voix ne trahissait encore aucun agacement.

« J'ai traversé après le déjeuner. »

Le salon paraissait encombré par une prodigieuse abondance d'épaules masculines et de vestes de tweed. Il y a des hommes qui produisent cet effet-là. Leur virilité imprègne outrageusement l'atmosphère. Angel détestait cette audace. Pas consciemment, mais parce qu'une foule de préoccupations plus ténues avaient pris la place des hommes dans son existence, et ce de façon prématurée.

« Tiens donc ? Après le déjeuner ? Et c'est maintenant que je te vois… » Chris n'avait pas l'air tout à fait réveillé. Angel ajouta gentiment : « Et où étiez-vous passés, tous les deux, pendant tout ce temps ?

– Nous avons pêché la crevette dans les rochers et nous nous sommes allongés au soleil. » Slaney parlait avec volupté comme si elle revivait cet instant rien qu'en le racontant. Y avait-il une aisance inédite dans la manière dont elle s'affala sur un coin du canapé ? Quelque chose d'un peu moins tendu et enfantin que d'ordinaire ?

« Nous aurons de superbes crevettes pour le goûter. Énormes. Et Julian adore les crevettes. »

Chris allait-il s'asseoir avec elle sur le canapé ? Il y avait un certain nombre de fauteuils des plus vides et des plus confortables aux alentours. Il choisit le canapé.

« Formidable. » Angel était authentiquement ravie au sujet des crevettes. Tout ce qui venait de la mer ou des buissons la comblait de plaisir. Mais il lui fallait plus de détails.

« Et où est-ce que vous avez pris votre bain de soleil ?

– Sur un tapis de bruyère cendrée. Oh, maman, c'est fou ce que le bleu de la mer peut paraître magnifique à côté des bruyères cendrées !

– Vraiment, chérie ? Et ce n'était pas trop humide ?

– Oh, non. C'était tout bonnement épatant. Absolument rien à redire, la rassura Chris.

– J'en suis bien aise. Et maintenant, comme tu es venu en bateau, je suppose qu'il faut que tu te dépêches de rentrer. » Elle lui tendit une cigarette et lui donna du feu, avec une sollicitude minutieusement appuyée. « Entre ces marées et ces courants, on ne sait plus où on en est…

– Oh, la marée ne conviendra pas avant des heures », répondit-il, se carrant plus profond dans le canapé.

Le corps maigrelet de Slaney traduisait un bien-être inaccoutumé, sa voix semblait provenir de la même source mystérieuse :

« Il faut que tu attendes l'arrivée de Julian, dit-elle. Il aurait le cœur brisé si tu ne l'attendais pas.

– Je suis sûre que tu meurs d'envie de parler de la guerre avec Julian, intervint chaleureusement Angel. Julian volant dans les airs, et toi rampant dans tes jungles birmanes…

– En réalité, je veux lui parler de ce nouveau coin à homards que j'ai repéré, répondit Chris avec simplicité. Il faudra que nous y allions ensemble. L'endroit a l'air fantastique.

– Je suis sûre que Julian sera fou de joie », admit Angel à contrecœur. Puis, sur un ton doux et suave, elle murmura : « Chris, qu'est-ce que tu en penses… tu ne crois pas que Julian préférerait n'avoir que ses proches autour de lui pour son premier jour à la maison après… après trois ans d'absence ? Je me trompe peut-être complètement… »

Chris se leva brusquement ; il était plus confus que blessé car il avait mis un temps fou à saisir. « Bien sûr. Je pourrai revenir n'importe quand. Au revoir.

– Surtout, n'y manque pas, Chris. N'importe quand. » Elle lui attrapa les mains : « Pourquoi pas jeudi ? Pas ce jeudi-là. Jeudi prochain. » Elle voulait faire réagir Slaney, et ne fut pas déçue.

« Mais maman, gémit-elle avec désespoir, c'est affreusement loin. Viens demain, Chris. Je t'attendrai à la crique aux bateaux. À trois heures.

– Bien sûr, c'est toujours un bonheur de te voir », déclara Angel, confirmant l'invitation de sa fille. Elle sourit, pas même un sourire pincé, puis changea brutalement de sujet : « Mes chéris, que pensez-vous de ces skis nautiques ? C'est une bonne idée pour Julian, non ? »

Ils acquiescèrent. Une idée formidable. Une idée excellente. Ils se levèrent de leur canapé pour aller examiner les skis sous tous les angles.

« Nous allons devoir lui trouver des tas de distractions amusantes, dit Angel, la voix vibrante de projets généreux. Il faut absolument qu'il oublie ces trois années passées à jouer avec la mort. »

Chris leva les yeux, décontenancé par l'excentricité de la formule. « Excusez-moi, mais qu'est-ce qu'il y a eu avec la mort ? »

Angel répéta d'un ton glacial : « J'ai dit qu'il avait joué avec la mort. » Puis l'éclat de ses yeux s'intensifia et la chaleur revint dans sa voix tandis qu'elle poursuivait : « Je suis persuadée que ces retrouvailles vont être absolument merveilleuses pour lui et pour moi. Je suis tellement excitée. Il y a tant de choses ici que j'ai faites pour lui pendant son absence. Il y a tant de choses que nous allons pouvoir faire ensemble dorénavant. »

Chris hésita, puis il prit la parole avec une timidité non feinte : « Vous ne croyez pas qu'il vaudrait mieux le laisser tranquille un petit moment ? Il en a vu de dures. Les gars ont parfois du mal à se remettre…

– Peut-être suis-je le plus mauvais juge de ce qui est préférable pour Julian », concéda Angel avec une onctuosité pleine de froideur. D'un ton enjôleur, elle demanda : « Suis-je donc une vieille carne tellement bornée ? Soyez justes… »

Slaney se précipita pour la serrer dans ses bras : « Oh, maman chérie, tu n'es pas du tout une vieille carne bornée. Personne n'a jamais dit ça.

– N'était-ce pas ce que Chris a laissé entendre ?

– Grands dieux, non ! s'insurgea Chris, atterré par l'interprétation qui avait été faite de ses propos. Vous savez à quel point je vous trouve merveilleuse. Depuis toujours. Qui m'a appris à naviguer sinon vous, qui m'a appris à allumer des feux pour les pique-niques, et qui m'a tout expliqué sur les moteurs hors-bord quand je n'avais pas treize ans ?

– Chéri, tu es tellement mignon de te rappeler toutes les choses stupides que nous avons faites. Tiens, à propos… pourrais-tu jeter un coup d'œil pour moi au moteur du *Mouette argentée* ? Mon petit Chris, est-ce que tu pourrais le faire tout de suite ? Je dois traverser la baie pour aller accueillir Julian, et ce serait une vraie tragédie si j'étais retardée, tu ne penses pas ?

– Bien sûr que je vais m'en occuper », dit Chris en se dirigeant vers la fenêtre pour récupérer les crevettes. Chris n'oubliait jamais rien.

« Je vais t'aider, dit Slaney avec une insistance évidente. Attends-moi. » Tel un oiseau pendant la saison des amours, elle traversa la pièce à toute allure pour aller le rejoindre.

Angel attendit qu'ils aient atteint, avec leurs seaux de crevettes, la porte donnant sur le vestibule, pour abattre sans pitié son couperet étincelant : « Un petit instant, Slaney. Rien qu'un petit instant, ma belle. Non, Chris, tu peux y aller…

– Je vais donner ces crevettes à Birdie, annonça-t-il.

Julian doit avoir droit aujourd'hui à un authentique goûter avec crustacés façon Owlbeg, pas vrai ? »

Elle les avait séparés. Il se retrouvait seul.

6

Chris se tenait seul dans le vestibule. La porte du salon se referma derrière lui. Il avait toujours trouvé le vestibule très joli quand il était enfant et qu'il venait habillé d'un costume rose aux arbres de Noël. Il trouvait encore le vestibule très joli. Il aimait les piliers de marbre qui jaillissaient en bouquets du sol de marbre pour aller soutenir la galerie à balustrade qui courait devant les portes des chambres à l'étage suivant ; il aimait la verrière au-dessus avec tous ses vitraux, et l'imposant escalier de pierre blanche avec sa rambarde glaciale aussi tarabiscotée qu'un tronc d'arbre, et aussi magnifique. La cheminée était très belle, elle aussi, un remarquable spécimen de son époque ; un fronton de pierre ouvragé orné d'un blason et d'une guirlande, s'évasant majestueusement au-dessus de son âtre, ses bûches d'if croisées, ses chenets à pommeau de cuivre, et son admirable collection de torchères en ferronnerie et de lanternes de bateaux.

Aucune des étroites fenêtres à meneaux ne regardait la mer. Elles regardaient vers le nord avec cette réserve pleine de froideur et de dignité qui convient à un hall d'entrée. Mais leurs vitraux orange, roses et jaunes poétisaient la lumière qui passait au travers, de sorte que celle-ci tombait en losanges colorés sur le sol carrelé, les tables de chêne et les canapés Knoll, et venait transfigurer les deux bouquets de fleurs mélangées que Tiddley composait religieusement chaque jeudi. L'humeur de Tiddley pouvait bien la porter aux fleurs grises et blanches, ou aux sévères et tristes rameaux de tilleul, la lumière sanctifiait et égayait une telle austérité, sans atténuer pour autant la mélancolie de l'atmosphère.

Chris connaissait le chemin de la cuisine aussi bien que n'importe quel enfant de la maison. À travers les branches du banyan de marbre que formaient les piliers, il se fraya un passage jusqu'à la porte menant aux couloirs de derrière. Il enfila machinalement le long corridor avec l'automatisme de l'habitude. Il en allait ainsi depuis qu'il avait huit ans.

La porte de l'office était toujours ouverte face à la porte de service donnant sur la salle à manger ; toujours cette même odeur discrète de murs humides, de torchons détrempés mais propres, et de choses indéfinissables qu'on a mises de côté. Un peu plus loin dans la remise aux fleurs d'Angel le robinet fuyait depuis vingt ans, et des médicaments destinés à des chiens depuis longtemps disparus reposaient sur les étagères. On trouvait là des fleurs qui trempaient dans des seaux, pour la maison, pour le marché aux fleurs de Dublin, ou pour confectionner des couronnes funéraires (Tiddley possédait en la matière un véritable don), tandis que le corridor en pierre chargé d'humidité exhalait une divine odeur de mimosa et de freesias, une macabre odeur de narcisses vaguement sépulcrale, ainsi que ce discret parfum de désinfectant pour cadavres qui émane des chrysanthèmes. Plus loin encore, après l'immense table de service où l'on nettoyait les costumes d'hommes et les chaussures en daim, deux petits Noirs aux chapeaux blancs piqués d'étoiles s'appuyaient sans répit l'un à l'autre dans une niche du mur prévue peut-être pour une horloge : on les avait casés là de force avant de les oublier. C'était sur l'étagère au-dessus de leurs chapeaux que Birdie gardait ses précieuses réserves de spaghetti, car l'alcôve donnait par-derrière sur la conduite d'air chaud. Quand il faisait beau, elle sortait les pâtes de leur emballage en papier bleu pour les faire sécher au soleil, et elle brossait les particules duveteuses qui s'y accrochaient. Elle avait été d'une prudence telle avec ses spaghetti qu'il en resterait encore des tonnes sur l'étagère le jour où les navires reprendraient la mer, et où cette noble recette des spaghetti italiens à la sauce tomate serait devenue, dans le tourbillon du monde, une chose du passé.

Tout au bout du couloir se trouvaient la cuisine et ses dépendances. Dominant la falaise indomptée qui succédait au jardin d'agrément d'Angel, les fenêtres de la cuisine avaient vue sur la mer. La porte de derrière s'ouvrait sur une cour, dont le mur, en se prolongeant, faisait le tour du jardin potager. Ce mur était en outre si bien garni de niches, de créneaux et de tourelles qu'on aurait dit une aile supplémentaire du château, auquel il conférait, quand on le regardait de la mer, tout comme de l'intérieur des terres, une allure faussement immense et majestueuse. L'architecte avait effectué là un travail extrêmement ingénieux, mais on ne décelait aucune réflexion, aucune ingéniosité ni aucun sens pratique dans l'agencement de la cuisine, de l'arrière-cuisine, de l'office et du garde-manger, qui étaient tous situés à une distance invraisemblable de la personne chargée de préparer les repas. Birdie parcourait sans doute des dizaines de kilomètres dans l'année pour se rendre d'un endroit à un autre. Toutefois il ne lui vint pas à l'esprit, ni à celui de quiconque (hormis Oliver, qui se garda de suggérer une amélioration aussi onéreuse), qu'un ou deux éviers et peut-être un frigidaire auraient, dans l'immensité du lieu, réduit aisément de moitié les peines de la cuisinière. Bien sûr, cet aménagement avait été conçu à l'époque où les garçons tournaient les broches et où les filles vaquant aux tâches subalternes marchaient par deux ou trois, et où la cuisinière régnante pratiquait son art raffiné dans un voluptueux loisir.

La vie de Birdie n'avait rien d'un voluptueux loisir dans cette cuisine. Mais le loisir, Birdie ne le connaissait pas et ne courait pas non plus après, car la richesse de sa vie imaginaire dépassait largement tout ce que pouvait offrir la réalité.

Oliver avait raison quand il traitait Birdie de gitane. Sa conception des choses était très colorée, elle était affectueuse, soupçonneuse, follement prodigue d'énergie et de vitalité, extrêmement généreuse, atrocement rancunière. La femme et la gitane qui étaient en elle adoraient la magie, croyaient aux revenants, aux prédictions des cartes et aux changements qui survenaient à la nouvelle lune.

À quarante-quatre ans Birdie était toujours assez belle, et appliquait un soin très rigoureux à la préservation de ce physique. Jeune, elle avait une peau satinée et des cheveux soyeux, des yeux bleus éplorés et un certain charme vaguement pitoyable – l'attrait d'un irrésistible dessert à la crème accompagné de fruits d'été – dans son abondance de chair douce et saine. Une telle silhouette aurait dû succomber aux plaisirs et au laisser-aller, quitte à se dégrader à sa manière, mais Birdie, à la fidèle imitation d'Angel, observait scrupuleusement tous les régimes et tous les exercices les plus astreignants : dans le cas d'Angel, cette discipline conférait à ses membres sur le retour l'apparence nerveuse d'un léopard puissant, tandis que chez Birdie elle durcissait ses muscles au point de les faire ressembler à d'authentiques œufs d'autruche, hérissant ses seins à l'aspect de lapins endormis d'abominables ressorts en ferraille qui émettaient presque un claquement métallique quand on les regardait.

Birdie avait été capturée et dressée de bonne heure. Après la naissance de Julian, Angel l'avait arrachée à la maternité où elle travaillait, la soustrayant à ces accouchements, à ces nourrissons et à ces joyeux babillages d'une époque mouvementée. Il y avait chez Birdie comme une docilité empreinte d'affection, une tendance naturelle à se laisser subjuguer, qui la poussa à abandonner sa vie au charme d'Angel. Elle serait partie une fois Slaney sortie des langes, mais la mort, dans un accident de voiture, du mari d'Angel, n'avait fait qu'accentuer pour Angel l'importance de Birdie. Quand on est une femme séduisante douée d'une forte personnalité, on exerce une emprise incroyablement puissante sur des créatures plus faibles comme Birdie. Une telle femme peut dorloter, amadouer et exploiter autrui avec un succès infini si elle détient le secret de rendre attrayantes les choses les plus insignifiantes, si elle sait rehausser d'une touche de couleur les corvées quotidiennes et dispenser sa mansuétude comme on distribue du gâteau. Angel utilisait toutes ces astuces-là sans même avoir conscience de recourir à des astuces.

Il y avait eu des moments où Birdie avait failli s'échapper. Elle avait ses admirateurs, mais sa condition était si ambiguë – ni servante, ni exactement de la triste race des gouvernantes – que la courtiser tenait du parcours du combattant. Au début, Angel avait éconduit en blaguant nombre de soupirants sous prétexte qu'ils étaient inférieurs à l'estime qu'elle avait de Birdie, et ces dernières années le statut de vieille fille de celle-ci était devenu un fait établi pour tout le monde hormis Birdie elle-même. Car Birdie nourrissait toujours des rêves de chapeaux neufs à Pâques, mentait sur son âge, lisait des histoires d'amour en versant parfois quelques larmes, et malgré toute l'énergie qu'elle dépensait pour Owlbeg, il restait en elle d'énormes réserves à offrir à cet homme brun que les cartes prédisaient. Elle avait toujours aimé et donné éperdument, et elle avait besoin d'un objet et d'un ancrage précis pour un amour pareil : il y avait en elle un violent regret inavoué de l'homme qu'elle n'avait jamais eu, et une rancœur inexprimée à l'encontre d'Angel qui, au fil des années, avait régenté son existence de telle sorte qu'à présent le don génial qu'elle avait de faciliter la naissance et de donner vie et amour s'exprimait et s'épanouissait avant tout dans ses merveilleux travaux de couture et ses fabuleuses préparations culinaires.

Comme toute naissance et toute création, l'art culinaire comporte du mystère, de la difficulté et de la douleur. Quand Chris entra dans la cuisine avec ses crevettes Birdie ne le vit pas et ne l'entendit pas non plus. Elle était en train de s'escrimer à sortir un gâteau nouveau-né de son moule. Son inquiétude était atrocement évidente. Ses mains paraissaient lentes derrière une telle concentration de volonté. Une vapeur légèrement parfumée émanant du gâteau tout chaud flottait autour de ses mains.

Chris annonça : « Des crevettes, Birdie, des crevettes pour le goûter. » Il secoua le seau. Impossible pour lui de lier contact avec le couple extraordinaire que formaient les mains et le cerveau de Birdie. Après avoir arraché le dernier lambeau de papier sulphurisé, elle exécuta un périlleux tour de passe-passe qui renversa la préparation en bloc et exposa son œuvre, son rêve, dans toute sa perfection.

« J'ai prié le Tout-Puissant », dit Birdie en reculant d'un pas, ses yeux bleus emplis de larmes. C'était une profonde émotion, un frisson exquis, que nul ne pouvait partager. Cela se passait entre Birdie elle-même, sa chair et Dieu. « C'est un autrichien… expliqua-t-elle, d'un mot qui conférait à sa pâtisserie élégance et personnalité. C'est une abominable recette qu'ils ont ramenée du Tyrol. Je ne l'avais pas tentée depuis la guerre… je ne voulais pas risquer mes amandes pour un gâteau raté.

– Oh, Birdie, je regrette de ne pas rester pour le goûter.

– Et pourquoi pas ?

– Premier jour de Julian et tout ça. J'ai pensé qu'il valait peut-être mieux que je m'éclipse.

– Qui t'a mis cette idée dans la tête ?

– Eh bien, disons que c'est mon intuition. Je suis sûr que sa mère préférerait rester en famille.

– Tu es le bienvenu, petit… à moins qu'il n'y ait un changement de temps très bizarre. » En bonne nourrice, Birdie excellait à flairer les ennuis et à repérer les blessures inavouées. Elle dévisagea Chris avec insistance par-dessus les volutes croustillantes de l'autrichien.

Birdie connaissait Chris depuis qu'il avait huit ans, du temps où le petit garçon (un parent en Inde et l'autre remarié) était venu habiter chez ses tantes dans une maison de l'autre côté de la baie, en face d'Owlbeg. Ç'avait d'abord été comme compagnon de jeux pour Tiddley, puis comme moniteur de sports de plein air pour le jeune Julian, qu'Angel avait encouragé Chris à passer tout son temps à Owlbeg. Il était sympathique et serviable, aussi l'avait-elle soustrait à grand renfort de charme au foyer moins intéressant de ses tantes, et, parce qu'il l'aimait, elle avait fait de lui son toutou.

Pour Chris, durant toutes ces premières années, Owlbeg représentait l'aventure. Angel représentait le romantisme. Le jour, elle lui apprenait à naviguer, et par les nuits d'été, elle l'emmenait pêcher la truite blanche. Ensemble, ils posaient des trémails et des casiers à homards. Chris allumait les feux lors des pique-niques, passait la moitié de la journée à traquer les bouvreuils qui grignotaient les boutons de pêchers contre les murs du jardin, ou bien faisait trente kilomètres à vélo pour le moindre message. Lorsque la guerre l'avait contraint à une absence cruelle, c'était Angel qui avait constitué le centre de ses pensées à Owlbeg. Il avait quitté Slaney petite fille, une petite fille qu'il prenait un malin plaisir avec Julian à gâter ou à ignorer, et il avait retrouvé cette étrange créature qu'il venait tout juste d'embrasser aujourd'hui.

Jusqu'à quel point Birdie mesurait-elle la situation, c'était difficile à dire. Mais il y avait en elle un immense flot de bienveillance et de compréhension qui ne demandait qu'à aller à la rencontre de la houle hésitante de Chris.

« Mon petit chou, je n'ai jamais dit ce qui n'allait pas, murmura-t-elle, se penchant vers lui d'un air de confidence par-dessus le gâteau et la table encombrée. Agis comme il te plaît, et ne dis rien à personne. » Elle le débarrassa des crevettes et, secouant leur marmite fatale, elle la plaça sur la cuisinière, puis elle se détourna de la mise à mort : « Veux-tu que je te tire les cartes ? » C'était comme si elle suggérait là un acte purement physique. Pour Birdie, la vie et les cartes étaient étroitement imbriquées.

« Birdie chérie, je n'ai pas le temps. Je dois vérifier le moteur du *Mouette* pour elle. » Quand il parlait d'Angel, Chris disait « elle » avec cette inflexion pleine de révérence qui va avec le « Il » de Dieu.

« Ah, te voilà coincé, toi aussi ! » lança Birdie avant dc se retourner pour procéder à l'exécution des crevettes.

Chris s'en alla. Il ne comprenait pas quel profit il pouvait tirer des obscures suggestions de Birdie. À ses yeux, les prédictions de la nounou constituaient une plaisanterie éculée, de surcroît pas très rigolote. Il n'était pas plus sensible au mysticisme et à la force qui faisaient l'individualité de Birdie qu'à son importance en tant que personne. Pour lui, elle était la nounou qui l'avait obligé autrefois à se laver les mains, et aujourd'hui la nounou était devenue cuisinière et intendante.

Quand Chris fut parti, Birdie se rendit aux fenêtres ; elle en remonta une, laissant entrer de grosses bouffées d'air salé dans la pièce étouffante. Elle ouvrit également la deuxième. Situées l'une et l'autre sur le même mur, ces fenêtres donnaient juste au-dessus de la falaise et étaient entièrement occupées par la mer : en effet, cette aile du château s'arrêtait pile au bord de la falaise. La table où Birdie prenait ses repas se trouvait à côté d'une des fenêtres, son fauteuil et sa table de couture à côté de l'autre. Elle accrochait à chaque fenêtre de longs rideaux de mousseline à pois, aussi froncés et enrubannés qu'une corbeille de nouveau-né, elle mangeait dans de la porcelaine fine et préparait son thé dans une théière en porcelaine.

Depuis ce mur creusé de fenêtres, la cuisine s'étendait aussi vaste et haute qu'une église à partir de son autel. À l'extrémité opposée il y avait un fourneau à l'ancienne, qui désormais consommait quotidiennement un arbre entier de bois à brûler et deux cents livres de tourbe. Pourtant Birdie et Angel cuisinaient avec inspiration sur cet engin aux humeurs changeantes. Elles reconnaissaient aux mets confectionnés sur ce feu ardent une qualité que ne possédaient pas les plats confectionnés sur la plupart des appareils modernes. Les aliments grillés de cette façon présentaient un croquant savoureux qu'on n'arrivait jamais à obtenir sur des feux plus doux. Les toasts étaient ces toasts soigneusement rôtis aux grils verticaux de l'enfance. Les pommes de terre portaient encore sur leur peau cette cicatrice brune de vaccin que seuls des monstres aussi archaïques pouvaient imprimer.

Le monstre avait certes ses humeurs, mais celles-ci se dissipaient avec quelques cajoleries et un peu de talent, et la chaleur contrainte, languissante et boudeuse de ses distingués successeurs était inconnue à son généreux appétit naturel. De chaque côté du fourneau, de grands coffres avaient été ménagés dans le mur pour accueillir son combustible. Leurs bouches semi-circulaires s'ouvraient sur le sol dallé, l'une vomissant des blocs de bois, l'autre des mottes de tourbe.

De grands buffets élevaient contre les hautes cloisons leurs silhouettes émaciées de vieilles filles, allant chatouiller les ténèbres et la poussière du plafond, aussi insalubres et grandioses que l'était le vieux fourneau. Libres de tout complexe ayant trait à l'hygiène – les buffets arboraient, telles des fleurs d'une autre génération, des pièces rescapées de magnifiques services victoriens – leurs roses d'un rose fuchsia, leurs feuilles d'or resplendissantes et intactes, leurs bleus aussi intenses et éclatants que des coquilles de moule sur des rochers balayés par les flots. Certaines étagères étaient réservées aux fruits en bocaux, globes colorés joliment mis en valeur par le verre épais des parois. Il y avait aussi des fonds de tarte en cuivre, et des moules cannelés de toutes les formes, des paniers poussiéreux remplis d'ail et de champignons séchés, et des fleurs de tilleul datant de juillet dernier, ainsi que de la menthe poivrée et d'autres herbes aromatiques dans des sachets en papier. Dans un profond tiroir central, il y avait tout un arsenal de cuillères et de couteaux, des spatules de largeurs et de flexibilité différentes (la préférée de Birdie était tellement usée qu'elle était aussi fine que du papier et décrivait en se pliant un arc délicat, un instrument d'artiste qui n'avait pas son pareil pour se glisser entre la poêle et la membrane de l'omelette, ou pour détacher les fraises confites de leur plaque), des couteaux de boucher pour tuer canards et agneaux, des ciseaux pour le gibier à plume, des couteaux pour tailler des filets de poisson ou pour ouvrir des huîtres. Des cuillères, aussi, pour tout usage : des cuillères en bois tellement usées qu'elles étaient lisses comme de la crème, des cuillères destinées à écumer la soupe, des louches en porcelaine à fleurs, et une cuillère en argent pour faire les confitures avec un manche de soixante centimètres de long et une partie creuse rabotée jusqu'à la moitié pour avoir servi une centaine d'étés.

7

Finn Barr entra dans la cuisine un fusil à la main. Entrer ainsi dans la cuisine de Birdie était aussi inconvenant que s'il était entré avec une peau de léopard sur l'épaule, un lance-pierres chargé et une bouche barbouillée de raisin : il y avait dans son entrée la même fanfaronnade.

Finn posa le fusil sur un vaisselier au milieu des pièces de porcelaine et flanqua deux assiettes minutieusement recouvertes de sandwiches sur un plateau. D'un mouvement preste, Birdie les enleva du plateau.

« Quand je vous le dirai, je vous prie… » Ses yeux lançaient des éclairs. « Il reste encore une heure avant le goûter.

– Et qui m'a demandé de m'activer dans ma besogne ? Vous voudrez bien pardonner cette question, Miss Birdie…

– Est-ce que votre besogne consiste à dévorer le goûter du salon ? Vous voudrez bien pardonner cette question, Finn Barr. Je sais ce qui subsisterait sur ces assiettes si je vous les confiais.

– Manger ça ? Des clous ! Ça a l'air infect.

– Je vous en ficherai, des sandwiches infects comme les miens.

– Oui, vraiment infects.

– C'est votre ignorance qui est infecte, et ayez la gentillesse de déplacer ce fusil. Je veux prendre une cuillère dans ce tiroir.

– Eh bien, mon fusil ne vous en voudra pas, Miss Birdie. Mon fusil supportera votre intervention.

– Enlevez-moi ce fusil !

– D'accord, d'accord, d'accord. Je vais aller faire un tour avec, de toute façon.

– Allez plutôt faire un tour à l'office pour récurer vos tables. Leur saleté est une honte pour le retour de Mr. Julian.

– J'ai d'autres choses à faire pour Mr. Julian que de me mouiller les mains à cette heure de la journée. Des choses personnelles.

– Vous avez des choses à faire pour Mr. Julian ? Et quoi donc, je me le demande.

– Défaire ses valises, pour commencer.

– Défaire ses valises… êtes-vous fou ?

– Eh bien, si je le suis, je suis en bonne compagnie, car ce sont les ordres de madame, et en attendant je suis censé aller dans le jardin d'agrément dénicher le lapin qui mange les œillets. » Il ramassa son fusil avec l'assurance du braconnier, d'un geste vif et gracieux. Il se retourna une fois à la porte. « Mais je ne vais pas m'épuiser, Miss Birdie, je vous le promets. À plus tard ! » Il disparut.

Birdie resta debout et appuya ses mains sur la table devant elle. Tout le poids de sa colère était concentré dans ses mains appuyées. Les muscles saillaient sur ses avant-bras vigoureux. Avec ce décret aussi anodin que perfide concernant le déballage des affaires de Julian, Angel avait commis une bévue effroyable. Ce n'était assurément pas le moment de faire bon marché de l'amour, de la jalousie ou des responsabilités de Birdie, qui existaient précisément depuis aussi longtemps que Julian était en vie.

8

Dans le salon, après le départ de Chris, Slaney se laissa quelque peu aller à son enthousiasme.

« Dire qu'il s'est souvenu des crevettes pour Julian ! J'avais oublié et, tu sais, l'eau était tellement froide qu'il s'est retrouvé quasiment paralysé. »

Angel sourit, d'un sourire pincé cette fois-ci : « Seulement " quasiment " ? Tiens, tiens... Dommage. »

Slaney ne perçut absolument pas l'ironie. Elle s'épanouissait comme une plante après la pluie. « Tu avais besoin de moi, chérie ? Tu peux me demander absolument tout ce que tu veux. Je me sens dans une forme éblouissante aujourd'hui.

– Ah oui, chérie ? Et pourquoi donc, je me demande ?

– Le retour de Julian, je suppose. Nous allons nous amuser comme des fous. Écoute, Angel... » Elle dit alors d'un seul trait : « Demande à Chris de rester dîner ; je sais que Julian sera ravi de le voir. »

C'était typique d'Angel, de s'asseoir tranquillement et d'allumer une cigarette avec désinvolture en ce moment de crise. S'il y avait eu dans la pièce un plateau chargé de boissons, elle se serait préparé un cocktail et aurait fait mine d'en proposer un à Slaney, qui avait horreur de l'alcool. Une atmosphère du genre « femmes entre elles »... Elle demanda : « Dis-moi, est-ce que tu as un besoin si énorme ce soir de la présence de Chris ? Bien sûr, je l'inviterai si tu y tiens tant soit peu.

– Oh, ça m'est égal ! » Telle la biche effarouchée qui s'abrite derrière un rideau de fougères, Slaney s'efforçait, bien maladroitement, de dissimuler son sentiment véritable. « C'est seulement que Julian et Chris ont toujours été de très grands amis, il me semble ?

– Oui, d'assez bons amis. » Une infime nuance, énoncée avec juste ce qu'il faut de froideur... Angel poursuivit : « Bien, puisque nous y sommes, j'ai quelque chose de très franc à te dire en ce qui concerne notre cher vieux Chris. »

Flairant le danger, la biche s'enfuit brusquement, son drapeau blanc flottant au-dessus des hautes fougères. « Quand tu parles franchement, tu es épouvantable, dit Slaney avec un rire gêné.

– Je vais être épouvantable et régler cette histoire, déclara Angel d'une voix galvanisée par cette conversation entre filles. Slaney chérie, ne serais-tu pas en train, pose-toi simplement la question, de te jeter un tout petit peu à la tête de ce pauvre diable ? »

La lumière qui éclairait la journée de Slaney se modifia totalement. Quelque chose changea du tout au tout dans la vision qu'elle avait d'elle-même, de son amoureux, de cette joyeuse sérénité et de ce délicieux bien-être qu'elle avait éprouvés après leur séance de baisers, car les baisers suffisent aux jeunes gens. Elle était atterrée par la vitesse avec laquelle son secret avait été percé, du moins la moitié de son secret, et elle l'était d'autant plus qu'Angel avait vu en elle la plus amoureuse des deux.

« Maman, mais quelle idée perverse ! se récria-t-elle, confuse et indignée. Est-ce que je ne peux pas passer un après-midi seule avec Chris ? Je le connais depuis que j'ai six ans.

– Suis-je obligée de préciser quelque chose, chérie ? À haute voix ? Slaney, tu n'as plus six ans, ni même seize. Tu as dix-huit ans, et tu n'es pas dénuée de charme... Pour être juste envers toi, tu es belle ! Toutefois, ma chérie, crois-en mon expérience, si tu veux vraiment un homme, mon petit chou, mon trésor, ne te montre surtout pas aussi impatiente. Chérie, tu comprends ce que je veux dire, j'en suis sûre.

– Pas du tout, pas du tout ! protesta Slaney dans un vrai cri de douleur, un cri de vanité blessée.

– Oh, eh bien, les " lits de bruyère violines ", et se précipiter pour aider à changer les roues des voitures. Cette technique-là n'a jamais mené les filles nulle part... »

La sagesse légère et éclatante des paroles d'Angel, sa restitution exacte des propos de Slaney, reproduisaient la situation sous un jour implacable : parce que c'était si important, Slaney doutait atrocement d'elle-même ; elle était prête à avaler toutes les critiques à son sujet et à s'agripper désespérément à toutes les solutions qu'on lui proposait. Elle se couvrit le visage de ses mains, son sang courut à toute allure dans ses veines, une sueur brûlante perla sur tout son corps.

« Oh, ne dis pas que j'ai été comme ça ! Je n'ai pas été comme ça, dis ? demanda-t-elle à l'oracle adoré.

– Chérie, toi et moi nous jouons cartes sur table, n'est-ce pas ? Je suis passée par là autrefois. C'est ça qui fait l'expérience. Tu veux séduire et garder les hommes autant que je le voulais, n'est-ce pas ? Très bien, alors la vérité ? Oui. Au moins un tout petit bout. Mais si.

– Non...

– Mon chou, ne t'en fais pas. Ce brave garçon n'a pas la moindre importance pour toi, pas vrai ? *Au fond* *, il est un peu bébête, *n'est-ce pas* * ?

– Oh, je ne sais pas... » Elle ne le défendit pas, et donc le renia ; telle une enfant qui a raconté des bobards et veut se délivrer du poids de ce souvenir, Slaney s'écria : « Oh, Angel chérie, c'est la chose la plus déshonorante qui me soit jamais arrivée... est-ce que je me suis jetée à sa tête ? Aide-moi à me sortir de là. »

Angel devint si douce que ses os semblèrent se ramollir sous sa chair. Ses yeux s'embuèrent. Son cou prit une consistance caoutchouteuse, ses jolies mains retombèrent sur ses cuisses, comme si un soupir avait détendu son corps. « Tu sais que je ne me mêle jamais de tes affaires, Slaney... après tout, c'est ta vie de jeune fille. Mais étant donné que tu m'as soumis le problème, tout ce que je te suggérerai, c'est, peut-être, de te montrer un *soupçon* * moins émue quand il est dans les parages. Juste un petit peu plus réservée. Tu sauras doser cela mieux que moi. »

Slaney serra si fort les poings que ses articulations devinrent aussi blanches que des os parfaitement nettoyés : « Oh, je vais être glaciale, glaciale.

– Mon cœur... » Se penchant vers sa fille, Angel lui effleura la joue avec son petit doigt. Un éclat de rire sous forme de caresse... « On ne t'en demande pas tant. Fais simplement comme tu le sens. Et maintenant, Slaney, reprit-elle d'une voix plus forte et très pragmatique, tu vas me faire le plaisir, ma minette, d'enlever cet immonde pantalon... non seulement il est tout troué, mais il empeste le goudron, le vieux rafiot et le poisson avarié.

– Oh, maman, quelle importance ? »

Angel lança un bref coup d'œil à sa fille. Les choses étaient-elles vraiment sérieuses ? Bien sûr que non, rien d'insurmontable. La voix pleine de mystère et de promesse, elle dit : « File donc à l'étage voir ce qui est étalé sur ton lit... une petite robe en laine bleu pâle d'une élégance impeccable. »

Ce n'était pas déroutant, mais plutôt exaltant : la curiosité, ce stimulant efficace entre tous... Slaney se dirigea vers la porte, puis elle se retourna, se rua sur Angel et murmura avec ferveur : « Est-ce qu'elle est jolie, Angel chérie ? Est-ce qu'elle va me donner assez confiance pour me montrer détestable avec lui ? »

Angel s'esclaffa. « Je ne tolérerai pas que tu sois méchante avec ce pauvre bougre. Dépêche-toi d'aller te changer, et je te dirai quels ravages tu vas faire avec cette robe...

– Tu es une mère extraordinaire. » Bouleversée, les yeux brillants de larmes, Slaney embrassa Angel et s'esquiva.

Angel, le regard braqué sur la mer, sentit son cœur se gonfler de tendresse et d'amour ; elle décida de s'accorder le temps de savourer ce plaisir.

Toute la journée, elle avait organisé les choses, elle avait travaillé et poussé les autres à travailler : elle avait cuisiné avec Birdie et jardiné avec Tiddley. Au gré d'un effort personnel surhumain, elle avait fait installer le nouveau moteur dans le bateau de Julian, elle avait tout fait récurer et astiquer à l'intérieur, et tout fait mettre en ordre. Elle avait l'impression d'être l'ordonnatrice d'une fête de Noël : des rubans argentés sur les paquets, des lumières féeriques et des forêts de bougies attendant la flamme ; des petits bonbons pastel éparpillés dans la poussière d'étoile ; chaque détail calculé avec un sens consommé du romantisme ; chaque membre de l'assemblée gâté comme il convient. Des couronnes de rire, de gratitude et de louanges allaient pleuvoir à ses pieds. Contemplant la mer estivale, il lui apparut que l'air et l'eau avaient changé : s'y entremêlait cette chaude couleur lilas qu'elle avait commandée à Dieu dans les prières assidues qu'elle faisait tous les soirs, et pour lesquelles elle s'agenouillait chaque fois après s'être coiffée et démaquillée. Ces prières constituaient un exercice tout aussi assidu que le reste.

Si elle avait eu le temps, elle aurait soumis à Dieu ce petit problème concernant Slaney, mais il avait fallu agir vite. D'ailleurs, elle s'était plutôt bien débrouillée, en l'absence de conseils divins. Un souffle s'échappa de ses lèvres, situé entre le gloussement et le soupir satisfait. Elle se frottait les mains de son succès facile avec Slaney, et tout lui semblait réjouissant, aussi bien ce qu'elle avait déjà que ce qu'elle ne tarderait pas à avoir.

9

Birdie vint la rejoindre, et ce avant qu'Angel ait terminé sa séance de méditation autosatisfaite aux couleurs de la mer ; Birdie, parfaite image d'élégance hygiénique avec sa veste blanche bien coupée et ses manches courtes. Juchée sur ses splendides escarpins noirs à talons hauts, Birdie affichait comme un air de défi. On aurait dit un pigeon blanc exaspéré. Elle referma la porte et s'immobilisa devant, sans rien dire, continuant furieusement à tricoter un de ces minuscules vêtements si moelleux qu'elle confectionnait avec un zèle frénétique pour ces pauvres bébés européens. « Il faut qu'ils aient quelque chose de joli », expliquait-elle, les yeux étincelants, alors qu'elle défaisait un chandail à l'attrait exotique pour en récupérer la laine. « Des choses jolies, voilà ce qui leur manque en ce moment, pas des choses utiles. »

Se détournant de la fenêtre, Angel s'exclama : « Birdie, pas mon angora couleur pêche ! Birdie, mon préféré, mon plus doux, mon plus rose, mon fleur d'amandier.

– Moi non plus, je n'aime pas le rose pour les bébés, dit Birdie, faisant exprès de mal comprendre.

– Alors, s'il te plaît, pourquoi ? J'ai acheté au moins une livre de laine blanche la semaine dernière.

– Trop rêche.

– Rêche ? Tu déraisonnes !

– Aussi rugueuse qu'un nid de choucas. On a tout bonnement l'impression de tricoter une couronne d'épines. C'est…

– Bon, d'accord. Je renonce. Je dois partir chercher Julian dans une minute. Qu'est-ce que tu me voulais, ma chère Birdie ?

– Je voulais seulement m'assurer que c'était sur votre autorité que ce petit – de quel nom l'appeler, au fait ? – devait se charger à ma place de défaire les valises de Julian. Ce petit… » Il y avait dans la voix de Birdie une irritation dégoûtée qui aurait dû alarmer Angel. « Ce petit… allons, voyons, de quel nom vais-je l'appeler ? »

Angel était sereine : pas le moindre à-coup dans la mécanique. Elle savait qu'elle n'allait pas tarder à remporter une victoire pacifique de plus. Aussi suggéra-t-elle avec une malice affectueuse : « Et si tu essayais de l'appeler Finn, ma chère Birdie ?

– Cet individu qui doit se charger de défaire les valises de mon garçon ? Ce petit opportuniste, ce petit braconnier efféminé venu des montagnes ? débita Birdie sans aucune retenue.

– Chère Birdie, par pitié, je t'en supplie… » Le couplet personnel. « Je sais que tu ne veux pas gâcher mon bonheur, pas aujourd'hui. Mais quand tu es contrariée, je suis contrariée moi aussi. »

Birdie n'en poursuivit pas moins son réquisitoire. « Les poissons dans la rivière, les coqs de bruyère dans la lande, les bécasses près des sources, voilà tout ce qui intéresse ce lascar, et en plus, à l'office, il en fait voir de toutes les couleurs à l'argenterie et à la vaisselle. Croyez-moi, ce n'est pas un domestique pour Owlbeg.

– Oh, il le sera, ma chère Birdie, quand tu en auras fini avec lui. » La voix d'Angel trahissait plus la commisération à l'égard de son page que l'admiration à l'égard de Birdie, qui ne se laissa pas amadouer.

« Toutes les jeunes filles que je fais venir pour aider, il les embobine et il les monte contre moi, et voilà qu'avec sa fourberie et ses doigts de voleur il va tripoter les affaires de mon bébé pendant que moi je touille les marmites… Moi, qui ai toujours fait et défait les valises de mon garçon depuis qu'il est né !

– Oui, Birdie, je sais. Qu'est-ce qu'il ferait sans toi, ton garçon ? » Une page de magazine se déploya dans sa tête. « Mais il me semble beaucoup plus important que tu t'occupes de ses menus, que tu veilles à son équilibre alimentaire, que tu l'appâtes avec ta merveilleuse cuisine, que tu l'aides à reconstituer ses forces physiques, mentales et spirituelles… Existe-t-il un sentiment plus fort que celui que nous éprouvons pour la nourriture : rien n'est plus intense que la gratitude que nous éprouvons envers l'artiste qui la prépare. Oh, Birdie, et c'est toi qu'il aime… toi, et tu le sais, chère vieille crapule ! Il a besoin de toi exactement comme j'ai besoin de toi… et tiens, à propos, j'ai perdu quelque chose d'essentiel : la liste que nous avons établie pour le dîner. Nous risquons d'omettre certains détails dans les festivités si nous ne la retrouvons pas. Où est-elle, Birdie ? Oh, où est-elle donc passée ? »

Birdie était capable de retrouver n'importe quel objet manquant. C'était une de ses facultés particulières. Quel que soit l'objet perdu. Même très éloigné du domaine de la maison : les boulons pour la moissonneuse-batteuse égarés par Oliver, le nid de la poule grise enfoui dans les ronces, le livre emprunté à la bibliothèque, les clés de la réserve tombées dans un champ de blé, le bracelet qu'avaient roulé sept marées successives, la zone de votre cou où débutent les maux de tête, les conques les plus rares dans un banc de galets, le paquet de négatifs de chez Will R. Rose – elle pouvait retrouver tout cela, et avec une concentration tellement exercée que l'effort fourni paraissait négligeable.

Ce défi n'était qu'une formalité pour le don divin de Birdie, mais, comme l'espérait Angel, il servit à la distraire de Finn et de ses doléances. Elle traversa la pièce en cliquetant sur ses talons hauts, ouvrit un catalogue de grainetier et étala devant Angel une feuille de papier à lettres gribouillée. « Non que je ne la sache pas par cœur… précisa-t-elle.

– Tu m'étonneras toujours… Avons-nous le temps de la

vérifier ? D'abord, la boîte de caviar historique, puis une soupe avec le soupçon d'ail, les quelques petits oignons et toutes les tomates que Tiddley pourra te donner.

– La pauvre enfant, nuit et jour, elle s'occupe de faire mûrir ces tomates pour lui.

– Quel ange ! Ensuite, le homard *pilaf** de Mme Prunier, rehaussé de notre touche personnelle : livre de cuisine, page 19. Je descendrai, nous le ferons ensemble.

– Ne vous inquiétez pas, j'ai bien acquis le coup de main désormais…

– Chérie, ensuite cette merveilleuse recette de tout jeunes poulets, cuisinés au beurre dans la marmite en fonte noire, et bordés de minuscules légumes : petits pois, carottes miniature, *fonds d'artichauts* *, champignons, et ces pommes de terre nouvelles qui coûtent les yeux de la tête. De la salade, d'après toi, avant le soufflé ?

– Oui. »

Elles étaient sur la même longueur d'ondes. « Je suis d'accord, avec une vinaigrette bien relevée. Puis ton soufflé aux fraises… je suis certaine qu'il va l'adorer.

– Il refroidit sur la paillasse en ce moment même, et il s'en dégage un parfum, appétissant comme un champ de trèfle.

– Oh, Birdie, est-ce qu'il est bien monté au-dessus du papier ?

– Il a moussé au-dessus du papier.

– Je me sens tellement heureuse. Tout ça m'a l'air absolument exquis.

– Ça va le changer, après des années au régime corned-beef… » Les aiguilles à tricoter de Birdie reprirent leur cadence appliquée. Elle était apaisée et ragaillardie par la perspective de cuisiner et de donner.

« Allons, Birdie, ne te vieillis pas… nous ne sommes plus en 1916 : Julian n'a jamais mangé de corned-beef !

– Les rations de l'Armée de Terre sont faites de corned-beef, et même chose pour la R.A.F. Je le sais, j'ai des amis dans l'Armée… plusieurs amis hommes.

– Eh bien, reprit Angel sans commenter, je brûle d'impatience de l'entendre tout nous raconter, pas toi ? Toutes ses aventures. »

C'était son instinct qui parlait quand Birdie demanda : « Vous pensez qu'il va se confier à vous ? À vous ou à moi ? Vous croyez que oui ?

– Bien sûr qu'il va me raconter toutes les choses prodigieuses qu'il a faites, ce bébé... cet enfant. »

C'était là quelque chose dont Birdie pouvait s'emparer. Un domaine où son tempérament protecteur pouvait s'exercer. « Enfant... répéta-t-elle avec ce sourire légèrement agaçant des personnes qui savent. L'enfance est plus lointaine quand on a vingt ans que quand on en a quarante-cinq. " Mon enfant ", comment vas-tu ! Ah, mon pauvre petit bébé ! »

Angel eut un sourire de désaccord, mais elle n'avait plus le temps à présent d'exposer ses arguments. Elle se contenta de déclarer d'un ton suppliant : « Enfin, Birdie, pourrais-tu laisser de côté l'adjectif " pauvre " ? La guerre est finie, et n'ai-je pas pensé au moindre détail pour célébrer nos retrouvailles ? Bon, est-il l'heure de se mettre en route ? » Elle regarda la pendule, une pendule à carillon, puis s'en éloigna d'un air triomphant ; cet objet, illustration parfaite de son union avec Julian, avait été remise entre ses mains. « Écoute, Birdie, même cette pendule qu'il passait son temps à bricoler sans pouvoir la réparer, eh bien la voilà... je l'ai fait arranger, et elle marche à la perfection. »

Birdie acheva de compter un rang de tricot avant de répondre : « Et que Dieu ait pitié de nous tous le premier dimanche de pluie ! » C'était une de ces remarques prophétiques qui suscitaient toujours des souvenirs maussades ou des prévisions pessimistes. « Il répare cette pendule depuis qu'il a quatorze ans et ce n'est pas aujourd'hui qu'il aura envie d'arrêter.

– Je ne comprends pas... » Sincèrement désemparée, Angel sortit un autre cadeau de son sac à malice : « Et un moteur neuf pour le *Julietta* ! annonça-t-elle sur un ton victorieux.

– Madame... » Cette fois Birdie était authentiquement

choquée. « Cet enfant mettait toute sa passion dans ce moteur. C'était l'équivalent pour lui d'un coffret de magie, c'était à la fois de la pâte à modeler et un jeu de Meccano, c'était son joujou préféré. » Les métaphores enfantines pleuvaient : « Son doudou de bébé.

– Oh, ne dis pas de sottises, Birdie ! » L'ineptie du plaidoyer de Birdie conforta aussitôt Angel dans son bon droit. « Après avoir piloté des avions de chasse pendant trois ans, le moteur du *Julietta* lui paraîtra bien ridicule, je le sais... Tiens, et j'ai aussi racheté six magnifiques casiers à homards.

– Bon, je me tais, fit Birdie en repliant son tricot. N'empêche que ses anciens casiers lui portaient chance. Ses anciens casiers vont lui manquer, le pauvre chou. Ce n'est plus un enfant ; il a aussi bien l'âge de choisir des casiers neufs que de choisir une fiancée, et le cas échéant je suppose que nous aurions tous intérêt à ne pas nous en mêler... Les gens ressortent des guerres très différents de ce qu'ils étaient avant, et ça ne m'étonnerait pas que Julian ait un projet qui va tous nous laisser babas : mon garçon a toujours été tellement intelligent. Je me demande s'il s'agira de son mariage ?

– Peut-être pas tout de suite, répondit Angel en riant.

– Oh, le mariage est une chose horrible, c'est vrai. Il y a de quoi devenir folle rien que d'y penser, dit Birdie en réprimant un petit sourire, car en réalité elle y pensait souvent.

– Allons, Birdie, ce n'est encore qu'un enfant », protesta Angel. Imperturbable, elle venait d'évacuer la question du mariage. « Mon garçon adoré... » Elle regarda de nouveau par la fenêtre.

« Mon splendide garçon », renchérit Birdie, se postant à une autre fenêtre.

Immobile, le regard fixe, Angel faisait la sourde oreille. « Mon... »

Slaney entra comme une trombe, les yeux étincelants, le nez outrageusement poudré. Sa nouvelle robe lui plaisait. Elle arrivait à point nommé. Elle méritait un hommage immédiat. Slaney courut vers sa mère : « Chérie, elle est ravissante, s'écria-t-elle. Ne suis-je pas divine ?

– Si, absolument divine, acquiesça Angel, se délectant de la beauté de sa fille.

– Envoûtante ? » Son ton était pressant.

« Oui.

– Sublime ? » Il fallait qu'elle sache.

Angel émit un son hésitant entre l'abeille qui bourdonne et le cochon qui grogne, et Slaney fut satisfaite : « Je ne sais comment te remercier, Angel… tu vas toujours chercher les plus belles surprises… un baiser, un baiser, et encore un baiser.

– Tu es ravissante, ma douce, quand tu es contente, dit Angel en acceptant les embrassades de sa fille. Elle te plaît, Birdie ? » Il fallait qu'elle reçoive des éloges de chacun.

« Ah, soupira Birdie, elle est très jolie, elle est parfaite ! » Elle n'avait jamais su refréner ses exclamations de plaisir lorsqu'elle voyait de jolis vêtements. « Seulement… tourne-toi, ma chérie… n'y aurait-il pas un tout petit faux pli dans le bas ? »

Comme il était trop tard pour autre chose que des louanges, Angel se sentit frustrée de la félicité totale qu'elle aurait dû connaître. « Il fallait bien que tu trouves quelque chose à redire, pas vrai, Birdie-la-chipie ?

– Tu ne pourrais pas enfiler la robe en satin de Molyneux, le temps que je m'en occupe ? Pourquoi pas tout de suite ? » La réplique de Birdie faisait référence à tous ces modèles luxueux du passé.

« Non… rien à faire… ce n'est plus qu'un grand sac. » Angel se trouva submergée par une vague de souvenirs et son regard croisa celui de Birdie : elle n'avait rien oublié de cette époque glorieuse et lui était affectueusement reconnaissante d'y avoir fait allusion. Birdie savait qu'Angel se souvenait… c'était ce même lien qui l'unissait à Oliver.

« Dieux du ciel ! s'exclama Angel, émergeant du passé. Tu as vu l'heure qu'il est, mon chou, tu as vu ? Oh, si par malheur j'étais en retard ! Il faut que je file. Birdie, je te charge de tout : des canapés aux anchois pour le thé, souviens-toi, et puis la confiture de pêche. Slaney chérie, range donc ces skis, surprise pour lui et tout, tu sais. Et fais-moi un baiser, et Birdie, Birdie, où est mon sac ? Retrouve-le-moi. »

Une fois seule, Slaney grimpa sur le canapé pour voir ce qu'elle pouvait du dos de sa robe, dans une glace ronde déformante dont le cadre foncé était orné de petites sphères en or mat. Dans le reflet fantaisiste de ce miroir, son problème de jupe s'estompa pour se réduire à un point bleu microscopique. Descendant de son perchoir, elle s'assit sur le canapé et travailla l'arrangement de ses cheveux, de ses jambes, de ses mains, de son visage. Elle se figea dans une posture d'une sophistication grotesque, tandis que son cœur battait la chamade, palpitant dans sa poitrine tel un lapin pris au piège. Chris allait voir ce qu'il allait voir quand il reviendrait… s'il revenait ? Oh, mon Dieu, s'il ne revenait pas ? Elle se tenait à la fenêtre, éperdue d'angoisse, lorsqu'il entra soudain, la prenant au dépourvu, déclarant d'une voix chaude et pas entièrement calme : « Tu es ravissante… »

Elle s'élança vers lui : « C'est vrai, je te plais ? » Puis, se ressaisissant, elle reprit place sur le canapé et essaya, tremblante, de reproduire sa pose précédente. Elle dit d'une voix incertaine : « Oh… je croyais que tu étais rentré chez toi. »

La froideur contenue dans cette remarque lui échappa et il s'installa à côté d'elle. « Pas encore… Slaney, tu as tout à fait l'allure qu'il faut. Cette couleur est très jolie. » Il fallait traduire : « Tu es magnifique et je suis terriblement impressionné. »

Décidant d'affecter un peu plus l'indifférence, elle croisa les jambes, s'écarta de lui et braqua ses yeux, qui lui piquaient d'émotion, sur les brides de ses sandales blanches.

« Oh, je suis tellement contente qu'elle te plaise, dit-elle. Ce n'est qu'un vieux chiffon, tu sais.

– En fait – sa voix le trahissait – cette robe est sensationnelle. »

Slaney perçut l'émoi qui se cachait derrière ces stupides

paroles et elle fut envahie par un plaisir ardent. « Oh, tu trouves vraiment ? »

Il parut déconcerté et réitéra : « Et toutes ces poches si astucieuses ?

– Eh bien, qu'est-ce qu'elles ont, ces poches ? » D'un geste défensif, elle tira légèrement sur une pochette au-dessus de sa poitrine.

« Elles me rendent fou, voilà ce qu'elles ont.

– Ah oui ? » Enchantée, elle croisa son regard et se pencha pour recevoir un baiser, puis, tout à coup, elle se retira dans son coin avec désespoir. « Va donc te chercher quelque chose à boire, dit-elle d'une voix faible et étranglée, en indiquant de la main la porte de la salle à manger.

– Je me fiche de boire ! » Il lui attrapa la main, il éclata de rire et son bras se glissa autour d'elle. Dire qu'ils avaient ri ensemble au soleil sur ce tapis de bruyère… Mais à présent le rire de Chris et l'assurance qu'il montrait dans son entreprise de séduction étaient devenus subtilement insultants : comme si elle n'attendait que ça ! Adaptés à la circonstance, des mots effrayants et meurtriers vinrent à la bouche de Slaney tandis qu'elle reculait maladroitement. « Oh, ne me saute pas dessus comme ça ! s'écria-t-elle, querelleuse. C'est lassant, à la fin !

– Je te saute dessus ? répéta-t-il, incrédule. Quelle expression horrible. Qu'est-ce qui t'arrive, Slaney ? »

Moitié jubilante, moitié en larmes, Slaney se leva et, de cette même voix pincée, elle répondit, par-dessus son épaule : « Absolument rien. »

Mesurant ses paroles, Chris déclara de façon extrêmement raisonnable : « C'est le fait que les filles comme toi prétendent que les types comme nous leur sautent dessus qui rend les types comme nous tellement nerveux qu'ils n'osent plus sortir les mains de leurs poches. »

Même là, elle ne voulut pas comprendre qu'elle en avait assez dit. Les jeunes gens ont toujours du mal à reconnaître leurs torts.

« Fais attention, tu ne dois pas rater la marée », l'avertit-elle. Mais cette fois elle parla dans le vide.

« Écoute – son ton était pressant – reviens ici une minute. »

Elle éclata d'un vilain petit rire.

Quand l'émotion est intense et inexprimée, il suffit d'un rien pour que les choses virent au désastre. Chris était furieux. « Oh, très bien, ne reviens pas, dit-il. Tu ne sais pas ce que tu veux, hein ? Tu souffles le chaud et le froid, hein ?

– Comment oses-tu dire que je souffle le chaud ? lui rétorqua-t-elle, les yeux lançant des éclairs, réellement en colère.

– Comment oses-tu prétendre que je te saute dessus ? » Il lui faisait face, blanc comme un linge, ridicule et déterminé. « Et tu souffles vraiment le chaud, à tel point que je dirais même que tu es brûlante.

– Tais-toi ! Tais-toi ! » De retour en classe de huitième, elle chercha ses mots pendant un moment, puis elle explosa : « Je souffle peut-être le chaud et je souffle peut-être le froid, mais quand je souffle le froid, je suis sincère.

– Merci, fit-il. Merci beaucoup.

– Chris... » Subitement, elle comprit qu'elle leur avait fait un terrible affront, à lui comme à elle-même.

« Ne prends pas la peine d'ajouter quoi que ce soit, dit-il avec une dignité un tantinet grotesque. J'ai mon compte.

– Chris... » chuchota-t-elle, mais il avait déjà gagné la porte. Elle avait l'impression d'être dans un de ces abominables cauchemars où la terreur bloque le cri dans votre gorge. Elle essaya encore : « Chris... » Mais il était parti.

Elle s'assit soigneusement sur le canapé, sans la moindre affectation d'abandon, petite fille arrivée trop tôt à une fête, et elle sembla rétrécir et enlaidir comme une enfant timide, tout son éclat physique parut soudain s'éteindre.

Tout comme, dans les années passées, Birdie l'avait toujours délivrée avec la plus grande aisance de ses tracas spirituels, voilà maintenant qu'elle réapparaissait, ses talons claquant de façon moins stridente, sa veste blanche moins agressive dans sa raideur, et ses mains sans tricot enfoncées dans ses poches, suggérant presque qu'elle était fatiguée.

Slaney se leva, traversa la pièce en chancelant et s'effondra dans les bras de Birdie avec des torrents de larmes. Elles s'installèrent côte à côte sur le canapé. « Allons, du calme, mon enfant, du calme. » La voix de Birdie n'était ni exagérément soucieuse ni excessivement apaisante ; elle lui tapota le dos pendant un moment avant de dire : « Est-ce Mr. Christopher ? Il file vers la crique aux bateaux à cent à l'heure à cet instant même. Je l'ai croisé dans le vestibule, il avait les deux yeux qui lui sortaient de la tête. Quel que soit son problème, il est magnifique.

– Tu trouves ? » dit Slaney. Le compliment lui allait droit au cœur. « Birdie… » Elle releva la tête de cette épaule qui, pour la première fois de son existence, lui paraissait d'un réconfort moins suprême, car aujourd'hui elle avait atteint en toute facilité un niveau de béatitude extrême qu'elle ne soupçonnait pas. « Birdie, j'ai été épouvantable avec lui, épouvantable. Nous avons eu une dispute horrible.

– Oh, Slaney, mon enfant. » Birdie n'y alla pas par quatre chemins et observa d'un ton caustique : « C'est le meilleur moyen de perdre un soupirant, et aussi le plus rapide.

– Mais Birdie… » Aidée par cette conversation, Slaney commençait à reprendre courage. « Mais Birdie, maman a dit que je me montrais bien trop empressée et bien trop juvénile… enfin, si mon intention était de le séduire.

– Tiens, tiens, elle a dit ça ? » Birdie réfléchissait, s'abstenant de tout commentaire.

« Et tu sais, Birdie, continua Slaney, elle a toujours raison. Il fallait que je montre à Chris que je n'étais pas à sa botte, mais va savoir pourquoi, j'en ai rajouté. Je suis dans tous mes états. Il faut que je demande à maman ce que je dois faire, maintenant.

– Ceux qui nous aiment le plus sont souvent ceux qui nous nuisent le plus. » Si Birdie prononça cette maxime avec une certaine humilité, la critique et la mise en garde n'en étaient pas moins là. Puis elle adopta ce ton de curiosité intime propre aux discussions entre filles : « Que lui as-tu dit, mon enfant ? Raconte à Birdie.

– J'étais très dédaigneuse, et j'étais très fâchée et j'étais assise comme ça… regarde, Birdie… » Elle prit une pose glaciale encore plus altière que celle qu'elle avait eue. « Dis, tu ne crois pas que tu ferais mieux d'y aller ?

– Oh ! » Birdie était outrée d'une telle audace. « Ma pauvre petite ! Prends garde qu'il ne revienne jamais… crois-en mon expérience, mon enfant, il faut se méfier, avec les hommes. »

Slaney n'y avait pas pensé et la panique l'étreignit. « Est-ce que je réussirais à le rattraper et à me faire pardonner si je descendais à la crique aux bateaux ? »

Pleine d'élégance, Birdie cliqueta sur ses talons jusqu'à la fenêtre et regarda dehors, en s'abritant les yeux. Elle se retourna et elle secoua la tête : « Il a déjà largué les amarres et le vent est avec lui. » Ce constat avait l'air atrocement définitif.

« Birdie, que vais-je faire ? »

Birdie trouvait elle aussi la situation assez grave. Elle soupira et se réfugia derrière une généralité : « L'amour est terrifiant et les hommes sont imprévisibles.

– C'est vrai, Birdie ? » Sans s'en rendre compte, Slaney avait adopté la position du disciple, une position naturelle chez elle.

« Il suffit d'un regard pour les attirer ou pour les perdre », déclara Birdie, méditative.

Slaney n'en perdait pas une miette. « Tu sais tellement de choses sur les hommes, Birdie. Je n'en reviens pas que tu ne te sois jamais mariée. » Il n'y avait dans cette remarque ni taquinerie ni sarcasme, et c'est bien ainsi que la reçut Birdie. Elle réagit avec un orgueil sans fard.

« Oh, j'aurais besoin des doigts de mes deux mains pour faire le compte de tous les amoureux que j'ai eus, et si je les avais écoutés, il y a bien longtemps que je serais installée dans une petite maison à moi. Enfin, tant pis, ces beaux rêves sont terminés pour moi, je suppose.

– Bien sûr que non ! » protesta Slaney du fond du cœur. En fait, elle trouvait Birdie extrêmement charmante et séduisante, et voyait en elle l'idéal féminin.

« Tu as raison, en effet, reconnut Birdie avec componction. Si tu avais vu ce que j'ai vu dans ma tasse à thé hier soir (et je ne parle pas de l'homme brun de taille moyenne qui m'apparaît chaque fois que je tire les cartes), tu jurerais que ma dernière chance est encore devant moi. Et quand ma dernière chance viendra, tu sais ce que je ferai ? Je m'y agripperai. Quant à toi, tu devrais faire la même chose avec ta première. »

Slaney absorba ce conseil avec une telle avidité qu'elle mourait d'impatience de se rendre au téléphone. « Oh, je suis certaine que tu as raison. Dois-je appeler et laisser un message pour qu'il me rappelle ? Dès qu'il rentre. À l'instant même où il rentre, tu ne crois pas ?

– À ta place, j'attendrais qu'il soit rentré en personne ; les messages sont souvent déformés, et il en a pour une demi-heure à traverser la baie.

– Une demi-heure… c'est une éternité.

– C'est une seconde… Quand je pense à tout ce que j'ai encore à faire ! » La raideur sembla revenir dans la veste à basque de Birdie, tandis que ses innombrables responsabilités réaffirmaient leur tyrannie. « Regarde-moi, à perdre mon temps, quand le lit de mon Julian n'est même pas fait. Trois couvertures, plus la nouvelle couverture bleue, deux chiens et une bouillotte. Mon trésor a toujours eu froid au lit. » Birdie se dirigea vers la porte.

Mais, comme les enfants, Slaney se cramponna sans vergogne. Elle avait besoin d'elle, et vis-à-vis de Birdie elle était encore quasiment en position fœtale ; ses mains, pareilles à des nageoires sous son menton, imitaient la prière du panda. « Attends, Birdie, attends. Il n'y a pas le feu… dis-moi quelque chose. Tu ne crois pas que quand maman récupérera Julian, elle oubliera peut-être tout, pour Chris et moi ? »

Birdie avait toujours de beaux adages à proposer : « Julian est son fils unique, Julian est de l'or. » Elle retourna la formule dans sa bouche, mettant ainsi en valeur la personne de Julian. « Mais elle n'oubliera personne. »

Slaney déclara avec cette sagesse si facile à trouver quand elle concerne les autres : « Évidemment, il ne pourra plus être son petit garçon, comme quand il est parti… tu crois qu'elle en est consciente ?

– Je me pose la question. » Birdie, avec sa voix basse,

s'apprêtait à faire à Slaney une confidence plus profonde, mais elle se ravisa. « C'est mon bébé Julian, à moi aussi, poursuivit-elle, mais dorénavant c'est Mister Julian que je l'appellerai.

– Birdie ! s'exclama Slaney, sidérée.

– C'est pour lui montrer que nous recommençons tous de zéro, finis les câlins. Et plus un seul mot, décréta-t-elle avec une lueur résolue dans le regard, ne franchira mes lèvres pour l'inciter à se coiffer ou à se laver les oreilles. »

Slaney décida d'adapter un peu plus son attitude à cet étranger qui allait arriver. « Et je ne dirai rien sur les timbres, sur la collection d'œufs ni sur les lapins. » Un vague malaise l'assombrit. « De quoi je vais lui parler, je me demande bien.

– Oh, tu trouveras quelque chose, répliqua Birdie, cernant parfaitement la difficulté. Tu ne seras pas gênée longtemps.

– Bien sûr que non. » Slaney fit l'inventaire des sujets de discussion possibles. « Je suis une grande personne, moi aussi. Il a des galons et des décorations. Mais moi j'ai eu ma première permanente et j'ai perdu mon premier homme. »

C'est à ce moment-là que Sally et Julian entrèrent dans la pièce. Il paraissait plus mince et plus jeune que quand il était parti, et aussi étranger qu'un homme dans un restaurant, avec cette cicatrice blanche de brûlure qu'elles n'avaient jamais vue sur son visage bronzé, et ses cheveux d'un blond aussi pâle qu'un champ de blé. Il portait un très joli costume bleu, mais pas le genre de costume qu'Angel lui aurait choisi. Ce costume avait un côté un peu flamboyant qu'Angel n'aurait pas approuvé.

Devant Slaney et Birdie un gouffre s'ouvrit tout à coup, mais un gouffre dans lequel elles se précipitèrent avec des baisers et des exclamations de bienvenue, ainsi qu'une curiosité effrénée à l'égard de Julian comme de sa compagne. Ce fut Sally qui prononça les premières paroles cohérentes ; elle s'exprima d'une voix mesurée, à la fois traînante et rauque, sur le ton d'une personne habituée aux auditoires et aux micros : « Et si tu me présentais ?

Annonce la bonne nouvelle, mon chou. Sonne donc les cloches ! »

Reculant d'un pas pour la rejoindre, Julian s'empara de son bras d'un geste protecteur tout ce qu'il y a de charmant. Il était très fier et un peu condescendant. « J'ai trouvé ça dans la Croix-Rouge américaine. Et par-dessus le marché, un de ces jours, elle va m'épouser. Mrs. Wood, ma nounou.

– La fiancée de mon bébé… »

Birdie prit la main qu'on lui tendait, l'esprit agité de mille émotions différentes. Sans la moindre honte, toute joyeuse, les larmes aux yeux, elle fit un pas en arrière, tenant toujours les mains de Sally, et souffla à voix basse : « Oh, heure sacrée ! » Une bénédiction solennelle on ne peut plus appropriée.

Ce commentaire mystique énoncé sans calcul mit les choses aussitôt à leur place.

Les yeux de Sally s'allumèrent. « J'ai entendu dire tellement de choses adorables sur vous, Birdie.

– Oh, il ne m'a donc pas oubliée ! répondit Birdie, rayonnante.

– Jamais de la vie. » L'autre bras de Julian attira Slaney dans leur cercle. « Et voici Slaney, Sally. Chérie, tu n'aurais pas grossi ?

– Oh, comment oses-tu, c'est ma nouvelle silhouette ! » C'était leur antidote à l'émotion de Birdie.

« Elle me plaît beaucoup, cette nouvelle silhouette, déclara Sally, à leur diapason. Elle est épatante.

– Merci. N'est-il pas horrible quelquefois ? Vous allez vraiment épouser ce type-là ? »

Ils se tenaient toujours en cercle : dans la pièce, le groupe qu'ils formaient détonnait un peu, comme le bruit d'enfants habituellement cantonnés dans la nursery qui galoperaient soudain à travers une maison.

« Oui, elle va m'épouser. Dis-le, Sally. » Il était insistant, il fallait que tout le monde soit bien convaincu de ce projet.

Sally rompit le cercle et, s'asseyant, elle ouvrit sur ses genoux son énorme sac avec une perfection de geste extrêmement étudiée. Il n'y a rien en quoi les femmes diffèrent autant que dans leur façon de manipuler leur sac à main.

« Pas de panique, mon trésor… » Elle leva les yeux, souriant en même temps qu'elle ouvrait son étui à cigarettes. « J'allais justement le faire. »

Julian couvait Sally d'un regard possessif. « N'est-ce pas fantastique ? »

Birdie prenait un réel plaisir à contempler cette étrangère, ses vêtements, à penser à l'amour – l'idée de l'amour lui procurait une délectation élisabéthaine – il n'y avait rien de honteux ou de dissimulé dans son bonheur par procuration –, mais à présent elle estimait qu'il était temps de respecter un peu le protocole. Elle ne détestait pas que les choses soient faites dans les règles. « Permettez-moi, Mister Julian, de vous présenter mes félicitations les plus sincères, dit-elle du ton guindé qui convenait à une vieille gouvernante.

– Nounou-Bird, je te permets – il se moquait d'elle –, mais pour l'amour du ciel laisse tomber le « vous » et le « Mister », ça me fait trop bizarre.

– Oh, mon mignon, tu es adorable… » Toutes ses résolutions s'évanouissaient. Sa main mourait d'envie de caresser comme autrefois la tête du petit garçon. « Tu es toujours le même, que tu aies une fiancée ou pas. » Puis, revenant au moment présent : « Mais je te félicite de tout cœur, mon chéri. Je trouve ta fiancée merveilleuse… merveilleuse. »

Cette cordialité rassura Sally, qui se sentit protégée, en confiance. Elle pouvait s'autoriser l'humilité, s'offrir le luxe de se dénigrer. « Je ne suis pas merveilleuse, Birdie. » Elle éteignit sa cigarette, elle était enfin un peu fatiguée. « Juste la créature idéale pour Capri : flots bleus et détente… » Elle leva les yeux. Birdie saisirait-elle ? « Après les dures épreuves de la guerre… voilà comment ça s'est passé. » Elle n'avait jamais fait cet aveu à quiconque jusqu'à ce jour. C'était quelque chose chez Birdie qui faisait écho à sa propre façon d'aimer, donnant un certain poids à un instinct aveuglément protecteur. Elle se mit debout, se dérobant à l'émotion, et marcha avec son mantien de danseuse jusqu'à la fenêtre, celle du phare, pour regarder au loin ; puis son regard revint se poser sur eux : c'étaient à nouveau les yeux d'une étrangère. « Cette mer paraît bien froide, mon chou, et encore et toujours ces montagnes… tu aurais pu me prévenir. Tu sais que j'ai horreur des montagnes. »

Julian la rejoignit et lui passa un bras autour des épaules. « C'est une névrose. Tu n'as qu'à garder les yeux fixés sur moi, dit-il, en buvant la mer des yeux. Chérie, pense à tout ce que nous avons projeté, les flottilles de pêche, tout ça… Mais nous allons commencer par nous amuser : sorties en bateau et casiers à homards ! » Il la secoua. « Tu vas adorer tout ça, jusqu'au moindre détail, pas vrai ? Même les montagnes ?

– Bien sûr que oui.

– Et attends un peu de rencontrer ma mère ! Où est-elle, Birdie ? Je suis tellement excité de vous revoir toi et Slaney, et aussi la mer. Chérie, je ne sais plus du tout où j'en suis, moi non plus. »

Ce fut Slaney qui lui répondit : « Elle a traversé la baie pour aller t'accueillir à la gare.

– Oh, c'est idiot ! Je suis désolé. Sally a jeté un coup d'œil sur le train qui va au ferry et elle a dit non. Alors j'ai loué une voiture. J'aurais dû télégraphier. Mais je ne voulais pas dévoiler ma surprise. Birdie, que va-t-elle penser de ma fiancée ? Est-ce qu'elle va l'aimer ?

– Comme on aime le poison, à mon avis, dit Sally de façon très sensée. J'espère qu'elle ne va pas tarder, cette espèce de dégonflée. J'aimerais en finir vite avec les présentations.

– Oh ! » Slaney était choquée et en même temps enchantée de cette effronterie : elle traduisait une erreur de jugement assez savoureuse sur la vraie nature d'Angel. « Il ne faut pas que vous traitiez notre merveilleuse maman de dégonflée… n'est-ce pas, Julian ? »

Comme si on lui avait titillé l'ombilic, Julian partageait un peu la réaction de Slaney. « Chérie, dit-il en se tournant vers Sally d'un air sérieux, nous devons absolument faire croire à la pureté de notre histoire… qu'elle ait la fraîcheur de la rose, tu comprends, n'est-ce pas ?

– Oh, j'épurerai mes propos, mon canard », le rassurat-elle ; avant d'ajouter d'un air sceptique : « Mais le naturel risque de revenir au galop… »

Slaney examina ce drôle d'énergumène maquillé, et toutes les vertus de l'originalité, du détachement, de la rébellion, lui sautèrent soudain aux yeux : « Vous savez, annonça-t-elle, je vais téléphoner à Chris et lui dire de revenir pour l'apéritif… il va être aux anges. »

Birdie ne perdit pas le nord : « C'est maintenant ou jamais », l'encouragea-t-elle. Slaney était déjà au téléphone : impossible de se méprendre sur son air de nervosité impatiente.

« C'est son coquin qu'elle appelle ? » demanda Sally, sachant la question superflue, une question que Julian, ébahi, transmit tacitement à Birdie. « Ce n'est pas possible. Slaney ? » Ses yeux disaient « histoires d'adolescente, affaires de gamine, caprices de fillette… », mais Birdie hocha la tête avec insistance. « Eh bien, fit-il en haussant les épaules, on en apprend tous les jours ! »

Un gémissement provenant du téléphone souligna le bien-fondé de l'acquiescement de Birdie. « La ligne est occupée… bon, dans ce cas, réessayez dès que possible et rappelez-moi. » L'effort déployé au téléphone affermit chez Slaney un certain sentiment d'indépendance. Elle déclara avec grandeur et légèreté : « Si ce n'est pas agaçant ? Je m'apprêtais justement à l'appeler “ mon canard ” sur le même ton que vous, et pas moyen de le joindre. »

Ravie de cette imitation, Sally se détendit. « Ah, pas de bol ! » Brave gamine…

« Bon, appelez-moi quand la communication arrivera. » Slaney venait d'avoir une idée de génie. « Je m'en vais éplucher les crevettes pour son goûter. J'en ai envie. » C'était une femme qui parlait ainsi, une femme qui repriserait des chaussettes, qui ferait couler des bains et qui donnerait énormément. « Tu les as déjà fait cuire, Birdie chérie ?

– N'aie crainte… elles sont en train de refroidir sur la fenêtre. Je t'appellerai. » Birdie n'avait aucun mal à comprendre cet instinct-là.

« Tu crieras fort. » Slaney avait disparu.

« Chris ? fit Julian, haussant les sourcils devant l'explication de Birdie. Elle est bigrement jeune pour ça, non ?

– Dix-sept ans, lui rappela Birdie.

– Et on ne peut pas jouer éternellement aux petites filles avec une silhouette pareille », intervint Sally, abondant dans son sens. Elle et Birdie étaient dans le même camp. « Du reste, dix-sept ans… elle devrait se marier.

– Elle fait plus que son âge, expliqua Birdie. C'est à cause de toute cette natation.

– Elle a bien dit qu'elle était allée pêcher la crevette ? » De manière inexplicable, Julian répugnait à épiloguer sur le sujet de l'évolution de sa sœur. « Des crevettes, voilà ce qu'il nous faut : un bon gros goûter bien vulgaire pour nous remettre du voyage. Nous sommes tous pour… Oh, ma chérie, nous avons oublié Walter ! »

Sally était atterrée.

« Julian… il va piquer une de ses crises épouvantables si on le laisse dans la voiture trop longtemps.

– Birdie, allons le chercher ensemble.

– C'est un chien, mon trésor ? demanda Birdie, déroutée mais calmement réaliste.

– Walter… écoute ça, un chien ! Dans le temps, Walter était le valet de chambre anglais de mon mari, mais il a suivi cette pauvre madame sur le dur chemin de la Croix-Rouge. C'est un garçon merveilleux, mais il est un peu spécial.

– Un autre garçon dans la maison, geignit Birdie avec désespoir. Comme si Finn ne suffisait pas !

– Oh, il ne raffole pas des sports de plein air comme cet affreux Finn, dit Julian, rassurant.

– Le plein air ? s'esclaffa Sally. Non, Walter, c'est plutôt le genre plante de serre, et ce n'est pas un garçon, il a quarante-six ans. »

Quarante-six ans… une porte s'ouvrit pour Birdie, elle s'ouvrit sur un pays merveilleux, sur tout un monde de possibles. Sa respiration s'accéléra, une de ses mains se porta à sa coiffure, puis il apparut à la porte, se profilant élégamment dans l'embrasure vert olive, légèrement incliné vers sa propre main sur la poignée de la porte, son triste visage exempt d'égoïsme l'air pincé et fatigué, son front immense sous ses cheveux clairsemés.

« Pardonnez-moi, madame, disait-il à Sally, mais où suis-je censé mettre les valises ? »

« Mon homme brun de taille moyenne… » Pour Birdie, les cartes parlaient, tombaient, se retournaient et trouvaient leur place. « Mon Dieu, faites que j'aie de la chance. »

« Oh, Walter, vous avez déjà déchargé les valises ? C'est tout bonnement épatant. » Cette approbation amicale et sans chichis remplit Birdie de joie. Le statut de Walter paraissait aussi assuré et authentique que le sien. Elle fit un petit mouvement en avant quand il parla.

« Eh bien, je suis tombé sur un garçon très gentil avec un énorme fusil – il avait une élocution rapide et ondoyante –, il les a déchargées en un clin d'œil. Il a été d'une efficacité incroyable, mais il ne sait pas non plus dans quelles chambres elles doivent aller. »

Ah, l'as de pique avait contrarié la rencontre, mais des cœurs magnifiques allaient suivre. Elle devait se rendre maître de la situation. Elle avança un peu, puis s'arrêta, prenant résolument les choses en main. « Faites confiance à ce cher Finn pour jouer des coudes quand il s'agit de défaire des bagages. Mais il se garderait bien de me demander où ils sont censés aller. » Elle respirait l'autorité.

« Et où est-ce qu'ils sont censés aller ? »

Comme l'avaient prédit les cartes, Finn, derrière Walter, jeta une ombre sur la rencontre.

« Mille excuses, mille pardons, Miss Birdie, mais j'ai encore mon thé à prendre, mon lapin à tuer et ma table à astiquer, et par malheur Dieu ne m'a donné que deux mains.

– Un instant, Walter, intervint Sally. Je n'ai pas besoin de tout ce bazar avec moi. Je vais vous montrer… Ce dont je ne peux pas me passer, c'est ma malle-penderie. » Walter la suivit dans l'entrée d'un air découragé, mais Finn, apercevant Julian, oublia tous ses devoirs pour venir le saluer.

« Mister Julian… bienvenue à la maison.

– Finn ! » Julian lui serra la main. « Birdie a fait de toi

quelqu'un de bien élégant... » Tandis qu'il admirait la superbe veste, le pantalon sombre et les cheveux lissés du jeune homme, Julian repensa au petit garçon qui pêchait à la palangrote sur la jetée, coupe en brosse et nez qui coule, puis à l'adolescent qui savait par atavisme comment on fabriquait les pièges à anguilles et les nasses en osier, à quelle hauteur on devait poser les collets pour prendre les lapins, et quel genre de vers il fallait pour pêcher dans un torrent montagnard ; un garçon dont le mépris pour la pluie, le vent, le soleil et l'heure du jour était libre de tout interdit civilisé. Il vivait au jour le jour. Appuyé sur un bateau posé coque en l'air sous le soleil, il attendait seulement de l'existence qu'elle se contente de justifier sa tranquillité. Il se préparait à ses parties de pêche avec un sens très profond de l'importance qu'elles avaient. Les vents changeants, la lune, l'étoile du matin, tous contenaient un message pour ce garçon qui se fiait aux caresses de la brise soufflant sur sa joue, et mesurait ses actes aux caprices des étoiles. Et maintenant « Birdie a fait de toi quelqu'un d'élégant », disait Julian, dégoûté par ce revirement. « Comment vas-tu ? Comment va la pêche ? » Leurs mains et leurs yeux se rejoignirent, unis par ce souvenir, qui résonnait entre eux comme une cloche sous-marine. Les années avaient passé sur les heures qu'ils avaient partagées. La guerre pour l'un, pour l'autre cette existence domestique.

« Mister Julian, les truites blanches frétillent comme des folles, tous les soirs après neuf heures, et je ne peux pas aller à la rivière à cause de la vaisselle... Jeudi, la lune sera levée de bonne heure et elles feront des prises faciles. »

Birdie rongeait son frein. Birdie, entre la réalité de la rivière et les exigences de la vie domestique... Julian, qui avait passé tant de jours à attendre les missions nocturnes, ne supportait qu'assez mal les tracas ménagers : il échangea avec Finn un regard de petit garçon, qui suscita une réponse éloquente. « Je vous ai préparé une mouche noire et argent, Mister Julian... On va les assassiner avec ça ! » C'était une conspiration.

À bout de patience, Birdie s'immisça entre eux. « Puisse

Pierre le bienheureux pêcheur poser du ciel un œil miséricordieux sur notre modeste tâche. Finn, voulez-vous avoir la gentillesse de sortir chercher les valises ? » Elle le poussa hors de la pièce avec vigueur.

Julian se sentit frustré – ils avaient encore des choses à se dire –, l'élan de libération et d'allégresse que lui avait inspiré l'entrain de Finn avait été coupé – il était presque retourné là-bas, il avait presque retrouvé l'endroit, mis le doigt dessus, il le sentait en lui, et voilà qu'on le repoussait dans les flots de la vie adulte, d'une vie d'homme. Les valises blanches de Sally étaient là, les jambes de danseuse de Sally, et son assurance, sa douceur, ces choses dont il avait besoin, et sans lesquelles il aurait fini déraciné et ballotté à tous les vents. Il se retourna pour suivre Birdie et Finn, les mains dans les poches, la tête penchée ; et c'est ainsi, s'éloignant d'elle, inconscient de sa présense, que Tiddley revit Julian.

Elle entra par la porte-fenêtre avec ses paniers, telle une petite Cérès, la chair ferme et duveteuse comme une pêche dorée au soleil. « Julian ! » Il se retourna et il revint vers elle, fougueux et désinvolte.

« Ma Tiddley, ma petite Tiddley, comment ça va ? » Il la souleva dans ses bras et l'embrassa, petite femme épagneul, adorable créature, reflet de sa propre simplicité.

« Ah, trésor, trésor, repose-moi », couina-t-elle en se tortillant comme il l'espérait – pas d'accueil romantique, rien de saugrenu, c'était sa petite choute. « Oh, tu es abominable : oh, maintenant ma plus belle tomate est fichue ! Dis donc, chéri, la guerre ne t'a pas du tout amélioré. » Elle se débattit, rose et gloussante, et récupéra ses tomates éparpillées.

« Tu ne t'améliores pas non plus », dit-il sans l'aider, car Tiddley travaillait toujours pendant qu'il restait assis, ou bien elle l'observait pendant qu'il faisait quelque chose de compliqué et d'impressionnant. « Pas d'un iota – quel bonheur de la taquiner… –, les mêmes pantalons de velours, et pas une ombre de poudre, on dirait ? » Il l'embrassa à nouveau, se penchant vers elle comme s'il embrassait la tête d'un chien. « Dis-moi quelque chose, Tiddley, oublie tes tomates.

– Oublier mes belles tomates ! » Elle gardait la tête baissée, aveuglée par le bonheur. Un petit puits sombre sur une route de montagne, voilà ce qu'elle était pour lui, un petit puits à l'accès terriblement étroit. Mais sous cette ouverture exiguë, il y avait l'eau délicieuse qu'il connaissait et dont il avait besoin. Il reposait au soleil à présent, la gorge asséchée par la poussière de bruyère : il était impatient de puiser une tasse.

« Ah, fit-elle en ramassant une dernière tomate, dire que je l'ai gardée exprès…

– Pour moi ? »

Elle hocha la tête.

« Et je sais exactement où elle a poussé, reprit-il. Je connais toutes tes lettres par cœur. »

C'était comme une main qui se glissait intimement sous son bras : le cœur de Tiddley se contracta. « Oh, en voilà un mensonge, alors que tu ne m'as pas répondu pendant des semaines ! » Elle rangeait les tomates dans son panier, les remettant en place avec des mains tremblantes. Elle accordait un prix excessif à tout ce qu'il pouvait dire.

« Tu sais pourquoi je n'ai pas répondu ? »

Elle ne pouvait lever les yeux, la voix de Julian la troublait tellement… Elle avait oublié combien elle était faible et sotte.

Dans les petites conversations qu'elle avait inventées pour ces retrouvailles pendant tout le temps de son absence, elle avait été vive, chaleureuse, sophistiquée, enjouée, un peu plus envoûtante que quand il l'avait quittée, cette robe couleur pêche peut-être, une nouvelle coupe de cheveux et une poignée de mains pleine de franchise. Et ils étaient seuls, pas d'Angel pour occuper sur le plan affectif cette place prépondérante qui lui revenait de droit, pour vanter l'efficacité de Tiddley, et l'exclure ainsi du cercle des intimes. Or ils étaient seuls, et elle ne pouvait que pencher la tête, avec sa nouvelle coupe de cheveux pas si seyante, avec efficacité et ses mains rugueuses, accroupie par terre dans le pantalon de velours dont il se souvenait, animal perdu et extasié, léchant le sel sur la main de son maître.

Les paroles paisibles qu'il prononça l'emplirent de désarroi. « Je n'ai pas écrit parce qu'il fallait que je t'annonce quelque chose en personne, ma chérie. Je n'ai jamais eu de secrets pour toi, jamais, n'est-ce pas ? »

Elle leva les yeux. Son cœur était comme ligoté : quel secret allait-il lui annoncer ?

« J'adore te surprendre, dit-il tout à trac. J'ai ramené une fille à la maison, une beauté, elle est merveilleuse, je sais qu'elle va te plaire. Maintenant chérie, laisse tes tomates tranquilles, et écoute-moi. Viens avec moi, tu vas voir. »

« Tu vas voir, tu vas voir. » On aurait dit un de ces horribles réveils à la vie après une anesthésie. Je me souviendrai, je me souviendrai à jamais de la douleur par cette formule, par ces mots « Tu vas voir ». Je connaîtrai la douleur absolue. L'outrance, l'absurdité de son émotion ne tarderaient pas à lui apparaître ; elle avait l'habitude de brider ses impulsions, elle avait l'habitude de la vie solitaire, des satisfactions dépourvues de sentiment. Rien qu'un instant et elle irait mieux. Accordez-lui seulement un instant. Ses mains se promenaient parmi ses tomates, ces tomates qu'elle avait fait pousser pour lui, sans l'aide de personne. Elle se pencha et les bras de Julian l'enlacèrent. « Qu'est-ce qu'il y a, ma Tiddley ? Dis-le-moi. Pourquoi ne me dis-tu rien ? »

Elle écrasa une de ses tomates en se soustrayant à son étreinte, et elle profita de cette maladresse pour exploser en sanglots : « Oh, regarde, elle est bousillée, elle est bousillée !

– Allons, ne fais pas le bébé ! » Il était soulagé et ravi de cette réaction qui ressemblait tant à Tiddley, la Tiddley qu'il comprenait. La Tiddley qui pleurait quand les graines qu'elle semait ne germaient pas, ou quand il laissait échapper un poisson. Il avait vu ses yeux s'emplir de larmes quand il ratait un oiseau qu'il avait visé. Il était de retour auprès de son petit puits si bien scellé. Il lui tapota le dos, il lui tendit son mouchoir, il éclata de rire avec un plaisir authentique : « Calme-toi, mon lapin… quel bébé tu fais…

que va penser Sally ? Je lui ai tellement parlé de toi, et maintenant toutes ces larmes pour des tomates, espèce de petite nigaude.

– Je l'avais gardée spécialement pour aujourd'hui. » Elle s'empara éperdument de ce prétexte, tamponnant ses larmes, couvrant de mousse sa blessure mortelle, rassemblant ses forces sans divulguer sa faiblesse, retrouvant la place qui était la sienne, auprès de son ami affectueux.

Il lui tapota les joues, lui essuya le visage et s'esclaffa. C'était tellement logique qu'elle pleure. « Je ne voudrais pas que tu sois différente, ma chérie. » La tendresse qu'il éprouvait pour elle l'enchantait. Il voulait la faire valoir aux yeux de Sally, tout autant qu'il voulait que Tiddley soit éblouie par le charme de Sally.

Walter et Birdie revinrent à ce moment-là, chargés de toutes parts de petits bagages coûteux ; ils s'arrêtèrent à la porte pour recueillir les instructions de Sally. L'emballage et le déballage des affaires lui causaient énormément de souci, car elle savait qu'elle avait l'art de fourrer ses effets personnels dans les recoins les plus inaccessibles. Dos à la pièce, elle était en train d'expliquer à quel endroit on pouvait dénicher sa robe bain de soleil blanche. Tiddley eut le temps de remarquer les épaules larges et pâles sur lesquelles retombaient des cheveux blonds, la longue trajectoire courbe allant de la taille aux genoux, les jambes à l'ossature d'oiseau et les petits pieds à l'aspect vigoureux. Elle se retourna. Elle avait enlevé son chapeau et enfoncé son clip en diamant dans sa chevelure comme s'il s'agissait d'une misérable barrette en fer-blanc. Son visage peinturluré était figé comme du silex. « Il est en dessous des chemises dans la plus grande valise blanche.

– Madame, vous faites erreur.

– Très bien, essayez-les toutes.

– Regarde, regarde, Sally, ma Tiddley est là. »

Le tourment que lui causait Walter, l'obstination dont celui-ci faisait preuve et le désir qu'elle avait de le moucher quittèrent son visage de façon spectaculaire : les yeux tout pétillants, elle s'approcha de Tiddley en lui tendant sa main couverte de bagues, sûre de l'accueil qu'elle allait recevoir. « Tiddley, vous êtes exactement telle que Julian vous a décrite, et vous savez à quel point votre approbation est importante… »

Sally ne redoutait pas les présentations. Elle venait de prononcer un joli petit discours à la place du banal « Comment allez-vous ? ». Cette politesse de glace à la chinoise que connaissait Tiddley. Désespérée, Tiddley ne pouvait qu'adhérer totalement à cette assurance et à ce charme qui revenaient de plein droit à Julian, au même titre que ses décorations, l'éloignant davantage encore des grossières et joyeuses distractions qu'ils avaient savourées ensemble.

Ses outils astiqués, son fusil graissé, ses trésors soigneusement conservés et précieusement entretenus basculèrent soudain, emportés par le poids de leur inutilité, dans le néant insondable auquel ils appartenaient… Quel prix avaient-ils, à côté de cette compagne radieuse qu'il avait choisie ? Le cœur vide et les mains dépouillées des offrandes qu'elle lui réservait, Tiddley affronta l'élue de Julian et, avec un effort qui la tortura comme les souffrances d'un accouchement, elle leva la tête et s'écria : « Sally, je suis vraiment aux anges ! », et à son Julian : « Oh, mon canard, elle est splendide. »

Cet exploit accompli, elle se détourna de tout ce petit monde et, sortant en courant par la porte-fenêtre, elle descendit l'allée pavée et longea l'éclatante tache de couleur que formaient ses parterres de fleurs. La mer à sa gauche, à sa droite le mur du château se prolongeant jusqu'à la cuisine et au potager, elle franchit en courant la porte de bois peinte en vert qui se découpait dans le mur du jardin ; le long de ce mur, elle enfila un vague sentier et rejoignit la petite masure en tôle ondulée qu'était la cabane à outils, une cabane des employés du téléphone qu'elle avait jadis rachetée elle-même : c'était sa maison à elle, une maison où elle pouvait tourner la clé dans la serrure et se retrouver seule. Cette bicoque était tellement laide qu'il fallait la cacher. Elle n'avait pas vue sur la mer. Des lauriers et des buissons sans fleurs déversaient sur elle leur ombre ténébreuse : c'était la cabane à outils de Tiddley. Même Angel n'y avait pas accès, et elle ignorait que Tiddley y remisait les lettres de Julian, enfermées dans un coffret avec ses graines les plus rares. Sa boîte de couleurs était là elle aussi, ainsi que son herbier, dans lequel elle collait les fleurs sauvages qu'elle trouvait sans jamais tricher. Tous de petite taille afin de lui convenir, les outils de jardin, usés mais impeccables, étaient appuyés le long des murs, tandis que des boîtes tapissées de chiffons huileux renfermaient ses cisailles, ses sécateurs et la pierre servant à les aiguiser. Ces choses-là lui appartenaient, elle les avait achetées. Elle les gardait soigneusement, voire un peu religieusement, et ne les prêtait à personne. C'était là que Tiddley, agrippée au rebord de la petite fenêtre, s'efforçait d'expulser le sentiment violent qu'elle éprouvait.

10

Dans le salon, Sally dit à Julian : « Je vais beaucoup aimer cette gamine… mais je suis ennuyée, pourquoi ces larmes ? »

Julian répondit : « Oh, elle pleure tout le temps. Elle ne peut pas s'en empêcher… il y a eu un petit accident avec ses tomates… Est-ce qu'elle n'est pas formidable ?

– " Tomates ", comment épèles-tu ça ? » L'ironie de Sally pinça la corde sensible de Birdie, qui hocha la tête en déclarant avec sagesse : « Ah, la pensée de l'amour est une chose amère pour une jeune fille solitaire, et je suis bien placée pour le savoir. »

Walter fit chorus : « Oh, moi aussi. » La compassion exhalait son premier dangereux murmure.

« L'amour ? s'étonna Julian. Allons, ne dites pas de bêtises… Tiddley ne s'intéresse pas plus à l'amour qu'un ours en peluche.

– On ne t'a jamais dit que les ours en peluche avaient une sexualité très développée ? Sans blague ! » Les mains de Sally esquissèrent un croquis.

Slaney, qui guettait la ligne de téléphone comme un chien dont le dîner repose sur l'étagère, intervint : « Tiddley n'est pas comme ça, elle n'aime pas les hommes. Elle a vingt-deux ans et elle n'est jamais sortie avec un soupirant. Elle est tellement pragmatique.

– Avec cette guerre, elle n'a jamais pensé s'enrôler ? demanda Sally sans la moindre nuance de condamnation.

– Oh, si, mais maman ne pouvait absolument pas se passer d'elle. Voyez-vous, elle avait besoin d'elle et d'Oliver et de Birdie et de Finn pour faire marcher le domaine.

– Finn a été d'une aide sacrément précieuse, dit Birdie avec dégoût. Si on n'avait que des gens comme Finn pour gagner les guerres, on ferait mieux d'abandonner tout de suite. »

Walter, qui rôdait toujours dans l'espoir de reprendre le combat de la robe bain de soleil, chuchota : « Il est du genre à aimer le grand air, non ?

– Pour ça oui : c'est un vagabond et un aventurier. Vous n'aimez pas la pêche, vous ? »

Walter secoua la tête : « Oh, je trouve que c'est une torture.

– Ni le tir ?

– Pire que tout.

– Voilà un garçon raffiné, lança Birdie à la cantonade. Un garçon très bien, pas du tout comme certains que je connais, qui ne sont pas à des kilomètres d'ici. Et si on prenait une tasse de thé maintenant, avant de commencer à défaire les bagages ? »

Finn, chargé d'un plateau, apparut derrière les piliers du vestibule obscur, telle une bécasse dans un bois hivernal. L'éventualité qu'il ouvre les valises de Julian était à présent moins angoissante pour Birdie. Et lorsque Walter demanda tranquillement : « Vous n'auriez pas quelque chose comme un *cachet Faivre* *, par hasard ? Je sens un de mes maux de tête carabinés qui arrive », une étincelle de compassion ravie s'alluma dans les yeux de Birdie.

« Ah, fit-elle d'un air presque rêveur, vous vous adressez ici au médecin idéal.

– Ah, bien joué, vieille championne, continue comme ça, continue ! » Avec son plateau, Finn contourna le dernier pilier et entra dans la salle à manger.

« J'en ai autant pour vous, dit sèchement Birdie, sa langue ayant comme d'habitude raison de sa dignité. Et n'oubliez pas la confiture de pêches. Venez, Walter.

– Merci mille fois. » Walter la suivit.

« Walter est prodigieux quand il s'agit de se faire dorloter comme un bébé. Je regrette de ne pas avoir ne serait-ce que la moitié de sa technique », soupira Sally. Elle aimait vraiment beaucoup Walter et adorait chanter ses louanges. Quand la guerre avait éclaté, il avait quitté une bonne place pour revenir dans le milieu du spectacle avec elle, et ce malgré un cœur très faible qu'il ne ménageait en rien. Il avait joué des rôles minuscules, veillé sur les costumes, veillé sur elle – petits plats, massages, rattrapage des bas de soie filés, bagarres acharnées lorsque les bagages ne suivaient pas, et toujours un mal de tête et deux cachets d'aspirine en perspective quand il trouverait enfin le temps de souffler un peu.

« Tu sais comme il s'est occupé de la troupe, dit-elle à Julian, comme il a pris soin de nous tous contre vents et marées.

– Je sais.

– Alors, ce serait bien si Birdie le chouchoutait un peu, tu ne crois pas ? »

Finn, qui disposait des tasses sur son plateau, dit : « Entre tirer les cartes et lire dans les tasses à thé, Miss Birdie est déchaînée comme une lionne qui court après sa dernière chance. »

Sally soupira, comprenant le sous-entendu : « Ce brave Walter n'est pas si mal, comme dernière chance.

– Pardonnez l'expression, mais du moment que ça porte culotte, ça fait l'affaire de Miss Birdie.

– Tais-toi, Finn ! s'écrièrent ensemble Slaney et Julian.

– Souviens-toi que tu es devenu un petit majordome depuis mon départ pour la guerre… »

Comme une hirondelle virant de bord, Finn esquiva la question : « Ne me parlez pas de la guerre, Mister Julian. Je suis dégoûté de la guerre.

– Pourquoi ? Tout compte fait, elle n'a pas été si mauvaise pour toi. » C'était la première allusion de Julian aux épreuves qu'il avait traversées au cours des trois années écoulées.

« Pourquoi ? répéta Finn, légèrement indigné. Quand elle n'a pas pu continuer jusqu'à mon dix-huitième anniversaire et me faire échapper à la vie à l'office ! Oh, monsieur, c'est la grande misère de notre Sainte Irlande.

– Tu aurais bien pu y aller si tu avais voulu ? » Quelque part, les mains de Julian et Sally étaient unies dans une expérience commune : leurs yeux avaient la même lueur.

En toute candeur, Slaney prit la défense de Finn : « Oh, il ne pouvait pas. Il avait promis à maman qu'il resterait jusqu'à son dix-huitième anniversaire.

– Et ce n'est pas avant octobre, précisa Finn en se dirigeant contre son gré vers la porte. Et pour rien au monde, madame, je ne contrarierais ma maîtresse. » Il atteignit la porte et s'y immobilisa comme s'il se trouvait sous le porche d'une église avec un bénitier à portée de main.

« Elle est si bonne. » Il prononça ces mots comme une prière, puis s'en alla.

Après son départ, il sembla subsister dans l'air comme un parfum de tristesse et de contrainte.

11

Angel disposa son béret bleu foncé de manière plus seyante, et donna deux shillings au porteur qu'elle avait recruté.

« Il arrivera avec le courrier du matin, c'est sûr, la consola généreusement le porteur.

– Bien sûr, acquiesça-t-elle, je vais trouver un message téléphonique quand je rentrerai. À demain matin, John. Neuf heures. Je reviendrai. »

Le porteur sortit de la gare et descendit avec Angel l'escalier menant à la mer et à son bateau, conscient qu'elle avait besoin de réconfort.

« Tous les jours ce bateau manque le train. Il y a plein de gens tous les jours qui se font avoir.

– Aujourd'hui n'est pas tous les jours, John. » Angel s'interrompit dans son maniement habile d'un cordage ; elle était admirablement douée avec les bateaux. « C'est un jour unique en trois ans. » Elle arbora une nouvelle fois son merveilleux sourire courageux, et le porteur, sincèrement ému, la regarda s'écarter de la jetée : vaillante, joyeuse, pitoyable, magnifique, elle lui avait sans s'en rendre compte joué éhontément toute la gamme. « Une fichue déception, la pauvre », songea-t-il alors qu'il remontait l'escalier, retournant dans sa poche ses deux shillings gagnés à ne rien faire.

Angel fit démarrer son moteur et toute seule comme une grande, avec autant d'aisance que si elle tricotait, elle s'assit pour manœuvrer son bateau à travers la baie. L'eau était sombre et verte : il y avait autant de taches d'huile bleutées à la surface que d'ocelles sur la queue d'un paon.

Quand elle était seule, Angel pensait d'ordinaire à sa vie quotidienne. Son esprit acéré agissait comme une paire de petits ciseaux tranchant et coupant tout ce qui débordait, se taillant une route bien nette au milieu des difficultés. Ce soir elle était si désappointée qu'elle ne savait plus où il fallait aller. Elle était fatiguée. Elle avait travaillé très dur, et elle s'était passablement monté la tête à l'idée du retour de Julian. Tout s'était plié à sa volonté. Elle avait obtenu tout ce qu'elle désirait avec une facilité extraordinaire, une facilité qui résultait de calculs si savants qu'elle en éprouvait un sentiment de réelle puissance. Or à présent que l'objectif de sa journée avait été réduit à néant, toute sensation de triomphe l'abandonnait et elle se sentait aussi triste qu'un cimetière français : des couronnes de fleurs décharnées et une veuve bien en chair plongée dans sa tristesse à la tombée du jour. Au-dessus de sa tête, sur la toile du ciel, des mouettes arquaient leurs ailes aussi noires que des portes d'église. Le teuf-teuf de son bateau martelait l'éclat radieux de cette journée.

Pour reposer ses yeux, Angel regarda les taches vert pâle des jeunes fougères sur les flancs des montagnes. La souffrance constituait une perte de temps. Elle respira profondément. C'était un de ces stratagèmes physiques qu'elle avait appris à maîtriser, et ce subterfuge, la soutirant des abîmes pour la ramener vers la surface, apporta à son âme tourmentée une illusion de paix. Son esprit flotta tranquillement vers le délicieux dîner qu'elle et Birdie avaient imaginé et préparé pour Julian, et fidèle à son tempérament artistique elle décida de ne rien garder de tout cela pour le lendemain, mais de ripailler dès ce soir pour fêter l'arrivée du fils prodigue.

12

Julian dit : « Elle est merveilleuse. Voilà tout. Pas moyen de s'opposer à elle, pas vrai, Slaney ? Je ne sais pas comment elle a fait pour pondre des enfants aussi ordinaires que nous. » Ses yeux se posèrent sur Sally et ils s'illuminèrent. « Elle va être terriblement impressionnée de voir que j'aie pu séduire Sally. »

Sally sourit en fermant ses paupières à la finesse extrême. Elle se pencha en arrière sous les rayons du soleil : elle avait l'air infiniment plus âgée que ces deux enfants.

« Elle te trouve fantastique de toute façon, Julian, dit Slaney, rassurante. Elle était tellement enchantée que tu aies décroché ces… décorations. » Du bout de ses doigts, elle avait dessiné une petite courbe sur sa poitrine. Pourquoi était-ce là un mot tellement gênant à prononcer et à entendre ?

Il répliqua vivement : « Elles auraient dû aller à d'autres, toutes les deux. Ils distribuent ces trucs-là à la pelle.

– Je ne te crois pas. » Elle était lancée, elle n'en démordrait pas. « Parle-moi de tes batailles.

– Parle-moi de tes lapins, riposta Julian, la remettant d'emblée dans la catégorie des douze ans d'âge où il l'avait laissée. C'est bien plus intéressant. »

Sentant la rebuffade, Slaney répondit sèchement : « De toute manière, j'ai des poules de Minorque à pédigree maintenant… il se trouve que je suis une adulte. »

Julian parut subitement rajeuni lorsqu'il dit : « Moi aussi. J'ai de l'expérience. Tu n'as qu'à regarder Sally.

– Oui, regardez-moi un peu, dit Sally, toujours les yeux fermés, si vous voulez vérifier l'expérience de quelqu'un.

– Angel va être enchantée pour nous, ma chérie », soutint Julian avec une fermeté superflue.

Sally ouvrit les yeux : « Peut-être. Je ne compte pas trop là-dessus.

– Elle n'a pas été ravie-ravie pour Chris et moi... » Après l'épisode des lapins, Slaney tenait à revendiquer énergiquement son statut de grande fille.

« Mais ma chérie, tu es tellement jeune.

– Jeune ? s'insurgea-t-elle. Ne m'insulte pas : et toi alors ? Tu reviens à la maison quasiment marié, et moi je ne pourrais pas inviter un homme à dîner...

– Je suis différent. Je ne vieillirai jamais tellement plus.

– Eh bien, moi aussi je suis pareille. » Elle marqua une pause avant d'ajouter avec grandiloquence : « Ce sont sans doute nos glandes.

– Vous devez lire énormément », commenta Sally, dont la voix rappela une nouvelle fois à Julian sa préoccupation principale. Tout en lui caressant la joue, il déclara : « Sans plaisanter, Angel va être renversée par cette nouvelle, tu ne crois pas ?

– Évidemment, c'est sûr, aucun doute, répondit Slaney, presque convaincue elle-même. Tu sais à quel point elle veut notre bonheur. » Un épisode généreux du passé lui revint en mémoire. Dans ce contexte d'incertitude, le passé semblait merveilleusement simple et heureux. « Souviens-toi de tous les moments délicieux que nous avons passés ensemble avant la guerre... notre voyage en Autriche, et la petite Gasthaus à Ergen où nous sommes tombés sur Oliver.

– Ergen au Tyrol ? s'écria Sally, se redressant d'un seul coup comme un roseau. Pourquoi est-ce que je ne t'ai pas posé de questions sur Oliver ?

– Tu m'en as posé. C'est le régisseur. Je te l'ai dit.

– Mais tu as dit qu'il plantait des arbres, qu'il étudiait les fausses couches chez les vaches et qu'il acquiesçait à tout ce que disait ta mère.

– Eh bien, c'est vrai, mais je te promets que tu vas l'adorer… une langue acerbe, un cœur tendre et une diplomatie étonnante avec Angel.

– Me voilà fixée… » Sally bascula la tête et referma les yeux. « Enfin, quelle importance, de toute façon… » Tous les ressorts de son être parurent se détendre. « Précisez-moi juste une chose, dit-elle en regardant Slaney. En quelle année étiez-vous à Ergen ?

– J'avais onze ans et Julian quinze… il y a eu six ans en avril dernier.

– Six ans en avril dernier… ça fait longtemps. » Elle regarda Julian. « Tu étais un enfant. Tu avais une culotte en cuir, je suppose… des leder-hosen ?

– J'avais quinze ans.

– Et moi j'en avais vingt-deux. J'ai détesté l'Autriche, dit-elle. Mon mari se sentait tellement bien dans les montagnes. Je déteste les montagnes. » Elle se leva du canapé et se rendit à la fenêtre. « Cet endroit regorge de montagnes, elles descendent même faire trempette dans la mer… Je ne supporte pas les montagnes.

– Ne les regarde pas, dans ce cas, répliqua Julian. Je te l'ai déjà dit : garde les yeux braqués sur moi. Ne cesse pas de penser à moi.

– Ça alors, vous n'aimez pas les montagnes ? J'adore les montagnes… Oh, Julian, tu te souviens des montagnes en Autriche ? Et de toutes les fleurs merveilleuses que nous avions trouvées pour nos collections ? Et de la façon dont nous avions failli tuer cette chère Tiddley en la précipitant dans le vide, sans qu'elle en souffle jamais mot ? Tu te souviens ? » Slaney revivait ces anecdotes avec extase. Si, quand on est vieux, la jeunesse se pare de grâces enchanteresses, de même, quand on est jeune, l'enfance, dans le lointain, resplendit de mille feux.

Julian dit : « Bien sûr que je me souviens. » Depuis le séjour évoqué par Slaney, il avait eu d'autres expériences dans ces montagnes. Il se tourna vers la fenêtre, les traits vides de toute expression. Puis la détermination éclaira soudain son visage : « Où est passée ma Tiddley ? Il faut que je la retrouve et que je sèche ses larmes avant que maman n'arrive. » L'envie de montrer sa gentillesse et d'exercer ses talents consolateurs s'était emparée de lui. Perdue sur une falaise, pleurant dans un jardin : c'était la même chose. Tiddley avait des ennuis comme d'habitude.

« En train de butter des céleris, je suppose, dit Slaney. Elle s'attelle toujours à des tâches affreusement pénibles quand elle pleure.

– Je ne serai pas long. »

Sally attrapa un des boutons de sa veste et leva les yeux : « Prends ton temps, dit-elle en le regardant avec lenteur. Mais n'oublie pas.

– Oublier quoi ? »

Il y avait une lueur chagrinée dans les yeux de Sally... « Que je te trouve tout à fait formidable, dit-elle d'un ton léger, mais comme si elle énonçait une vérité sans appel.

– Ne sois pas si tiède, je sais que tu es folle de moi. »

Son émotion une fois dissipée, elle éclata de rire : « Tu es bien présomptueux ! »

Il s'inclina vers le sommet de son crâne. « Tu me sous-estimes, mais tu sens vraiment bon. » Il se retira d'un pas guilleret, et au moment où il passait derrière le gigantesque canapé, il aperçut les skis nautiques : maladroitement cachés sous le jupon du sofa, ils avaient l'air de cadeaux de Noël qu'on aurait remisés le 12 décembre dans la chambre d'amis. « Dieu du ciel, des skis nautiques ! Mais qui a eu cette idée ? Je commençais justement à devenir bon quand nous avons quitté Capri... Mais Sally est très douée, ajouta-t-il avec fierté. Je meurs d'impatience qu'Angel puisse t'admirer, ta silhouette se profilant sur la Tête d'Or... » Sans cesser de parler, il avait rejoint la fenêtre. « J'irai faire chauffer le *Julietta* après le goûter, et nous partirons nous noyer tous en chœur. J'espère que Tiddley sait où se trouvent mes outils... » Soudain plein de gravité, il sortit par la porte-fenêtre, appelant Tiddley sur un ton quelque peu impérieux.

Sally soupira. « Il est ivre de bonheur, ce pauvre chou. Qui lui a acheté les skis ?

– Oh, maman, bien sûr, répondit Slaney en soupirant à son tour.

– Ah oui ? fit Sally, songeuse. Cette femme doit déborder de petites attentions délicates.

– C'est vrai, oui… mais je pense quand même qu'elle a tort pour le bateau de Julian.

– Vous m'inquiétez… qu'est-ce qu'elle a fait avec son bateau ? »

Le téléphone sonna. Cette sonnerie annihila tout le reste, et Slaney traversa la pièce, soulevée par des ondes d'une vibrante intensité.

« Chris, fit-elle dans un souffle. Allô, oui ? C'était juste pour te dire… »

13

Angel, tournant le dos à la mer, remonta le long du quai, dépassa les filets blanchis par le sel qui séchaient sur des poteaux, passa devant une pyramide de casiers à homards tout noircis de goudron, gravit sans lever la tête l'escalier qui partait de la mer et du village, puis traversa un champ de fougères et un pré ensoleillé parsemé de pierres et de fleurs en tout genre. Les fleurs, Angel ne les vit même pas, pas plus qu'elle n'eut de regard derrière elle pour le village en contrebas, dont le quotidien entrait déjà dans son cycle nocturne. Y régnait une certaine fébrilité, prélude au dîner, au délassement et à l'amour qui clôturent les journées. Le village ne préoccupait Angel que dans la mesure où elle était chargée de lui procurer une sage-femme. Si Oliver avait été là, il l'aurait retenue un moment pour contempler d'un œil rêveur la mer, les petites maisons colorées et le vol des mouettes, mais elle n'avait qu'une envie, c'était de regagner son propre jardin. Retrouver son territoire en franchissant un portail en fer forgé au motif alambiqué. Dépasser les massifs de véronique – la véronique, cette veuve pétulante et consolable, affectionnant le violet tendance Parme, conservant envers et contre tout son allure de bourgeoise impeccable, enfilant une robe habillée dans l'Afrique la plus noire, son parfum aussi sec et lourd que la plus mauvaise poudre de bain ; dépourvue d'imagination, robuste et raisonnable, elle était vouée à trouver assez vite sa consolation. Tandis qu'elle passait à côté des massifs, Angel se remémora cette petite satire signée Oliver, même si pour sa part elle ne voyait en ces arbustes qu'une protection contre le vent.

Tout comme le laborieux et joyeux village ne lui évoquait rien d'autre que l'infirmière visiteuse, la véronique et la consolation lui firent penser à Slaney et à Chris et à un judicieux projet de séjour londonien, ainsi qu'à des fêtes auxquelles elle convierait quelques-uns des jeunes amis de Julian, soigneusement triés sur le volet. Il aurait de nouveaux amis, bien entendu, et elle les accueillerait chez elle et arrangerait pour tout ce petit monde de merveilleuses vacances : elle leur préparerait avec Birdie une cuisine délicieuse, et leur organiserait en douceur des parties de sport, des séances de jeux et des intermèdes de détente.

Elle marchait à présent le long du sentier qui courait au pied de son jardin escarpé : à sa droite, des lupins dressaient fièrement leurs grappes de feu, où se mêlaient l'abricot, le rose, le jaune pâle et le bleu ; à sa gauche, ils poussaient entre des hortensias, aux jeunes feuilles d'un vert très pâle ; les promontoires, que tapissait un vert laiteux, descendaient à pic dans la mer. Angel avait conscience de la satisfaction que lui procuraient la santé et la couleur des lupins, tout comme, il y a longtemps, elle avait tiré un plaisir indéniable de la beauté de ses enfants, de leur forme physique, de leur bronzage et de leur saine gourmandise.

Quelle était donc cette douceur qui l'envahissait tandis qu'elle montait en direction du petit château, tournant à main droite et escaladant le coteau par les tortueux sentiers de pierre qui le sillonnaient ? Elle n'était pas tout le temps en train de prendre, de calculer et de garder. Elle était fatiguée, alors qu'il y avait lieu de se lâcher la bride. D'abord, elle se sentit triste que Julian ne soit pas arrivé, puis recouvrant en partie sa vitalité naturelle, elle décida de dramatiser cette légère déconvenue : redressant les épaules et accélérant le pas, elle incarna soudain le courage et la gaieté. Passant devant les œillets de poète – les soldats de plomb victoriens de Tiddley –, Angel pensa aux réponses qu'elle ferait à Birdie à propos du menu de ce soir : Le caviar ? Mais, il est ouvert, il ne sera plus pareil demain. Oui, oui, nous allons découper les poulets, et bien sûr le soufflé ne peut pas attendre. Elle inviterait Oliver à dîner, il apprécierait le panache de ce coup d'éclat.

C'était bizarre, mais pas une fois elle ne pensa à Julian, installé dans quelque bar d'hôtel surpeuplé, impatient et mal à l'aise, irrité par cet ultime contretemps. Il ne lui vint pas davantage à l'esprit, bien que ce dîner fût conçu pour ses enfants, que Slaney serait extrêmement fâchée que, même maintenant, Chris ne soit pas convié. Angel n'avait pas assez d'imagination pour voir ici une occasion d'inviter gentiment Chris, de le taquiner un peu, et de faire ressortir les petites limites et autres balourdises qu'elle avait exposées à Slaney aujourd'hui avec une si violente efficacité. Elle ne pensa pas non plus à Birdie, ni à la façon dont elle pourrait profiter de ce retard pour aplanir les frictions qui existaient entre elle et Finn. Elle ne considérait pas ces frictions comme un danger : chacun la vénérait et chaque lampe devait recevoir la ration d'huile nécessaire pour alimenter la flamme de la vénération ; ainsi, elle obtenait de chacun le maximum de ce travail de forçat qui est la marque de ce genre d'amour.

Angel n'avait pas de vue à long terme ; qu'Owlbeg soit la propriété de Julian et non la sienne ne la chiffonnait pas le moins du monde. Il était encore un enfant, il ne voudrait pas s'installer si tôt à Owlbeg, il avait une carrière devant lui dans l'Air Force. Tout ce qu'il pouvait faire ici, c'était admirer les exploits qu'elle avait accomplis avec Oliver : le petit cheptel si merveilleusement purgé des accouchements avant terme, la reconquête des terrains marécageux, les dividendes produits par les tomates, les poulets et les porcs… Tout ce qu'elle désirait quant à elle, c'était continuer ce travail pour Julian, ce travail qu'elle aimait, dans lequel elle avait mis toutes ses forces. Tandis qu'elle pensait à la manière dont elle ferait valoir cet ouvrage auprès de lui, ledit ouvrage lui semblait être le produit exclusif de ses efforts personnels. Elle n'avait réellement aucune mémoire du rôle joué par Oliver dans cette belle réussite.

Elle s'assit sur une marche d'escalier en contrebas de la maison : elle adorait cet endroit, ce petit siège de pierre situé au bout d'un somptueux parterre de fleurs – d'ici, la vue était aussi luxuriante que les images figurant au dos de mille sachets de graines, accentuée davantage encore par les plateaux sombres et les cañons ténébreux qui la segmentaient.

Assise sur son banc de pierre, Angel effectua mentalement quelques réaménagements dans les plates-bandes, qui ne formaient plus, à leurs extrémités, que de vagues taches de couleur. Elle sortit un petit carnet de sa poche pour noter son commentaire, lequel serait mis en pratique par Tiddley ou elle-même au moment opportun : c'est de cette façon qu'elle parvenait à réaliser tant de choses. Les années écoulées regorgeaient de petits carnets à l'écriture serrée, remplis de noms de plantes et de pommiers, mais aussi d'allusions à tous les sujets imaginables : la cuisine, la poésie, l'acidité, les combinaisons de couleurs, les livres, les chiens, les enfants, les disques ou les poissons. Aujourd'hui sa main habituellement vive ne cessait de tâtonner, car elle était fatiguée et déçue, et tandis qu'elle restait assise là, son esprit retourna dans le passé, à l'époque où elle n'avait pas encore créé ce jardin : l'époque où les enfants remontaient de la mer à travers les rochers et la bruyère, les scabieuses et les fuchsias, où les enfants étaient son unique préoccupation et son seul univers et Birdie sa prêtresse dévouée. Elle vit les choses que les enfants avaient laissées dans leur sillage, des bouquets de fuchsias fanés, dont les clochettes pimpantes et rebondies gisaient à présent au soleil, flasques et aplaties ; des poignées de coquillages abandonnés, leur splendeur désormais éteinte ; un pingouin ou une petite voiture de pompier, des jouets sans aucune vertu esthétique ni pédagogique qu'ils adoraient et trimballaient avec eux, qu'ils oubliaient et réclamaient en pleurant. Dans sa tête, Angel les ramassait et les leur rapportait gentiment. Il existait en ce temps-là un tourniquet très populaire, en lieu et place duquel se dressait aujourd'hui le portail en fer forgé d'Angel. Elle les vit qui se relayaient pour laisser passer les gens, superbement appétissants dans les tenues de marins qu'elle leur achetait avec un sens à la fois très sûr et très original de l'élégance enfantine. Elle vit des pique-niques et des tasses roses remplies de lait, et se souvint alors qu'elle avait dit à Finn de penser à mettre la tasse de Julian sur le plateau du thé, car Julian aimait toujours le lait. Aiguillonné par ce souvenir, un désir de le voir – que n'adultérait en rien la pensée de tout ce qu'elle avait fait, préparé, organisé et donné –, un désir de l'embrasser et de le savoir avec certitude en vie et en pleine forme s'empara soudain de toute sa personne, à tel point qu'elle se leva d'un bond pour se soustraire à sa force et se changer les idées.

Elle longea le sentier parmi cette débauche insensée de couleurs, de dégradés et de contrastes qu'elle et Tiddley avaient obtenue, et pour une fois elle ne vit rien, elle n'applaudit pas, elle ne critiqua pas : une sensation bizarre lui étreignait le cœur, elle avait l'impression d'être avec Julian tout en étant privée de son influence et de sa complicité. C'était parce qu'il n'était pas venu alors qu'elle avait tout agencé si scrupuleusement. À ce moment-là elle l'entendit qui appelait, qui appelait, si clairement qu'elle s'immobilisa. Ce son n'avait rien de délectable, il venait parachever cette étrange sensation de présence et de perte : en effet, ce n'était pas elle qu'elle l'entendit appeler mais Tiddley. Parfois dans ses rêves elle se sentait impuissante, sa fabuleuse acuité la trahissait, et d'autres gens s'appliquaient à contrecarrer ses desseins. C'était le pire cauchemar qu'elle connaissait, et à présent, bien réveillée en ce splendide après-midi gâché, elle se trouvait au beau milieu d'un rêve de ce genre. Elle s'attarda sur la dernière volée de marches menant à la porte du phare pour se contraindre à replonger dans la réalité ; et comme elle s'arrêtait le téléphone sonna, sa première sonnerie coupée en deux par la voix fébrile et incertaine de Slaney. Quelques marches supplémentaires la conduisirent à la porte-fenêtre et elle demeura là, la main appuyée sur le loquet, son rêve bien réel, tandis que, forte et inégale, la voix hystérique de Slaney continuait à déchirer le silence. En apercevant la nuque et les épaules de Sally, elle connut cette répulsion soudaine qu'éprouvent nombre de femmes en découvrant des personnes nouvelles.

« Mais Chris, il faut que tu reviennes... tout a changé... » Subjuguée par la force effarante de cette conversation téléphonique unilatérale, Angel s'appuya contre le chambranle, paralysée de terreur. « Oui, Julian est de retour avec une adorable petite amie, absolument fascinante... Américaine... oui, pleine de sex-appeal et de repartie... tu dois... tu quoi ?... Non ?... Pas si je t'en supplie. Non ? Quand même pas ?... Oh, très bien dans ce cas, tant pis... Ne viens pas. »

Slaney se détourna du téléphone pour s'adresser à l'autre fille ; les larmes lui inondaient le visage. « Sally, il dit qu'il ne reviendra pas.

– C'est du bidon, tout ça, mon chou, les hommes sont comme ça. » C'était sa voix, ferme, rocailleuse et douce ; Angel n'avait jamais été aussi effrayée par une voix. Elle attendit immobile, suspendue, solitaire, toutes ses fibres tendues jusqu'à la dernière. Ses mains, ses yeux, les muscles de son ventre se durcirent, formant comme des nœuds et des pierres. L'air de l'après-midi était fait de feu, de glace et de solitude. Elle était en dehors, et ce pour la première fois.

Aussi proche de l'embarras ou de la gaucherie qu'elle pourrait jamais l'être, Angel avança dans la pièce. Les femmes se retournèrent et Angel, apercevant les larmes de Slaney et la compagne de Julian, se pétrifia à nouveau : ce n'était pas là une fille malléable qu'elle pourrait façonner, ou une fille stupide qu'elle pourrait ridiculiser, mais une nature plus subtile, plus intrépide, une personne capable de décider en connaissance de cause si elle voulait ou non faire usage de sa beauté et de son aptitude à vivre, à donner et à prendre. « De l'expérience, mais guère sympathique », telle était l'expression qui, pour Angel, décrivait le mieux Sally, avec ses yeux d'agate, ses bijoux Cartier, son silence exempt de gêne et son sourire récalcitrant.

Pour Sally, la mère de Julian n'était pas une personnalité qu'elle pouvait facilement cataloguer. Elle ne connaissait pas cette simplicité insolente et ce dynamisme sans afféterie que possédaient les gens comme Angel. Et puis cette chevelure, aussi jolie que celle de Slaney, ces longues jambes de jeune fille, cette attitude d'autorité et d'aisance absolues qui ne craignait pas de manifester un peu de timidité et de confusion lors d'une première rencontre, tout cela, Sally n'y était aucunement habituée.

Abandonnant toute retenue, Slaney, désespérée, coupa court aux salutations : « Tu as entendu ? Tu sais ce que j'ai fait ? Chris ne reviendra plus maintenant.

– Tu crois ça, chérie ? Ne sois pas bête », répondit Angel sans même regarder vers elle. C'était comme si le flot d'une rivière s'était totalement engouffré dans un chenal unique. Slaney se retrouva en rade sur un triste banc de sable, là où jadis le délicieux clapot de l'onde l'avait toujours réconfortée.

« Il faut que je me présente. » Sally fit un autre pas en avant, attendit, puis annonça sans hâte : « Je suis la fiancée de Julian…

– Oh… » Quatre mains se rencontrèrent aussi amicalement que des pièges d'acier se déclenchant ensemble par temps de gel, puis le magnifique sourire d'Angel apparut soudain, obéissant à sa volonté, tandis qu'elle tenait les mains froides de Sally dans les siennes, plus froides encore.

« Tout cela est merveilleusement excitant… » Elle hésita juste assez longtemps pour faire naître une tension, pour bien souligner la menace contenue dans la phrase d'après : « Je suis la mère de Julian. »

14

Birdie, petit oiseau voltigeant, longeait le couloir menant à la cuisine ; Albert, chat prédateur fatigué, suivait dans son sillage. Il y avait de la gaieté chez Birdie, mâtinée d'un certain malaise juvénile.

Walter se tenait en retrait, à l'écart, comme drapé dans sa migraine, sa lassitude, ses beaux habits, son étrangeté. Il emboîta le pas à Birdie et ils se parlèrent avec cérémonie.

« Ravissante, cette vieille maison… » Walter s'arrêta, esquissant une vague pose au milieu des colonnes du vestibule. « J'adorerais faire mon entrée par cet escalier. » Son sens du théâtre était aussi profond que naturel.

« Épouvantable à entretenir, répondit Birdie sur un ton guindé, tandis que son œil, sensible à l'esthétique, s'allumait devant la grâce discrète de son attitude.

– Il y a beaucoup de domestiques ? » Il poursuivit Birdie dans le vestibule et il poussa la porte battante au-dessus de sa tête, la lui maintenant ouverte avec l'élégance d'une caresse.

« Une débutante, et puis Finn Barr et moi.

– Et votre spécialité ? » Il humait le parfum suranné qui régnait dans le couloir avec satisfaction, presque avec excitation. Cette atmosphère était aussi nouvelle pour Walter qu'Angel l'était pour Sally. Le long corridor dallé, foulé et lessivé tant de fois, qui avait vu défiler tant de fleurs, tant de gens et tant de victuailles, et depuis tant d'années, semblait aussi étrange qu'une catacombe aux yeux de ce garçon issu de l'univers sélect des cafés et du monde opulent des hôtels, et plus récemment, de lieux dévastés par la guerre. C'était un artiste doué d'un excellent flair pour les choses raffinées, et tout ce qu'il n'arrivait pas à identifier ici venait titiller sa curiosité. Pour ce qui était de Birdie, il n'arrivait pas à la situer du tout, pas plus qu'il n'arrivait à situer ce château avec ses trois domestiques, ou cette légère odeur de vieille dépense qui flottait agréablement dans le couloir.

« Quelle est votre spécialité, mademoiselle ? » répéta-t-il, faisant un pas de côté assorti d'une petite révérence alors qu'il dépassait les garçons à chapeaux étoilés nichés dans leur alcôve.

« Eh bien, j'ai exercé dans le temps la profession de sage-femme – Birdie s'écarta pour le laisser entrer dans la cuisine avant elle – mais voilà ma spécialité à présent. »

Walter demeura un moment sans rien dire, conscient de la noblesse majestueuse de cette pièce et de la dignité des fonctions de Birdie en son sein. « Oh, fit-il, c'est une vraie cuisine ! Elle est magnifique. » Il se tenait devant le fourneau, soulevant les couvercles et regardant dessous. « Pas de gaz, pas d'électricité, pas de frigidaire. »

Rejoignant la table décapée sillonnée de rainures, il fit lentement le tour de son immense plateau : touchant une planche où du persil avait été haché, il renifla son doigt avec plaisir. « Je peux vous faire une omelette merveilleuse, dit-il d'un ton rêveur. Avez-vous des œufs en poudre ? »

Elle lui montra un profond saladier rose qui contenait dix-sept œufs à la coquille rose pâle. « Je n'ai pas d'expérience en ce domaine, dit-il, un peu choqué de voir tant de produits naturels d'un seul coup. En réalité je ne me suis mis à la cuisine que depuis la guerre ; à l'origine, j'ai reçu une formation de masseur… »

Le masseur et la sage-femme se faisaient face au-dessus d'un saladier rempli d'œufs. « Le mari de Mrs. Wood me payait une fortune pour lui servir de valet de chambre, mais lorsque Mrs. Wood est partie pour divertir les troupes je suis parti aussi. J'ignore ce que je vais faire désormais.

– Vous n'allez pas rester avec Mrs. Wood ?

– Eh bien, je ne suis pas vraiment fait pour la vie campagnarde. J'aime les néons et les couleurs de la ville.

– Mais ils ne vont pas habiter ici.

– Ils ne vont pas habiter ici ? Ce *château* * est bien le sien, que je sache ?

– C'est vrai, mais il ne peut pas déjà s'installer ici… » À la fois épouvantée et ravie, Birdie refusait d'admettre cette idée.

« En tout cas, il a bien l'intention d'essayer… j'ai entendu parler de flottilles de pêche et d'un intéressant commerce de homards… Si j'étais lui, je préférerais un casino et un ou deux avions-taxis. Il fait souvent ce temps-là ici ? » Walter se tenait devant une des hautes fenêtres à rideaux de mousseline. « Quel ravissant tissu… » Il tordit l'étoffe d'un geste délicat, puis poursuivit : « Un petit hôtel, ce serait bien… On pourrait créer un sacré terrain de golf le long de ces magnifiques falaises. »

De l'autre côté de la baie, il repéra une maison carrée badigeonnée de jaune que le soleil venait lécher sur sa façade ouest ; il l'effleurait avec cette douceur veloutée qu'ont ses rayons quand ils caressent une joue. La même lumière parcourait le rebord des falaises à la façon d'une mince guirlande de feuilles au pourtour dentelé : elle accentuait et soulignait les somptueuses rondeurs de l'herbe avec ses décolletés en cœur, avant de s'épanouir en toute liberté au-dessus des falaises et de la mer. Le moindre champ paraissait florissant de santé et les rares bouquets d'arbres qui se dressaient de-ci de-là se départaient de leur fragilité côtière pour recouvrer dignité et assurance sous cette bienfaisante lumière.

« Dites-moi, qui habite dans cette maison ? » Il rêvait et se tourna vers Birdie, une Birdie silencieuse et digne, dont les mains étaient occupées à couper en tranches une miche de pain bis.

« Personne, répondit-elle tranquillement. Elle doit pouvoir s'acheter pour pas cher.

– Lumière électrique et joli comptoir… » Il regarda à nouveau dehors. « Masseur de formation… » Ses yeux revinrent se poser sur Birdie, qui tartinait délicatement ses tranches de pain complet d'une mixture de homard couleur corail et crème, que des lambeaux de laitue hachée émaillaient de nacre et de jade. « Et une merveilleuse cuisine… » murmura-t-il.

Le regard de Birdie quitta à nouveau sa besogne : « Avez-vous envie d'un œuf tout frais pour votre goûter ? » proposa-t-elle.

Il eut l'étrange impression de retrouver, non pas sa propre enfance citadine misérable, mais une enfance plus riche et plus douce, de retrouver cette enfance en plongeant dans le passé ou bien dans l'avenir. Il ne répondit pas tout de suite. Elle posa l'assiette de sandwiches sur la table près de la fenêtre et, contournant la grande table centrale, elle s'empara de la théière en porcelaine rose pâle pour rejoindre la bouilloire qui reposait sur le fourneau. Ces petits gestes domestiques qui peuvent sentir la routine et l'aigreur lorsque l'esprit et les mains ne sont pas en parfaite harmonie, Birdie les accomplit avec rapidité et une grâce cliquetante on ne peut plus naturelle.

Walter dit : « C'est gentil. » Il s'assit à la table. Les rideaux se gonflèrent légèrement sous la brise marine. Son regard traversa toute la cuisine pour s'arrêter à l'endroit où se tenait Birdie : lointaine figurine de porcelaine blanche, le tableau était irrésistible. Les effluves d'air marin mélangés aux vapeurs de cuisine, la perfection insolite de la pièce alliée à sa réalité, tout cela éveilla en lui une profonde émotion, une délicieuse sensation mêlée de larmes, de faim et de générosité.

« Vous allez avoir du travail pendant notre séjour ici, dit-il alors que Birdie revenait avec la théière. Vous devez me laisser vous donner un coup de main. J'ai une passion pour la cuisine, je préfère la cuisine à la couture, en fait. »

Le cœur de Birdie chavira. Il s'y connaissait aussi en couture… était-ce possible ? Était-ce bien vrai ? « Allons, mangez votre œuf maintenant, dit-elle avec une bienveillance de nourrice dénuée de toute espièglerie. Après le thé, nous verrons. »

Finn entra alors avec une théière en argent et un pot d'eau chaude sur un plateau.

« Pourrais-je, mademoiselle, avoir le thé du salon ? C'est-à-dire, à condition bien sûr que votre ami ici présent soit capable de décalotter son œuf tout seul… »

Walter leva les yeux de son œuf, mesurant les rapports entre Birdie et Finn en même temps que la situation présente. Puis il baissa à nouveau les yeux sur son œuf et ses cils vinrent balayer sa joue.

« Merci, Finn, ça ira. Faites chauffer votre théière comme d'habitude et revenez la chercher dans cinq minutes. » Birdie s'exprimait avec l'assurance de quelqu'un qui s'est découvert une fonction nouvelle dans l'existence, celle d'une femme enfin admirée après des années de pénurie.

15

Dans la cabane à outils Julian était assis sur une boîte qui avait jadis renfermé des maillets de croquet ainsi que des boules rouges, bleues, noires et jaunes, et qui provenait tout droit des Magasins de l'Armée et de la Marine, sis à Victoria Street. Son pantalon tombait élégamment depuis ses genoux minces, ses pieds étaient plantés confortablement sur le sol, son bras reposait autour des épaules de Tiddley, et il lui essuyait le visage à l'aide de son mouchoir. Il avait toujours trouvé amusante la façon dont il pouvait la faire pleurer, et la consoler ensuite et la réconforter au point de regagner sa confiance pleine et entière.

Il ne remarqua pas la raideur avec laquelle elle se tenait contre son bras, mais se fût-elle laissée aller et eût-elle fondu en larmes sur son épaule qu'il eût été inquiet et choqué.

« Qu'est-ce qu'il y a, mon lapin ? » ne cessait-il de lui demander, mais elle ne faisait qu'agiter son corps en guise de réponse. Elle voulait secouer la tête mais tout son corps remuait en même temps. « Arrête, dit-il enfin, j'ai tellement de questions à te poser, je veux que tu redeviennes comme tu étais. Je me suis toujours félicité qu'Angel t'ait empêchée de t'enrôler. J'avais peur que cette expérience ne fasse de toi une personne différente.

– Je suis toujours la même, s'écria Tiddley dans une sorte de rugissement désespéré.

– Est-ce que tu vas m'aider ? Je sais que je vais avoir besoin de toi.

– Oui... oui. » Elle sentit un léger afflux de sang dans son cœur, comme une petite vague.

Il dit : « Nous avons tant à faire. Pendant tout le temps où j'ai été parti, je mettais au point des projets pour la pêche... Nous pourrions développer quelque chose de bien ici, tu sais, Tiddley.

– Oh ! » Elle était sidérée du caractère émancipé de cette résolution.

« Mais la première chose entre toutes, reprit-il avec ardeur, c'est de remettre en état notre *Julietta.* Tu as bien entretenu toutes mes affaires, je le sais. Tu n'as laissé personne chiper quoi que ce soit, n'est-ce pas ? Je n'ai plus qu'à m'atteler à la réparation.

– D'accord, Julian... mais....

– Ne t'en fais pas... nous allons passer une semaine formidable à bricoler dessus. Nous n'aurons qu'à commencer après le thé. Ce pauvre rafiot doit être dans un état épouvantable. » Il se frottait quasiment les mains : on aurait dit un jeune médecin zélé brûlant de s'emparer du scalpel pour une intervention particulièrement délicate.

Tiddley cessa de souffrir. Elle appréhendait si fort l'inévitable déception de Julian que les éclats de verre qui la taraudaient fondirent dans son cœur. Elle ne pensait plus qu'à lui. Tout comme un spasme de douleur qui vous étreint puis qui disparaît, la douleur de Tiddley s'évanouit, étouffée par la violence de son sentiment amoureux. Et elle ne pouvait lui dire ce qu'elle savait ! Éternelle esclave, elle travaillait comme une taupe, une taupe dotée d'un petit cœur en or tout aussi sûr qu'un médaillon. Et d'une cervelle pas plus grosse qu'un petit pois.

Il la remit bientôt debout : après lui avoir bien épousseté le fond du pantalon, il lui prit la main pour la ramener à la maison. Avant de le suivre, elle tourna la clé tout usée dans la serrure de sa porte et la rangea dans sa poche.

À nouveau, il fut frappé par le contraste entre Tiddley et toutes les jeunes filles libres, charmantes et indépendantes qu'il avait connues dans le vaste monde. Tiddley était ce recoin secret au cœur du massif d'arbustes où l'on se cache quand on est petit. Cet étroit et sombre sentier qu'ils remontaient main dans la main depuis sa cabane fermée à clé, c'était Tiddley. Tiddley était le parfum des fougères. Elle était la porte fermée à clé dans le mur. Elle était la mousse sur la pierre. Elle n'était absolument pas une fille. Elle était l'incarnation de choses et d'instants bien à l'abri dans le passé. Elle ne devait pas changer.

Mais lorsqu'ils se retrouvèrent dans l'autre jardin avec la mer au-dessous d'eux, la mer de la fin d'après-midi, et les dalles et les fleurs en bon ordre, et une brise joyeuse sur son visage, Julian oublia complètement la sombre réalité de Tiddley. À présent il était tout à fait partisan des broches Cartier et des cheveux blonds, de la vitesse, du soleil, du danger, des bons moments, des adieux faciles et de la frivolité, indispensable si vous voulez rester sain d'esprit. Et puis, à l'opposé, son esprit était totalement en faveur du travail. Non pas le travail des autres, pour le contempler avec une inertie distinguée comme le faisaient ses ancêtres... non : il allait conduire des tracteurs lui-même, et en assurer l'entretien. Il veillerait scrupuleusement sur ses bateaux, à commencer par le *Julietta*. Le quai d'Owlbeg croulerait sous les monceaux de poissons pêchés par sa flottille. Il y aurait des aquariums pour les homards, et de la glace, de la coopération, de l'étude scientifique, de l'organisation et du transport, et toutes ces choses inconnues à Owlbeg auparavant, ni même imaginées un instant par les pêcheurs ou par les poissons. Julian savait, bien sûr, qu'Angel, la pauvre chérie, avait fait de son mieux, et qu'Oliver, ce brave bougre, n'avait pas ménagé ses forces. Il allait se montrer admirablement patient et délicat en liquidant leurs vieilles techniques dépassées et en exploitant ses propres théories si dynamiques. Il était un peu agacé, voire exaspéré par leur mollesse et leur désinvolture. Il allait y avoir des changements. Il se chargerait de provoquer ces changements. Il amènerait aussi une certaine discipline. Ce serait une chose très salutaire pour ces gens que la souffrance avait épargnés, ces résidants d'une île qui flottait dans les airs depuis des années, au-dessus de la fosse où les autres êtres humains se débattaient.

« Ce jardin est beaucoup trop bien entretenu… il faudrait que tu voies les jardins d'Angleterre, dit-il à Tiddley avec un ton de reproche. Évidemment, ils n'ont pas eu d'hommes pour s'en occuper pendant des années.

– Ici non plus. C'est Angel et moi qui faisons tout ça, expliqua Tiddley d'un air d'excuse, avant d'ajouter en toute bonne foi : De temps en temps, Oliver nous envoie de la ferme un vieillard parmi les plus cacochymes pour un jour ou deux. »

Julian lança en l'air un caillou jaune : il monta très haut, puis retomba vers la mer. Julian n'était absolument pas conscient du labeur acharné et de l'abnégation passionnée qu'il avait fallu pour réaliser un aussi joli jardin : le refus de la commodité, les sempiternelles prévisions, l'épuisement physique et l'inconfort corporel, le contact spirituel établi à des années de distance. Ces mains mouillées, ces pieds gelés et ces efforts maladroits inséparables du jardinage amateur. Mais Julian n'avait pas non plus idée de ces heures radieuses, où l'âme et le corps des travailleurs se laissaient aller à rêvasser, provisoirement satisfaits de leur création. Qu'avait-il à faire de l'apathique sécurité des jardins, lui qui si récemment avait connu les extrémités de la peur, tout comme l'écœurement et l'exaltation que procure sa maîtrise ? Lui qui avait assouvi les plus grandes tentations juvéniles de vitesse et de destruction. Quand avait-il eu l'occasion de souffler, pour tendre l'oreille et regarder tranquillement autour de lui, durant ces heures lentes de la vie civilisée ?

Par conséquent il ne s'arrêta pas lorsque Tiddley marqua une pause pour admirer un massif de pensées aussi jolies que de la soie colorée, pas plus qu'il ne s'extasia sur la précocité de ses lys, pleins de vigueur et débordants de santé. Il ne remarqua que le solarium là-bas au bout. « C'est nouveau, ça, commenta-t-il. Ravissant, d'ailleurs… Tiens, attends un peu de voir le bronzage de ma fiancée. Mais dis donc, quelle idée fantastique… une idée de maman ? »

Tiddley hocha la tête.

« Est-ce qu'on est réellement abrité du vent ?

– Au moins autant que sous la falaise. » Il y avait des larmes de lucidité dans les yeux de Tiddley. Elle regardait son jardin de manière implacable à présent, comme une mère peut regarder son enfant quand il n'est pas attachant, infiniment protectrice mais sa valeur à ses yeux moins évidente et moins irrécusable, une valeur contestable après avoir été une certitude dorée. L'imagination de Tiddley se reporta vers cette époque où ils avaient eu leurs propres jardins ensemble, les jardins des enfants, avec des plates-bandes en forme de tombeaux et de cœurs, et des bordures de buis jaunes et verts impeccablement taillés, avec de petites allées intermédiaires, pour lesquelles ils remontaient de la plage des seaux de gravillons, avec une réjouissante gloriole. Elle revit les sachets de graines, les rosiers-fée et les saxifrages, les six tulipes roses chacun et lesquelles fleuriraient les premières, et ce plaisir extraordinaire de cueillir pour Angel la rose cent-feuilles qu'on a soi-même fait pousser. Et le jardin que Julian avait eu à l'école primaire, et que l'insipide Hall-Groves Junior avait partagé avec lui et elle. Pour ce jardin aussi, Tiddley avait envoyé des plantes et des schémas, ainsi que des sachets de graines au moment adéquat. On avait beau ne jamais l'emmener à ces grandes fêtes de l'école auxquelles Angel était si assidue, Tiddley savait exactement où poussait, prospérait ou bien dépérissait chaque petite plante. Quand, lors d'un troisième trimestre, Julian et Hall-Groves Junior remportèrent un premier prix pour leur jardin, Tiddley pleura toutes les larmes de son corps d'émotion. Mais ce prix marqua à la fois l'apogée et la fin des ambitions horticoles de Julian : à partir de cette date, les jardins furent éclipsés par le football et par son premier fusil.

Alors, comme si cet édifice vulgaire mais réussi qu'était le solarium n'avait été conçu que pour magnifier son amour maternel, Angel sortit de la maison. Légère, rapide et impassible, elle vint à la rencontre de Julian : son pas était aussi aérien que le baiser qu'elle déposa sur sa joue sans s'y attarder. Elle passa un bras sous le sien aussi négligemment qu'elle passa l'autre sous celui de Tiddley et c'est ainsi que leur trio rejoignit la maison ; Angel baissait la tête contre le vent et, tout en marchant, elle regardait son fils par en dessous.

« Je l'ai vue, clama-t-elle, ses premières paroles, ô combien chaleureuses et gaies. Vraiment tout à fait charmante. »

Le visage de Julian sembla s'illuminer et s'élever comme une flamme au-dessus de ses deux autres amours.

« Tu le penses sincèrement ?

– Que pourrais-je penser d'autre ? Et quelle bonne idée de l'avoir amenée avec toi pour me faire la surprise.

– Oh, Angel, tu es parfaite. Je lui avais dit que tu étais parfaite et tu ne fais que le confirmer.

– Chéri, je suis tellement heureuse que tu sois heureux. » Son grand et beau sourire s'enflamma comme une torche. « C'est fou ce que nous sommes contentes, toi et moi, hein Tiddley ? »

Mais Tiddley sentait la poigne d'acier avec laquelle Angel lui enserrait le bras, et elle savait quels mécanismes étaient en branle dans tout son corps : ces petites roues dentées qui creusaient leur sillon jusque dans le cœur d'Angel. Elle était réceptive au chagrin comme on peut l'être à une mauvaise odeur ; néanmoins, acquiesçant de la tête, elle sourit à son tour et, ayant capturé son cœur effarouché dans le piège de sa volonté, elle le remit en place dans ce grand nulle part inconnu qu'il avait maintenant pour lui tout seul.

16

L'heure du thé fut des plus joyeuses : le plateau en argent, la théière, le pain grillé tout chaud, les tasses d'une finesse exquise, le pot à lait des petits – car Angel obligeait tous ses enfants à boire du lait. Le goûter fut installé sur une table basse entre la cheminée et le canapé, avec un sens du cérémonial tout à fait edwardien. Ces instants-là, où l'après-midi se retire pour laisser subrepticement la place à la fin de la journée, où les minutes défilent avec la nonchalance fastueuse et repue de pétales dégringolant d'une vieille rose fanée, ces instants-là étaient des instants qu'Angel excellait à faire mûrir et à célébrer.

Ils étaient tous installés autour de la table, sur des morceaux du canapé, des tabourets ou des chauffeuses, le léger inconfort du thé pris au salon distinguant le goûter des autres repas par cette petite accélération de l'appétit qu'il provoque. Il existe une savoureuse contradiction entre la faim et les amuse-gueule, le thé parfumé et la gloutonnerie qu'ils déclenchent quand ils sont combinés. Angel se prélassait au milieu de ce groupe pittoresque, versant le thé, faisant circuler les assiettes de sandwiches, découpant le gâteau autrichien avec une précision de géomètre. On ne fit rien d'autre que manger, papillonner, écouter un récit décousu du retour d'Italie de Julian et Sally. Personne ne dit rien qui comptât le moins du monde, et malgré tous ces bavardages, toute cette nourriture et tout cet enjouement, il régnait une vague atmosphère d'inquiétude.

« Ah, *petite**, demande une autre tasse à Finn ; ne le gronde pas, il n'a pas compté notre belle invitée supplémentaire.

– *Un, deux, trois, quatre, cinq**… si, il l'a comptée », remarqua Tiddley en promenant son doigt au-dessus des tasses sur le plateau.

Slaney soupira : « Il aura sans doute pensé que Chris serait là.

– Prenez un sandwich au *foie gras**, chérie… Sally… essayez-en un. Je ne vous dirai pas comment nous le fabriquons, mais le résultat est délicieux.

– Merci. » La voix de Sally était aussi caverneuse qu'un puits sans fond. « Je ne mange jamais au goûter, pas vrai, Julian ?

– Autant qu'il m'en souvienne, nous n'avons jamais pris de goûters ensemble… seulement des dîners et des petits déjeuners.

– Ah, ces petits déjeuners étrangers ! Le vin rouge de la veille mal digéré, et toute conversation absolument impossible… »

Les yeux de Sally se levèrent de son assiette vide aussi lentement qu'un seau qu'on remonte du puits. « J'ai généralement d'autres activités que la conversation, ironisa-t-elle.

– Et qu'est-ce que vous faisiez pendant la journée ? demanda Angel, insistant sur les présences virginales de Slaney et Tiddley avec un zèle quelque peu complaisant.

– Je travaillais avec la troupe… nous donnions un spectacle différent tous les soirs.

– Nous nous retrouvions dans un superbe bar de nuit après le spectacle.

– Eh bien, vous avez dû vous amuser comme des fous. » Angel se carra dans son siège ; elle sirota son thé, levant les yeux au-dessus de sa tasse aussi coquettement qu'une autre. « Et pourquoi ne pas nous avoir communiqué la merveilleuse nouvelle par télégramme ?

– Nous n'avons pas eu le temps, en fait ; nous avons été un peu dépassés par les événements. »

Un silence inquiet s'instaura. Chacun avait conscience

de la nécessité de parler, mais cette nécessité éteignait les mots dans leurs têtes. Seule Tiddley aurait été incapable de parler même si le mot susceptible de mettre à l'aise toutes ces personnes aimées avait été sur ses lèvres. Elle buvait son thé comme s'il s'agissait d'une tasse d'eau froide, une potion propre à rasséréner une jeune fille, et elle regardait fixement les flots légèrement éblouissants, dont l'éclat transformait en terribles prismes colorés les larmes qu'elle ne pouvait verser.

Au moment précis où la crudité du malaise allait être à son comble et obliger quelqu'un à se racler la gorge, Sally prit la parole.

« Eh bien, je suis contente qu'il m'ait persuadée, dit-elle. Je trouve cet endroit ravissant, absolument ravissant. » Ses yeux et ceux d'Angel se croisèrent et se bravèrent mutuellement. « Je vais adorer », insista-t-elle comme en réponse à une réfutation tacite. Elle déposa un peu de gelée sur son assiette et la mangea avec sa cuillère à thé, un comportement plutôt rustique qui fleurait l'étrangère. « Même les montagnes, poursuivit-elle, commencent à me plaire.

– Encore de la gelée, Julian ? » Angel enleva du voisinage de Sally le pot en porcelaine blanche au couvercle orné d'une fraise.

« Ça change de nos banales confitures… » Sally avait manifestement l'intention de continuer à parler.

Julian dit : « Fais confiance à Angel.

– Chérie, dit alors Angel, un " chérie " différent. Chérie, ne mange pas si vite, tu vas t'étouffer. »

C'était Tiddley.

Julian se pencha en avant. « Et tu t'es renversé de la confiture dessus, petite cochonne ! » Il la nettoya avec solennité. Puis Tiddley s'étrangla.

« Qu'est-ce qui vous presse, Tiddley ? » demanda Sally.

Slaney, qui adorait Tiddley, expliqua d'un ton résolu : « C'est l'heure de son piano. »

Angel passa un bras autour des épaules de Tiddley. Tout le monde se montra plein de sollicitude avec elle ; ils pensaient tous, avec cette folle vanité et cette totale fatuité caractéristiques des nœuds de satin, absolument pas du fond de leurs cœurs au demeurant bien vils, qu'il leur suffisait d'étendre une main caressante et d'éclater de rire pour que les problèmes s'évaporent. Le soutien de Slaney s'avéra plus efficace car elle aussi souffrait, et elle répéta d'un air triste : « Vraiment, c'est l'heure du piano de Tiddley, il faut qu'elle y aille.

– Pas ce soir, chérie, s'il te plaît. » Angel pressa le haut du bras de Tiddley avec une affection amusée. « N'oublie pas que Sally vient du monde du spectacle, nous ne devons pas la mettre à l'épreuve, n'est-ce pas ?

– J'aimerais que vous jouiez, Tiddley, affirma Sally.

– Écoutons plutôt les détails concernant les fiançailles de Julian ! lança Angel d'une voix très “ vos-seaux-et-vos-pelles-les-enfants-nous-allons-à-la-plage ”. Depuis combien de temps vous connaissez-vous ?

– Seulement six merveilleuses semaines, répondit Sally.

– Formidable. » Angel regarda autour de la table. « Réveille-toi, Slaney… tu ne trouves pas ça formidable ?

– Les histoires d'amour des autres sont perpétuellement formidables.

– Chérie, six semaines, ça n'a rien de perpétuel, répliqua Angel, ravie de sa petite fille.

– Pas question de traînasser avec moi », déclara Sally, faisant claquer une porte entre elles. Elle savait désormais à quoi s'en tenir. « Je suis du genre expéditive.

– Ça, vous en avez bien l'air », riposta Angel. Avant d'ajouter, la voix fondante : « Je veux dire, tellement aérodynamique… vous êtes conçue pour aller vite, n'est-ce pas ? »

Julian leva les yeux. Son éclair de désarroi se mua aussitôt en incrédulité, toutefois il déclara : « Moi ça me va ! Je ne voudrais pas qu'une bonne femme me fasse lanterner pendant des années comme toi et Oliver, Angel.

– Tu es abominable ! » Angel était enchantée de cette pique qui la mettait sur le propre terrain de la jeunesse. C'était un peu de chaleur et de réconfort dans ce lit froid et triste où elle s'escrimait si laborieusement à prétendre que tout allait bien… La pitié et la réprobation échauffèrent son cœur contre Julian. Elle était tellement tendue qu'elle ne pouvait plus se maîtriser, et sa tête et sa langue s'associèrent avec une aisance redoutable dans leur entreprise de destruction.

« Sally, Oliver est seulement notre régisseur et notre plus cher ami… rien de plus. » Cette précision ne fit qu'envenimer la situation.

« Certains vous croiront peut-être, mais moi sûrement pas. » Cette remarque n'avait guère de sens, du moins fut-elle formulée avec courtoisie.

Tiddley avait réfléchi à un moyen de justifier son émotion et de s'échapper.

« S'il te plaît, Angel, puis-je passer dix minutes à mon piano avant que le maître d'école n'en prenne possession ?

– Tu as terminé tout ce que tu avais à faire dans le jardin, *petite* * ?

– Mais oui, *ma mie* *.

– Eh bien, dix minutes au piano, c'est entendu, *petite choute* *, et puis tu te dépêcheras de descendre à la crique aux bateaux pour une partie de ski nautique. Tu as vu les skis, Julian ? D'occasion… j'ai été fine, n'est-ce pas ?

– On ne peut plus fine, ma chère… c'est le dada de Sally. »

Un frisson parcourut les veines d'Angel. Était-ce pour ça ?

Tiddley restait debout, attendant de faire une déclaration importante lorsqu'elle pourrait placer un mot. Ce fut : « Que veux-tu que je joue, Julian ?

– Oh, Tiddley… *Île de Capri*, bien sûr, chérie… ta chanson fétiche.

– Mais j'en ai une nouvelle pour toi. » Elle ne put résister. La chose comptait tellement pour elle qu'elle fut incapable de se montrer raisonnable. « Je ne te dirai pas ce que c'est. Je vais ouvrir la fenêtre de la salle de classe pour que tu puisses entendre comme il faut. »

Là-dessus Tiddley ferma la porte, et tandis qu'elle se sauvait, emportant avec elle sa mélancolie, toutes les personnes présentes éprouvèrent un vague soulagement, comme quand un enfant malade monte enfin se coucher.

Seul l'esprit de Julian était encore avec elle. « Une nouvelle chanson ? Je croyais que *Capri* était son unique morceau.

– Celui-là est bien pire que *Capri* ne l'a jamais été, répondit Angel. C'est ça qui m'a vraiment résolue à vendre son piano.

– Oh, tu ne ferais pas ça ! » Julian s'esclaffa à cette idée, et tandis qu'il riait, Sally vit quelque chose se raidir chez Angel. Or cette dernière se contenta d'observer : « Slaney chérie, tu n'as rien mangé.

– Je n'ai pas faim... Est-ce que je peux sortir de table ?

– Tu as fini ton lait, chérie ? Et toi, Julian ? »

Pendant qu'ils regardaient au fond de leurs tasses, Sally se demanda si elle avait des visions... personnellement, elle n'avait pas connu une enfance choyée, mais elle avait lu des histoires à ce sujet.

Julian reposa sa tasse avec le soupir voluptueux d'un petit garçon rassasié. Sally se mit à attendre un : « Merci, petit Jésus, pour ce bon goûter, s'il vous plaît est-ce que je peux sortir de table ? », et la chose l'effraya légèrement. Mais Julian se contenta de regarder sa mère et de dire : « Moi aussi. Je veux sonder les entrailles de ma vieille pendule. Je suis sûr qu'elle n'a pas fonctionné depuis mon départ pour la guerre... » Voilà que nous en étions aux jeux d'après-goûter à présent... Sally se sentit effroyablement adulte et lointaine.

« Elle revient juste de Dublin... elle est réparée et elle marche parfaitement, gazouilla Angel à l'adresse de Julian, avant d'ajouter à l'adresse de Sally : Un de mes petits cadeaux de bienvenue...

– C'est vraiment adorable. » Sally observait Julian. Il se tenait là, les mains dans les poches, visiblement déçu. « Oui, c'est vraiment adorable », acquiesça-t-il. Elle n'était donc pas aussi fine qu'elle le croyait. C'est alors, en cet instant d'affliction, que retentit la fausse gaieté déchirante de *Lili Marlene*, cette mélodie totalement macabre qui constituait un hymne stupide à la gloire de la jeunesse fracassée et des promesses d'amour brisées.

« Voilà l'air en question, soupira Angel. Pis encore que *Capri.* »

Julian écouta le jeu de Tiddley sans faire de commentaires.

« Je vais lui dire que tu adores, dit Slaney avec fermeté. Bon, je vais aller dans la salle de classe m'occuper de mon album. » Elle poussa un soupir et s'en alla.

« Son album… répéta Julian, un peu dédaigneux. Slaney n'a pas beaucoup grandi, on dirait ?

– C'est toujours mon jovial petit bébé… se gargarisa Angel.

– Vous ne craignez pas une atrophie de la personnalité ? demanda Sally non sans insolence.

– Votre pauvre mère avait-elle cette crainte pour vous, ma chère ? » La voix d'Angel était plus sucrée que de la confiture.

« Oh, non, rassurez-vous… Je suis allée dans une école de bonnes sœurs, ce qui a eu raison de mes complexes. J'ai décroché un petit rôle dans un cabaret à Broadway à l'âge de dix-huit ans.

– Je vois… le genre spectacle permanent. » Angel prononça ces mots comme si elle y voyait trop clair pour son goût, et pendant tout ce temps les accords suaves de *Lili Marlene* flottaient funèbrement dans les airs.

« J'ai gâché ma vie. » Julian était remonté dans le temps ; il était remonté jusqu'à un spectacle de cabaret de Broadway où figurait une Sally de dix-huit ans… « Pourquoi ne t'ai-je pas connue à l'époque ?

– En effet, chéri, pourquoi ? dit Angel d'un ton songeur. Tu étais un bébé tellement sociable… dans ton landau, tu parlais toujours aux gens les plus impossibles !

– Je préférais mes amants plus âgés à ce moment-là, mon lapin. » Sally se demandait si Julian était réellement incapable de déceler ces persiflages. Elle tiendrait bon, elle ne riposterait pas, pas encore. « C'est pour cela que j'ai épousé mon premier mari… pour en terminer avec les vieillards. »

Elle sourit à l'intention d'Angel.

Au-dessus de leurs têtes, Tiddley arriva à un passage difficile, et Lili Marlene bredouilla un peu avant de sombrer dans le silence.

« Ah ! » soupira Angel, soulagée. Puis, recouvrant ses forces : « Je vous en prie, racontez-nous vos expériences conjugales. Était-ce chaque fois le bonheur parfait ?

– Rien du tout en comparaison des prochaines ! » Julian semblait absorbé exclusivement par Sally et par la vision qu'il avait d'elle. Tous les prétextes étaient bons pour plaider sa cause, même les plus stupides.

« Le bonheur parfait ? Eh bien, je ne sais pas, répondit Sally en gardant le même ton bourru et ensommeillé. Mon premier mari était grec, et il avait un certain âge. Il me couvrait de vison ou de soleil à longueur d'année… oh, nous nous entendions bien.

– Ça m'a l'air idéal… et terriblement exotique. Et ça s'est terminé quand même ?

– Le consentement mutuel, que voulez-vous, soupira Sally. C'est ce qui vient à bout de la plupart des mariages… » Elle avait conscience d'être aussi banale et fausse qu'un article de journal ou un dialogue de théâtre. À l'intérieur, pourtant, elle se sentait terrifiée : elle se trouvait sur un terrain qui lui était totalement inconnu. Elle comprit qu'Angel avait le pouvoir de démolir tout ce qu'elle avait fait pour Julian, de le manger, de le boire et de lui prendre tout ce qu'il avait, à l'exception de l'amour qu'elle-même lui donnait. Elle ne se rendait pas compte qu'Angel était tout aussi démunie dans son amour que n'importe quelle autre femme, aussi impuissante à ne pas tuer ce qu'elle adorait.

« Comme c'est triste », soupira Angel, et alors même qu'elle soupirait, *Lili Marlene* recommença. Sally soupira aussi, mais Julian paraissait content que Tiddley ait triomphé. « Et le prochain ? » Angel regarda sa montre : on aurait dit que le jeu de Tiddley et les mariages de Sally étaient deux choses qui pouvaient bénéficier de son attention et de son indulgence jusqu'à un certain point, jusqu'à un certain point mais pas au-delà.

« C'est moi le prochain ! s'exclama Julian avec une jubilation appuyée. Je suis le prochain, l'ultime et le définitif. J'ai cet engin à vous montrer : double moteur, grands yeux marron, avec toute une série de merveilleux dispositifs… »

Il faisait exprès d'utiliser ce jargon mécanique. « Angel, tu as examiné le spécimen ? Tu ne le trouves pas fantastique ? »

Angel examina. « Fan-tas-tique… » Le mot fut camouflé par un superbe sourire prolongé, à la fois très châtelaine, très hôtesse et très mère, et alors qu'elle souriait encore la porte s'ouvrit et Walter, dans un émoi extrême, entra en coup de vent :

« Oh, madame, personne ne peut donc la faire taire ? gémit-il en indiquant le piano. Si elle joue encore une fois en si bémol je vais hurler à en faire s'écrouler la maison. »

Plus craintive qu'apaisante, Sally le rabroua : « Allons, Walter, ne soyez pas si sensible. »

Angel observait la scène… il ne manquait plus que ça…

« Ça vient, ça vient, je ne vais pas pouvoir me retenir, je vais crier… » Les doigts dans les oreilles, il s'apprêtait à hurler lorsque la musique s'arrêta. Le silence apparut comme un regrettable mécompte. « Quelle déception ! » lança spontanément Angel.

Sally ne releva pas. « Vous pouvez fermer la bouche à présent, Walter », cria-t-elle, assez fort pour que le son atteigne ses oreilles bouchées. Elle était bel et bien habituée à ces authentiques numéros de soprano lyrique…

« C'est fini, Walter », hurla Julian.

C'est alors qu'Angel aperçut Birdie qui se tenait posément dans l'embrasure de la porte. Elle n'avait pas l'air pressée, ni tendue, elle n'avait pas de tricot à la main. Elle expliqua, sur un ton sentencieux et doux à la fois : « C'est moi qui ai coupé le sifflet au piano, Walter. »

Angel, très calme derrière son plateau de thé, comprit immédiatement que là aussi il allait lui falloir se montrer vigilante.

« Qu'est-ce que vous avez tous à malmener ma pauvre Tiddley… » Julian se leva et se dirigea vers le phare. « Dieu merci, je ne suis pas mélomane.

– Oh, je vous serai éternellement reconnaissant. » Walter et Birdie avaient tous deux l'habitude de s'exprimer librement devant leurs employeurs. « Et autre chose, ma chère, reprit-il en se frayant un chemin jusqu'à elle entre les meubles. Si je pouvais avoir une chambre exposée au sud… Les vues sur le nord me font peur.

– Aucun problème, répondit-elle avec douceur. Laissez donc Birdie s'occuper de ça… »

Mais Angel s'était redressée sur ses longues jambes et les avait rejoints avant qu'ils n'aient pu s'esquiver. « Birdie chérie, tu veux toujours en faire trop, dit-elle d'une voix flûtée, délicieusement caressante. Suivez-moi, euh, Walter, c'est ça, n'est-ce pas, Walter, je vais me charger de ça personnellement.

– Oh, merci, madame. » Walter comprit que cette femme avait de la classe. Il était très sensible à la classe, et il appréciait aussi bien la grâce musclée des chevaux de course que la douceur de la flanelle bleue, quand elle est subtilement usée. Ces détails-là respiraient l'argent dépensé à bon escient. Il recula vers la porte, tenant ses propres mains jointes devant lui.

« Eh bien, dites-moi, Walter, commença-t-elle, en vraie grande dame remplie d'assurance, préférez-vous une vue sur la mer ou sur les montagnes ? »

Birdie l'entendit répondre : « Oh, j'adore les montagnes. Je rêve de montagnes », et elle le regarda s'en aller. Tout cela était si naturellement manigancé, si élégamment exécuté, que c'est à peine si Birdie s'aperçut de ce qui venait d'arriver : Angel avait opéré à la vitesse de l'éclair.

Sally esquissa une petite grimace terriblement vulgaire. « Elle vous a bien eue sur ce coup-là, Birdie. »

Birdie aspira brièvement. « Peut-être, mais je me rattraperai. » Elle se pencha plus près. « Croyez-en la gitane que je suis : vous allez devoir vous battre, vous aussi. »

Un germe de complicité naquit entre elles ; elles se considérèrent mutuellement d'un œil neuf.

Toute rouge du soulagement et de la fierté que lui avait apportés la musique, Tiddley entra comme une trombe, Slaney sur ses talons. Julian se détourna de la fenêtre avec la détermination d'un homme qui a choisi de goûter désormais à des plaisirs plus simples.

« Chérie, c'est ravissant, et j'ai deviné : *Lili Marlene,* c'est bien ça ?

– Oui. » Tiddley était de nouveau calme et détendue. C'était l'effet que produisait sur elle le piano. À présent elle était prête à planter toute une rangée de céleris, ou à supporter n'importe quel chagrin. « Angel a dit de commencer sans elle ; j'ai ton maillot de bain et Walter m'a donné celui de Sally…

– Alors, allons-y… la mort ou la gloire. Où est Angel ?

– Angel est en train d'installer Walter. Angel a dit qu'elle nous rejoindrait. »

Angel… Angel… Angel… Les yeux de Sally et de Birdie se croisèrent une deuxième fois.

« Mon chou, dit Sally à Julian. Je n'ai pas envie de me baigner dans l'eau froide. Tu ne voudrais pas m'emmener faire une petite promenade à la place ?

– Oh… » Julian se tenait entre Tiddley et Slaney. Les deux déléguées innocentes. Le trio fut tout à coup saisi d'un désarroi atroce. Lorsque Julian s'écarta d'elles pour se diriger vers Sally, le visage des filles avait la texture poudreuse du papier brûlé.

« Chérie, tu ne veux vraiment pas ?

– Pas ce soir.

– D'accord, une promenade pour toi et moi.

– Oh, mais Angel…

– Elle a dit… »

Les filles se sentirent subrepticement gagnées par la confusion et le fou rire. Une réaction inédite.

« Prévenez-la, dit Julian. Nous serons vite revenus. » Il mit un doigt sous le menton de Tiddley. « Ne te noie pas, petite Tiddley, sois très prudente. »

Sally laissa échapper un petit soupir soit de soulagement soit d'excitation.

« Birdie, souffla-t-elle d'une toute petite voix rien que pour Birdie. De temps en temps, ça ne me déplaît pas de me battre, pas vous ? »

Dans sa veste impeccable, Birdie se rengorgea comme un coq de basse-cour arborant un plumage éclatant.

17

« On dirait que je suis de nouveau avec toi, dit Sally à Julian, alors qu'ils s'engageaient sur la petite route devant les portes du château. Nous voilà tranquilles. Allons dans un pub. Je veux voir des gens ordinaires. Je veux te tenir la main en public. Je veux boire un verre. Je suis seule. J'ai envie de pleurer. Je t'aime. Je te promets que je t'aime.

– Chut. » Il lui prit la main, puis la lâcha à nouveau, gêné par la réserve que lui imposaient ces lieux familiers. Ses yeux le lui feraient-ils comprendre ? « C'est dur, les premières fois, n'est-ce pas ? dit-il. Mais tu te débrouilles extrêmement bien. »

Une bouffée d'air salé, des effluves de bord de mer comme les autres lui caressèrent la joue. Elle était de retour dans la réalité. Elle savait très bien ce qu'il avait voulu dire. « Quand on connaît l'amour, il y a quelque chose d'un peu fantomatique dans l'affection familiale.

– D'une certaine façon cette affection me hante et elle me fait souffrir. Elle est très forte. » Toute l'enfance de Julian était contenue dans ces mots ; il entendait le claquement de ses sandales fantômes sur la colline, là où les mêmes bosses de rocher affleuraient toujours à la surface de la route et où les maisons feraient bientôt leur apparition, au fur et à mesure que la route s'éloignait des extravagances seigneuriales de son château pour rejoindre le village, qui s'étirait jusqu'à la mer. La route formait une fourche et ils prirent la dent la plus basse. « Là, nous allons passer devant la maison d'Oliver, annonça Julian. Tu veux que je l'appelle ?

– Oh, laisse-moi t'avoir une minute pour moi », répondit-elle vivement. Mais ses yeux dévoraient la maison sur sa gauche.

La maison d'Oliver était bâtie sur le flanc de la colline et les deux routes passaient devant à différents niveaux après s'être divisées. La route du haut passait au niveau du deuxième étage, et une porte s'ouvrait dessus. La route du bas, sur laquelle ils se trouvaient et qui descendait vers le village, passait devant la maison au niveau du rez-de-chaussée. Ce rez-de-chaussée comprenait uniquement la cuisine et la chambre de la cuisinière, dont la fenêtre donnait sur la route, à peu près à hauteur d'homme. Très jolie et très accessible, s'était dit Oliver, quand il avait décidé que ce serait la chambre de la cuisinière.

Une profonde austérité imprégnait la petite maison. Ses deux pignons plats donnaient sur l'une et l'autre routes, quant à sa façade proprement dite elle était résolument tournée vers l'intérieur, vers une cour rectangulaire, bordée par un grand mur côté mer et par le rocher qui tombait quasiment à pic depuis la route supérieure. La maison offrait à cette cour une de ses extrémités, l'autre étant représentée par une resserre en pierre complètement ouverte sur un côté, où, quand le temps le permettait, Oliver organisait de joyeux déjeuners : d'énormes pilafs au homard qui surgissaient tout droit de la cuisine, embaumant l'air salé au passage, et suivis d'une salade qu'il assaisonnait avec une perfection insouciante. Une grille en fer aussi haute que les murs de la cour striait de ses longs barreaux aussi bien la mer que le ciel, conférant à l'ensemble une allure espagnole : un enclos pour les dames à la tombée du jour. Ce soir, d'ailleurs, avec l'ombre qui venait s'ajouter au portail, la cour avait l'air d'une cage dans la cage. Froufroutants et lascifs, les géraniums roses prospéraient contre le mur, leurs fleurs doubles d'une extravagante et sournoise féminité parmi leurs feuilles rugueuses. La porte sur la cour menait directement dans la cuisine.

« Est-ce que tu sens le pain grillé, chérie ? demanda Julian.

– Non. Non, protesta-t-elle, niant désespérément l'évidence.

– Pain grillé pour une personne, décréta Julian avec conviction en humant le parfum qui flottait dans l'air. Oliver est un fin gourmet. Il s'y connaît. Il a enseigné à sa cuisinière l'art de préparer la *truite au bleu* *. Il est atrocement cruel, en fait, et il prétend toujours que des trucs comme les orties sont bons à manger : jusqu'aux pousses de fougère, qu'il compare aux asperges. C'est la gastronomie qui le lie à Angel, à mon avis. Il est un peu vieux pour quoi que ce soit de réel, et bien sûr maman ne s'intéresse pas à cet aspect de la vie. Du moment qu'elle nous a, nous...

– Elle refuserait de lui offrir des asperges ?

– Il est tellement agaçant, il préfère les fougères en réalité... de la même manière qu'il n'y a pas moyen qu'il accepte le moindre meuble de chez nous pour mettre dans sa maison. »

Julian se retourna pour regarder ces trois fenêtres qui étaient tellement grandes et d'une beauté tellement austère pour une maison aussi petite.

« Il a transformé tout le haut de la maison pour en faire une seule pièce. Elle a cinq fenêtres. Il est comme un vieux héron dans son nid là-haut. Il y a une porte qui donne sur la route du haut et ses plats lui parviennent par un monte-charge, sinon il prend ses repas dans la cour.

– Oh, arrête avec lui, on dirait que tu parles d'une vieille tante.

– Je suis censé te distraire, n'oublie pas.

– Ça peut attendre. »

Ils passèrent devant deux pavillons d'été et un petit hôtel propret avant d'accéder au village, dont l'unique rue débouchait sur les bateaux, la crique et la mer. Les maisons du village étaient pareilles à des chats blancs au poil brillant, des chats orange et des chats roses en porcelaine, trônant pattes croisées derrière des haies de fuchsias, offrant leurs dos boudeurs à la mer et regardant la rue avec parcimonie, leurs traits mornes et passablement rébarbatifs figés dans une expression d'éternelle méfiance.

Alors que Julian et Sally remontaient la rue avec la mer au bout comme une jarretière, de-ci de-là une porte de maison était ouverte, ainsi que la porte à l'autre bout, si bien qu'on pouvait forcer un instant la réserve du chat et apercevoir le monde intime qui se cachait derrière. Par certaines portes, le monde entrevu était un monde de tristes poules déprimantes et de vêtements grisâtres suspendus à une corde à linge. Mais par d'autres, passé un couloir et à nouveau une porte, on apercevait des jardins, aussi pimpants et aussi surchargés que des jardins de cordonniers allemands, qui débordaient de groseilliers et de carrés d'oignons, de laitues pâles et de choux aux cœurs bleus, d'hortensias d'un bleu perçant et de mauves plus roses que du savon ; des coins où foisonnaient la menthe poussiéreuse et d'affreux bégonias précairement disposés en petits tronçons bordés de céramique, dont les fleurs juteuses avaient une texture et une couleur qui rappelaient les tranches de glace de chez Lyon's. Sally était occupée à contempler un superbe spectacle de ce type lorsqu'une femme remonta le couloir depuis l'arrière de la maison et referma la porte d'entrée sans un mot ; la maison redevint un chat, dont les yeux ternes et les froides rêveries étaient dissimulés par un voile de mousseline.

« Je ne sais pas pourquoi nous espérons toujours que les gens soient cordiaux, dit Sally. Allons nous offrir un verre. » Ils poursuivirent leur chemin. « Ah, fit-elle, en voilà une jolie boutique !

– Elle est ravissante. Elle sert d'arrêt de bus, également. Je pourrai peut-être parler au receveur, s'ils sont à l'heure. »

La boutique était dotée d'une paisible vitrine à petits carreaux. Derrière la vitre reposait un magnifique assortiment de petites choses utiles ; des faucilles et de l'Aspro ; des biscuits et de la ficelle ; des paquets de graines pour le jardin et de graines agricoles et des filets pour les cheveux tendus sur des feuilles de cartons ; des bidons de peinture et des pots de confiture ; des panneaux présentant des broches avec des prénoms pour les bébés et des boutons de manchettes pour les messieurs ; et puis des cartes postales à envoyer à la maison pour les enfants. Ils entrèrent dans ce sombre et prolifique capharnaüm. Une fille splendide, propriétaire du magasin, accueillit Julian avec une assurance chaleureuse : ses yeux admirèrent Sally sans curiosité ni amertume. Elle demanda à Julian s'il était de retour pour de bon, comme s'il venait de descendre du bus en rentrant de l'école.

Sally fit le tour de la boutique pendant que Julian discutait. Des quartiers de bacon et des tresses d'oignons pendaient à des crochets fixés au plafond ; sur le comptoir il y avait dix livres de beurre en motte qui dessinaient une ombre dorée sous le menton de la jolie fille alors qu'elle se penchait pour parler à Julian ; autour d'eux, les grains de poussière qui dansaient dans la lumière étaient couleur beurre frais. Sur le sol il y avait une caisse de homards bleu marine, brandissant leurs pinces et cliquetant faiblement, attendant avec appréhension le dernier bus de retour. Il subsistait aussi dans cette boutique de précieux articles datant d'avant la guerre : du paprika et du vinaigre de vin, des grains de poivre noir et des spaghetti, tout jaunis et tout racornis dans leurs longs tubes bleus. Chaque marchandise semblait diffuser un peu de sa substance dans l'air et dans la lumière de la boutique. Autour des paniers remplis d'œufs la lumière était aussi rose qu'un porcelet, des boutons d'or fleurissaient sous un menton près du beurre, des diamants roses étincelaient autour des bocaux de confiture ; et sur la gauche dans la partie bar, des ténèbres couleur de mûre côtoyaient l'éclat soyeux de l'ambre. C'est ici que Sally s'installa et alluma une cigarette. Elle n'appela pas Julian pour qu'il la rejoigne, et s'abstint de le déranger en aucune façon.

Ils prirent congé au bout d'une demi-heure. Julian avait agréablement bavardé avec son receveur de bus préféré, pendant que Sally et la splendide créature à la présence si calme discutaient de cette épouvantable mode parisienne et de ces pauvres bébés qui mouraient de faim en Europe.

Le ciel était beau et doux quand ils sortirent, et leurs

pieds sautillaient joyeusement de dalle en dalle sur le trottoir. « Je t'aime toujours davantage quand je m'en suis sifflé un ou deux.

– C'est bizarre, mais je prends ça comme un compliment !

– Tu aimes la Guinness ?

– Formidable ! Comme Dublin en pleine Forêt-Noire. Zwei Dunkelbier, bitte.

– C'est épatant quand on vient de nager.

– C'est épatant de toute façon.

– Qu'est-ce que tu as acheté ?

– Une tour ronde... » Elle lui montra la carte postale. « Un sacré truc.

– Mmmm.

– Nous pourrions rentrer par ce chemin-là et contourner la maison d'Oliver.

– Pourquoi pas... Est-ce que tu te sens solide et heureux ?

– Toujours, avec toi.

– Tant mieux.

– Allons-y, alors, c'est ravissant par cet itinéraire. »

Sur la colline sombre, tandis qu'ils s'éloignaient de la mer, la route sous les arbres présentait de grandes taches d'humidité. Tel un chien gris édenté derrière le mur de son chenil, un chien gentil et solitaire au milieu de ses os rongés, dénué de toute agressivité, exempt de toute convoitise, une église protestante sommeillait là, attendant paisiblement. Plus loin, une maison carrée toute simple accrochait les reflets de la mer dans ses fenêtres sombres, une atmosphère obscure enveloppait les sycomores de sa courte allée rectiligne. Au bout de l'allée on apercevait la porte fermée, vierge stricte délicatement couronnée, élégante et triste comme le sont les biches, des roses de pierre ceignant son front.

« Seraient-ce des lys bleus que j'aperçois ? s'exclama Sally. Des lys bleus, au nom du ciel, mais où en suis-je arrivée avec toi ? »

Ils se tenaient sur la colline, à l'ombre du portail en fer.

« C'est le pasteur qui habite ici. Cette maison est le presbytère. Un drôle de zigoto, ce pasteur, il se fiche de son jardin. Maman n'arrête pas de le torturer.

– C'est là que nous prononcerons nos vœux ? demanda Sally en indiquant l'église d'un signe de tête.

– Non. Il y a une église sur une île à peu près grande comme une souris. C'est là-bas que maman nous a fait baptiser. Elle a été construite par mon arrière-grand-père : lui non plus n'aimait pas le pasteur. Tu vas voir qu'elle va exiger un évêque pour notre mariage…

– Ça ne te gêne pas qu'elle se charge de tout ?

– C'est l'impression qu'elle te donne ? Je suppose que j'y suis habitué.

– Allez, viens, montre-moi ta tour ronde… au moins ta mère ne peut pas se mêler de ça. »

Vertigineuse, insensée, dépourvue de porte, la tour se dressait dans le ciel et se détachait sur la mer. Constituée de petites pierres, elle était aussi solitaire et aussi peu gothique que le sphinx. Des chèvres au poil couleur de caillou broutaient l'herbe courte qui poussait à l'entour, s'entreregardant d'un œil sombre et torve.

« Seigneur, ça me rend triste, s'écria Sally. J'adore. »

La route et le soir étant déserts, Julian l'embrassa.

« À quel point est-ce que tu m'aimes, je veux savoir, dit-elle. Tu es complètement chez toi ici. Tout le monde te comprend.

– Pas aussi bien que toi.

– Tu meurs d'impatience de retrouver tes bateaux. Je suis mauvais marin. » Elle ajouta avec force : « J'ai l'impression que chaque chose ici te correspond exactement.

– Je n'aime pas ce genre de discours. Qu'est-ce que tu as derrière la tête ? Tu veux me laisser tomber ? Mais tu sais bien que cet endroit ne serait rien sans toi. Je veux que tu sois avec moi tout le temps. Je redeviendrais amusant.

– Non, c'est faux. De toute manière, tu n'as jamais été amusant. Juste un garçon très fatigué.

– On n'a jamais aimé tant qu'on ne t'a pas aimée.

– Ça n'a pas d'importance la personne qu'on aime.

– Ne crois jamais ça. »

Ils continuèrent à gravir la colline, puis tournèrent à

nouveau en direction de la mer, le long d'une toute petite route généreusement bordée d'herbe, dominant le village ainsi que la mer au-dessous du village. Tandis qu'ils regardaient en bas depuis leur observatoire, certains morceaux du soir se distinguaient avec netteté. Trois maisons roses allant decrescendo, les cimes d'un verger, de grandes herbes, vertes et touffues, poussant entre les troncs des pommiers, mais aussi quelques détails moins luxuriants, des fruits tels des citrons, et une corbeille de linge par une fin d'après-midi de septembre.

« C'est beau ici. » Sally admirait les ombres des mouettes dont les ailes s'imprimaient sur les toits d'ardoise brûlants, et dont les plongeons vers les flots étaient ralentis par l'altitude. Tout était ralenti en cet instant. Dans la rue en contrebas les cyclistes avaient l'air de rouler au pas, restant au même niveau que leurs ombres bleutées, pendant qu'un homme qui coupait une haie de fuchsias semblait la tailler au ralenti pour retarder sa floraison. Comparé au turquoise de la mer et aux reflets étincelants des rangées d'oignons et de petits pois nouveaux, le vert foncé pourtant voluptueux des carrés de pommes de terre paraissait terriblement maussade. Partout sauf dans les potagers il y avait des fleurs, et les vastes talus qui bordaient la route de part et d'autre étaient entièrement couverts de grandes marguerites : le vent qui soufflait les faisait avancer comme des nuages. Caressé de soleil, le gazon sablonneux était rehaussé d'or par les fleurs des pas-d'âne, et un persil détrempé, à l'élégance anémique, poussait le long de fossés humides où les chèvrefeuilles gardaient en réserve l'inconsolable intensité de leur parfum pour la fraîcheur salée du soir tombant.

« Et, ma foi, même à ce moment-là, dit Sally en attachant une de ces fleurs odorantes à sa veste pâle, il n'est pas sûr qu'elle donne tout. Elle est comme une musique qui ne livre jamais totalement son secret.

– Eh bien, je ne suis pas mélomane, comme je te le répète sans cesse, déclara Julian en accrochant son chèvrefeuille à sa boutonnière, mais je serais capable de fondre en larmes comme Tiddley quand je tombe le soir sur un massif de chèvrefeuille.

– Tu es très séduisant quand tu pleures.

– C'est drôle, mais ça ne me gêne pas du tout que tu le saches.

– En voilà une déclaration.

– De toute façon, tout ça est loin maintenant. »

Elle emmêla ses doigts glacés dans les siens. « J'aime ta main quand il fait chaud, dit-il. J'ai plus que jamais besoin de toi. Tu sais ce que je veux que tu fasses ?

– Non ?

– Que tu m'offres une petite démonstration de ski nautique, tu veux bien ?

– Il est trop tard.

– Non… viens. Ça, ça va la tuer.

– La tuer, et quoi encore !

– Allez, s'il te plaît, Tiddley a descendu nos maillots de bain.

– D'accord, mon chou. »

18

Birdie se tenait au milieu de la vaisselle du goûter. Les blessures de Dieu marquaient ses paumes rugueuses. C'était son talent plein de nervosité et de vigueur qui avait créé tout cela, et à présent sa force refluait devant la pagaille désolée qui régnait autour d'elle. Tous ces gens qui avalaient ses préparations culinaires sans y penser, ignorants de ses souffrances, frappèrent soudain son esprit, telle une force brutale, et elle qui avait si calmement fait taire le piano de Tiddley un moment auparavant se retourna avec la colère absurde d'une femme inquiète contre Finn, qui arrivait avec une indifférence blasée pour débarrasser les reliefs du goûter.

« Enfin ! mais où étiez-vous passé ? »

Il la regarda, ravi de cette occasion de faire mouche.

« Je jouais de mon mélodion et je faisais cuire vos homards comme vous me l'avez demandé. »

Birdie enchaîna sur une injure : « Et une certaine personne qui a pris mes ciseaux pour aller vider des poissons voudra-t-elle bien me les rendre ?

– Si une certaine personne – l'imitation de Finn était gentiment déférente – qui a prêté à une certaine personne ses ciseaux pour dépecer l'anguille qu'elle n'arrivait pas à dépecer toute seule avait eu l'intelligence de regarder au clou derrière la porte de l'office, elle aurait trouvé ses ciseaux et aurait économisé sa salive.

– Mille excuses, mille pardons, monsieur l'impertinent,

mais je les ai trouvés avec ces immondes appâts pour homards.

– Oh, alors je suppose que je suis un menteur, Miss Birdie, répondit-il avec une équanimité écœurante.

– Eh bien… réfléchit-elle. Je ne me disputerai pas avec vous à ce sujet, Finn. »

Il déclara dans le vague : « Quel dommage que je ne sois pas capable de vous entortiller comme une certaine autre personne, sinon j'aurais droit à mon thé dans votre théière à fleurs ainsi qu'à des gâteaux au sucre le mardi. Oh, il a su parfaitement s'y prendre pour appâter un pigeon, pour faire descendre un petit oiseau de sa branche, pas vrai, Birdie ? »

Il y avait chez Birdie une propension à la vulgarité qui s'exprimait de façon venimeuse lors de ces joutes verbales avec Finn.

« Un peu moins de bavardages au salon, et pour vous c'est “ Miss Birdie ”, vous êtes prié de vous en souvenir.

– Oui, et “ Miss ” vous vivrez et “ Miss ” vous mourrez, c'est une chose sûre et certaine.

– Allez, ouste, petit morveux, vous voulez parier ? »

Toute rouge à contre-jour dans sa merveilleuse tenue blanche, elle avait l'air d'un ange de Noël lorsque Walter entra ; il avait les bras chargés de journaux illustrés et il fredonnait sur un ton aussi charmant que las : « On m'appelle comtesse Mitzi… »

Comme une danseuse se met à tournoyer, Birdie se métamorphosa et s'amusa à siffloter la mélodie derrière lui.

Se tenant dans l'ombre, blond et boudeur, Finn murmura, mais pas assez bas pour ne pas être entendu :

« Une femme qui siffle et un coq qui chante. Dieu ait pitié de la maison qui renferme les deux à la fois.

– Allons, allons, allons, arrêtez ! » Walter était habitué aux outrances sentimentales du monde du théâtre. Ce genre de prises de bec ou d'altercations passionnées ne lui inspiraient aucune gêne, et il n'y voyait rien de stupide. Pour lui, ces réactions puériles étaient surtout intenses, et le fait qu'elles passent aussi vite que l'éclair n'était ni irréel ni ridicule.

« Vous me faites regretter de ne pas être allé faire du ski nautique, dit-il. Votre maîtresse me l'avait pourtant proposé. »

Posté à la fenêtre, Finn jeta un regard par-dessus son épaule puis contempla à nouveau la mer, son œil aussi vif que celui d'une mouette. « Ils auraient bien besoin de vous, dit-il. Ils auraient bien besoin de quelques conseils avertis là-bas… oh, regardez Miss Tiddley, elle sort, elle retombe, elle ressort, elle ne ressort pas, elle va se noyer… »

Les deux autres traversèrent la pièce en toute hâte : tels des spectateurs sportifs, ils étaient curieux, insensibles, indifférents à l'effort qu'ils ne partageaient pas, critiques jusqu'à la moelle.

« Ils sont vraiment mauvais ! soupira Walter. Ce n'était pas une idée très heureuse, on dirait.

– Ah ça non ! Dieu ait pitié, ils vont être exténués et paralysés de froid. Finn, voulez-vous avoir la gentillesse de craquer une allumette sur ce feu avant de vous rendre à l'office ?

– Oh, j'adore les feux en été… et étant donné que tout le monde est sorti… je peux ? » Walter s'effondra dans un fauteuil. « Je n'ai pas eu une minute pour lire le dernier *Vogue.* »

Finn s'attendait à un mot de réprimande de la part de Birdie, mais elle se contenta de dire, regardant par-dessus l'épaule de Walter : « Vous vous intéressez à la mode ?

– J'en suis fou, ma chère… » Ses yeux étaient rivés sur les pages qu'il tournait, sa voix absente. Après un silence, il ajouta : « J'ai travaillé avec Poiret quand j'étais tout gamin.

– Pas possible !

– C'est la pure vérité… Les chapeaux, voilà mon truc. Je peux vous pondre un petit chapeau en un tour de main. »

Ils débordaient d'entrain l'un et l'autre.

« Vous vous rendez compte ? C'est un don. » Puis, sa fierté artistique prenant le pas sur tout le reste, Birdie fit signe à Finn : « Venez ici, Finn, que je donne à Walter une idée de cette petite robe que j'ai fabriquée pour Miss Slaney. » Comme s'il s'agissait d'un mannequin, Birdie procéda sur Finn à divers ajustements et autres démonstrations, tant et si bien qu'on percevait presque entre eux le froufrou du taffetas. « Regardez… vous voyez… un corsage moulant… qui dévoile les épaules… une jupe ample, de la mousseline de soie par-dessus le taffetas… une blancheur de nacre… oh, si vous l'aviez vue descendre l'escalier ! » Les souvenirs lui revenaient à flots, sa création reprenait vie. Cet instant du passé ressuscita, porté sur les ailes du présent.

« Elle devait être irrésistible », dit Walter avec douceur.

Les mains de Birdie se promenèrent sur le bouillonnement de jupons, ses yeux caressèrent cette exubérante superposition de blancs, cette chair lumineuse.

Puis le sortilège fut rompu. Finn brisa le charme. « Cch ! » fit-il. On aurait dit un chat sur le point de bondir ; un chasseur parmi des artistes. L'appel du sang : l'homme est un tueur-né. « C-ch ! souffla-t-il. Ne bougez pas, j'ai vu une souris. »

Walter poussa un hurlement et grimpa d'un bond sur son fauteuil. Suivant la même piste que ceux de Finn, les yeux de Birdie repérèrent l'ennemi ; elle se trouvait tout près de la cheminée et, vive comme l'éclair, elle s'empara d'une pelle en bronze qu'elle abattit aussitôt sur la souris.

« Je l'ai eue ! » s'écria-t-elle triomphante.

Walter, non sans quelque regret, arrêta de hurler. « Oh là là, fit-il, je vais m'évanouir… Oh, je suis affreusement bouleversé. J'ai une sainte horreur des souris. Mrs. Wood ne va pas pouvoir rester ici si je dois être torturé par les souris… »

Birdie lui adressa son regard de nounou, son regard « mon-petit-garçon », profondément compréhensif. « Je vais mettre un piège dans votre chambre pour qu'elles ne vous embêtent pas pendant la nuit. »

Finn, rajoutant son huile de sorcier sur le feu, insista : « Elles sont terribles dans cette chambre, de vrais lions.

– C'est encore une de vos farces… » Walter n'était toujours pas remis.

« Elles ne vous embêteront plus désormais, l'apaisa Birdie, si ce n'est pour les enlever du piège au matin.

– Moi, toucher une souris ? Oh, j'en serais incapable. »

Finn se rapprocha. « Vous n'avez jamais attrapé de souris ? demanda-t-il, authentiquement intrigué.

– Bien sûr que si ! répliqua Walter avec un mouvement de tête courroucé.

– Ce n'est pas vrai, déclara Finn sans détour. Ce n'est pas vrai : vous n'en avez pas la carrure.

– Soit. Et vous, est-ce que vous avez déjà fait du ski nautique ? Est-ce que vous savez danser ? Est-ce que vous savez chanter ? Est-ce que vous savez coudre ?

– Non, reconnut Finn en prenant sa respiration, mais j'ai tué six bécassines avec huit cartouches le dernier dimanche où je suis allé chasser, et je n'ai pas mon pareil pour capturer les lapins à mains nues.

– Oh. » Walter ne détestait pas la gloriole. « En effet, ça ne m'a pas l'air commode.

– Ne faites pas attention à lui et à ses histoires de chasse, dit Birdie dans un souffle. De notre côté, vous et moi, nous pouvons passer d'agréables après-midi à concevoir des chapeaux. Et puis il y a autre chose dont j'ai grandement besoin, c'est d'un type intelligent pour jeter un coup d'œil sur mon livret de banque et pour me conseiller.

– Ah, rien ne vaut un gentil bas de laine, pas vrai ? » La douce lueur de l'argent baignait discrètement l'atmosphère de ses jolis reflets.

« Eh oui, sacrée Birdie, nous avons un petit pécule à la banque, mais nous ne dévoilerons pas pour quoi, dit-elle sans plus de précision.

– Ah, la brise des montagnes et les oiseaux tombant comme des masses dans la bruyère… » Toute la griserie des exploits solitaires et de l'air froid des sommets était contenue dans cette proclamation subite. « Voilà la vraie vie, ma foi, je vous montrerai ce qu'est une bonne partie de chasse.

– Est-ce que ça vous plaît de passer des heures interminables terré dans les marécages ? demanda soudain Birdie. Et de traîner les pieds sur des kilomètres de route déserte ? Oh, attendez que je vous raconte l'horrible expérience que j'ai vécue un jour sur une route déserte. Est-ce que je vous ai déjà raconté, Finn ? » Une commère se devait de captiver tout son auditoire, ou bien elle perdait son pouvoir.

Mais Finn, avec subtilité, refusa de jouer le jeu. « Oh oui, vous m'avez raconté, Miss Birdie, s'écria-t-il, l'innocence incarnée. Oh oui, mademoiselle, cette fois où l'homme... »

Birdie lui coupa vivement la parole : « Dites donc, Finn, c'est à vous ou bien à moi que cette horrible expérience est arrivée ?

– Oh, mille pardons. » Vaincu, il ramassa son plateau et s'en alla. Birdie se tourna doucement vers Walter : « Voulez-vous que je vous raconte mon aventure ?

– Je vous en prie. » Il savait conférer un sens profond aux répliques les plus simples.

« Eh bien, je ne me suis jamais mariée ni rien, mais, figurez-vous, je l'ai échappé belle plusieurs fois.

– Ah, vous avez bourlingué, Miss Birdie, acquiesça-t-il. Ça ne fait aucun doute. J'ai pas mal roulé ma bosse moi aussi. »

Birdie poursuivit sur sa lancée : « C'était une route longue et solitaire... »

Walter s'enflamma : « C'était à Nice sur la Promenade des Anglais... »

Birdie, ne pouvant battre en retraite : «... une route longue et solitaire... Sans la moindre maison ni le moindre portail donnant dessus, et moi vêtue de mon nouveau chemisier vert...

Walter, ne pouvant pas renoncer non plus : « C'était l'heure de l'*apéritif**, et je portais ma chemise en lin bleu fumé... échancrée juste ce qu'il faut...

– Lorsqu'un type brun à l'allure louche... »

Elle allait devoir l'écouter : « Lorsqu'un grand type sympathique... »

Elle s'entêta : « Lorsqu'un type brun à l'allure louche est arrivé derrière moi à vélo... oh, je ne pouvais pas regarder... c'est seulement quand il m'a dépassée que je l'ai aperçu, lui, avec sa longue moustache rousse. Et cette moustache, elle lui descendait sur la bouche et elle lui remontait jusqu'aux deux oreilles... et là il m'a lancé un regard plein de sous-entendus, ce qui fait que j'ai rassemblé toutes mes forces pour le repousser. Ah ça, j'étais prête à l'affronter… et alors…

– Alors ?

– Alors figurez-vous qu'il a continué son chemin. »

Walter, avec son extraordinaire compassion, ne mesurait que trop la portée inavouée de cette mésaventure.

« Oh, les hommes ne sont-ils pas abominables ? » Il contemplait le désastre, les yeux écarquillés. « Je ne pourrais compatir davantage, ma chère. Il m'est arrivé à peu près la même chose un jour. C'était à Nice sur la Promenade des Anglais… »

Fascinée, Birdie offrit à Walter la même attention passionnée qu'il lui avait témoignée.

19

Dans l'encadrement de la porte, Oliver s'écria : « Bonsoir, ne me laissez pas vous interrompre, chère Birdie ; dites-moi seulement où est passé tout le monde et j'irai les chercher. » Birdie adorait Oliver, la perpétuelle compréhension dont il faisait preuve la réconfortait depuis longtemps.

« Ils sont tous là-bas à attraper la mort dans la baie. » Elle ne lui en voulait pas d'avoir fait irruption dans ce moment d'intimité.

« Oh, mon Dieu, je vais attraper froid rien que de penser à eux. Donnez-moi quelque chose à boire, Birdie. »

Walter, avec un tact infini, gagna la porte d'un pas aérien. Il avait senti qu'Oliver était déconcerté. « Je vais vous dire, monsieur, je vais aller vous préparer un cocktail carabiné, d'accord ?

– Ah, merci beaucoup… » Oliver était de plus en plus déconcerté. « Juste ciel, dit-il en se tournant vers Birdie alors que la porte se refermait, mais quel est donc ce prince charmant ?

– Que pensez-vous de lui, Mister Oliver ?

– Ma chère Birdie, je le trouve… adorable.

– Tellement raffiné !

– Oui, en effet… ne me dites pas que Julian l'a ramené avec lui.

– Pas du tout, il est arrivé avec la fiancée de Mister Julian.

– Ah, je préfère ça. Mais une fiancée… Birdie, racontez-moi tout. »

Birdie n'avait qu'une seule idée en tête. « Est-ce qu'il vous plairait, Mister Oliver, si vous étiez moi ? Est-ce qu'il ne serait pas magnifique sur les oreillers ? Est-ce que vous aimez les yeux bleus chez les hommes… Évidemment, remarquez, vous ne faites pas le meilleur juge !

– Birdie, je n'oserais me prononcer. En tout cas, je sais qu'il vous a tapé dans l'œil… vous avez ce regard magnétique si affriolant.

– Les regards… qu'est-ce que traduisent les regards ? Vous avez vu le regard qu'il m'a lancé en sortant ? Oh, Mister Oliver, il était des plus éloquents. J'ai intérêt à faire attention, n'est-ce pas, ces gens du théâtre tellement extravagants, ils auraient tôt fait de vous embobiner… Je pense que je vais installer un piège à souris sous son lit. Il ne va pas en tirer des conclusions, tout de même ?

– Sans doute que si, et des plus redoutables. Écoutez mon conseil… fermez votre porte à clé et évitez toute déception. »

Elle lui sourit, sans très bien comprendre. Il changea de sujet : « Maintenant racontez-moi tout ce qui s'est passé ici depuis mon départ.

– Et mon dîner qui m'attend ! s'exclama Birdie, redescendant sur terre.

– Allons, un petit effort…

– Mr. Julian est de retour… plein de défi et avec une fiancée splendide.

– Il a beaucoup changé ?

– Changé ? » Elle réfléchit. « On croirait le revoir au temps de ses premières vacances scolaires.

– Voilà une image très parlante, mais la fiancée ?

– Splendide. Splendide, et jamais je n'ai rangé une lingerie pareille.

– Je vois. Et comment réagit sa mère devant cette splendide fiancée ?

– Une veuve, et aussi élégante qu'elle, Mister Oliver… À votre avis ? »

Ils s'aventuraient désormais sur un terrain miné – les

vieilles adorations, les vieilles rancœurs de la chair, les sacrifices gâchés, les intentions percées à jour, les consentements amers. Oliver savait à quel point les souvenirs de Birdie et ses réactions actuelles étaient colorés par la nature même du passé, par ces années qui avaient emporté sa jeunesse, par tout cet amour qu'elle avait donné parce qu'elle ne pouvait faire autrement qu'aimer.

Il dit tranquillement : « Elle va détester ça. »

Birdie précisa avec une douceur effroyable : « Et s'arranger pour tout casser.

– Peut-être va-t-elle se montrer raisonnable ? hasarda-t-il, histoire de vérifier si Birdie acquiesçait ; elle savait tant de choses.

– Jamais de la vie, protesta-t-elle. Elle va les obliger à se dégager eux-mêmes de leur amour… regardez ce qu'elle a fait à Slaney aujourd'hui.

– Qu'a-t-elle fait à Slaney aujourd'hui ?

– Elle l'a poussée à se disputer avec le colonel Christopher. Le soleil, la lune et les étoiles ne brillaient que par lui ce matin et voilà que ce soir elle pleure toutes les larmes de son corps, et que le gaillard ne veut pas revenir dîner.

– Je crains d'être un peu responsable.

– Mister Oliver… et pourquoi ça ?

– Quelque chose en rapport avec le piano de Tiddley, il me semble.

– Oh, ça aussi, ça doit disparaître, a dit madame, et Dieu la protège, maintenant que son ami Julian est fou amoureux, le piano est tout ce qui lui reste. »

Birdie savait donc reconnaître au piano sa réelle importance. Il allait parler franchement à Birdie, ensemble ils pourraient peut-être trahir Angel et son amour dangereux ; ensemble ils pourraient peut-être détruire ce carcan aussi étincelant que terrifiant qui enserrait si étroitement ces enfants.

« Une fiancée pour Julian, et un soupirant pour Slaney, un piano pour Tiddley, et un homme pour vous-même – ces choses se réaliseront peut-être, ma chère – ou bien elles voleront en éclats demain et elles seront oubliées dès le milieu de la semaine prochaine. Qu'est-ce qui va se passer, selon vous ?

– Mister Oliver, répondit Birdie en le regardant droit dans les yeux. Ce qui va se passer dépend de vous.

– De moi ? Que puis-je faire ? Que lui faut-il… à cette mère oiseau de proie ? Tout le monde a un prix.

– Un homme à elle et une route allant vers l'avenir. » Birdie parlait encore avec douceur, une douceur lasse longuement exercée qui était consciente de son origine et de sa force. « Voilà son prix à elle », annonça-t-elle.

Quelle vérité avait-il suscitée ? « Il est trop élevé, répliqua-t-il avec fermeté, beaucoup trop élevé. Je ne pourrais pas le payer.

– Ah, Mister Oliver. » La voix de Birdie passa du ton sérieux à un ton badin sous le couvert duquel les mots pouvaient être prononcés, les suggestions formulées, acceptées, ou ignorées, sans aucune gêne. « Vous voyagez seul en ce monde… »

Oliver comprit la manœuvre. « Arrêtez, je vous vois venir, espèce de vieille coquine.

– Allons… » D'un geste prompt, elle ramassa un paquet de cartes sur la table basse, puis elle les déploya comme la queue d'un paon. « Coupez. Les cartes ne mentent pas. »

Il avait, il faut l'avouer, un respect absolu pour l'intégrité de Birdie avec les cartes. En fait, il redoutait un peu de prendre trop au sérieux son démon des cartes.

« Bon, je suis prêt à tout essayer avant d'en arriver là », lança-t-il, coupant le paquet en deux avec une nervosité prononcée.

Histoire de se divertir, Birdie pousuivit malicieusement : « Ne serait-ce que par curiosité.

– C'est très dangereux, ce genre de curiosité… j'aime les choses telles qu'elles sont. Je ne veux pas que tout soit préparé, rangé, signé, emballé puis livré. J'aime me moquer d'elle et travailler pour Owlbeg.

– Vous aimez vous amuser, mais que dites-vous de tout l'amour qu'elle soutire à chacun d'entre nous, avec autant de facilité que je cueille une rose. » Tout en parlant, elle étalait les cartes, et leur étrange ballet ésotérique formait comme un troisième personnage dans la conversation, inconnu et excitant. Combien de temps tournerait-il autour du pot avec Birdie ? Combien de fois l'avait-il déjà fait ? Ni l'un ni l'autre n'était disposé à donner consistance au danger, ni à aiguiser l'amour ou la haine, en exprimant ses craintes.

« Oh, c'est un vrai cadeau, s'exclama Birdie, continuant à étaler les cartes. Je n'ai jamais vu l'équivalent, jamais. Le paquet tout entier paraît ébranlé par les carillons du mariage !

– Seigneur, quelle tristesse, quelle horreur ! Vous permettez que je téléphone ? Je vais faire revenir Chris malgré tout… il n'est pas question de laisser saboter cette histoire. »

Elle l'ignora totalement : « Un magnifique colis et de l'argent d'outre-mer. »

Sans courir de risque, il répondit : « Ah, chouette alors, épatant ! » Puis au téléphone : « Clohaman 3, je vous prie… non, je ne quitte pas.

– En plus vous avez les meilleures cartes de cœur… tenez… regardez… il y a une veuve entre deux âges. »

Oliver, flegmatique, répliqua depuis le combiné : « Vous ne seriez pas en train d'essayer de me donner la chair de poule, par hasard ? »

Mais les yeux de Birdie, émerveillés, restaient concentrés sur les cartes ; sa voix se dépouilla de son ironie. Toute nuance d'espièglerie disparut. Birdie ne plaisantait pas. « Regardez, regardez, dit-elle doucement, la carte du mariage sort à tout bout de champ aujourd'hui : des anneaux en or et des cloches partout. Mais il y a aussi la plus mauvaise carte du paquet pour chacun… tenez, la revoilà encore. Par trois fois à peu d'intervalle vous allez affronter le malheur, et le chagrin sera votre compagnon de lit.

– Dans ces conditions, n'aurais-je pas intérêt à m'éloigner des veuves entre deux âges ? » demanda Oliver, et leurs regards se croisèrent en toute franchise. C'est à cet instant-là que son appel arriva, aussi impérieux qu'agaçant, autoritaire comme seul peut l'être un coup de téléphone. « Oh ! fit-il, tandis que son esprit permutait. Puis-je parler au colonel Hawke ? » Alors qu'il patientait, il vit Walter qui revenait avec les cocktails ; il remarqua non sans inquiétude que Birdie s'illuminait à l'approche de ce dernier, et il en déduisit que c'était très vraisemblablement par là que le cœur de Birdie allait être brisé. Angel aurait à peine besoin d'intervenir pour tenir le mariage en dehors de cette affaire. Dans un silence poli, un cocktail fut servi, goûté avec un véritable sens critique, puis tendu à Birdie sous ses protestations. « Ah, Chris, comment allez-vous… il y a une petite fête ici ce soir… » Tout en écoutant avec attention la voix boudeuse qui lui répondait, Oliver contemplait les deux tourtereaux sirotant tour à tour au même verre, mignons comme des oiseaux au bord d'une flaque, demeurant silencieux par respect pour lui.

« Oui, répondit-il à l'inévitable question, j'ai appris que Julian s'était dégoté une blonde d'un mètre quatre-vingts… il y a des gens qui préfèrent ça… non, je ne l'ai pas vue… »

Birdie était en train de faire une suggestion muette à Walter. Qu'est-ce que c'était ? Mimant avec exubérance les gestes d'un tailleur, elle déployait des draperies, faisait claquer des ciseaux… Walter leva un fusil imaginaire en secouant la tête… ah, Finn peut-être. Bien sûr, un rendez-vous avec Finn… elle rabattit ses ailes… à nouveau renfrognée.

« Alors, vous revenez ? On m'a dit de vous inviter… oh, tout ça c'est de la blague… des âneries… il faut que vous veniez. Mon Dieu, c'est plutôt gai ici ce soir… » Sous les yeux d'Oliver, Walter avait posé une main délicate entre les omoplates de Birdie et il la faisait tournoyer en direction de la porte, dans un mouvement qui s'apparentait à la valse viennoise : l'impression de gaieté était étourdissante. « Ne faites pas l'enfant… d'accord, oui, très bien… apéritif à sept heures… à tout à l'heure… » Oliver raccrocha l'appareil et se rendit à la table où Walter et Birdie avaient laissé les boissons ; là-bas, l'air était chargé d'une dangereuse électricité. Un air où un martin-pêcheur s'est donné en spectacle avant de s'enfuir. Une traînée de bulles dans une mare vide. Indices fugaces mais intenses d'une chose qui a eu lieu.

Buvant sa première gorgée d'un cocktail totalement inédit en ces lieux, Oliver pressentit les ennuis et les émotions fortes qui allaient se faire jour ; il savait avec certitude que des forces bizarres étaient en train de progresser et que des courants contraires commençaient à se heurter là où les flots coulaient auparavant avec une puissance pleine et entière.

20

Ce fut Slaney qui revint la première de la mer. Il la regarda passer devant les deux fenêtres et il se retourna pour la saluer au moment où elle entrait par la porte du phare. Ses cheveux lui tombaient sur les épaules avec une tristesse dépourvue de grâce tandis qu'elle se tenait légèrement voûtée, ses joues pâles douloureusement creusées – l'air quasi suicidaire, dans son maillot de bain mouillé. « Quoi ? s'étonna-t-il. Pas de romarin, pas une seule amarante, pas la moindre pensée ? Allez, recommence ton numéro, ma chère, ça ne va pas du tout.

– Oh, Oliver ! » Elle s'assit, mouillant un fauteuil de satin vert avec un désespoir qui semblait se moquer des conséquences. « Oh, je suis dans une telle situation, dans un tel état, dans un tel micmac, dans un tel pétrin... je ne sais absolument pas quoi faire. » Ce discours était typique de Slaney. Elle n'avait pas la faculté de changer son langage, et ce qui avait servi pour la salle de classe devait faire l'affaire dans toutes les circonstances de la vie, même les plus critiques. « Vous pouvez faire d'elle tout ce que vous voulez... Oliver, aidez-nous. Dites-lui, nous ne pouvons pas, mais vous vous pouvez. Elle est bien décidée à nous sauver, mais nous ne voulons pas être sauvés. Ni Julian ni moi. »

Sa pitié était assaillie de toutes parts, mais Oliver refusait de se laisser attendrir. « Courage, Ophélie. Essaie un de ces cocktails. » Il remplit un verre.

« Oh, non, chéri. Angel dit que ces trucs-là sont catastrophiques pour les traits du visage. » L'empire total qu'Angel avait sur elle était implicite dans la réaction de Slaney. Au cœur même de son désespoir, elle était encore dominée.

« Angel dit ci, Angel dit ça. Tu n'as jamais essayé de penser par toi-même ? »

Ses longs bras pendaient mollement, les mains coincées entre ses genoux humides. La tête baissée et enfoncée dans les épaules, elle répliqua : « Il faut voir dans quels guêpiers je me fourre, dans ces cas-là. Ne serait-ce qu'aujourd'hui, Oliver, j'ai réfléchi un peu, et regardez où ça m'a menée. J'ai perdu mon amoureux : Chris dit qu'il en a... assez, expliqua-t-elle, marquant une pause avant le mot fatal.

– Ça, c'est drôle ! Le fait est qu'il vient de téléphoner pour dire qu'il viendra boire un verre à sept heures, si tout le monde est d'accord. J'ai dit que je pensais que oui... je n'étais pas au courant de ce problème...

– Oliver... quand ça ? » Retrouvant à la fois sa vitalité et son maintien, elle se dressa dans la lueur combinée du feu et du soleil, arc fraîchement retendu, prêt à décocher une nouvelle flèche pleine d'enthousiasme en direction de la vie.

« Juste avant que tu arrives. » Je vais la forcer à réagir elle-même, décida-t-il. Il s'empara du deuxième cocktail. Les choses se déroulaient sans aucune anicroche. L'autorité débordait de lui tout naturellement. « Juste avant que tu arrives.

– Oliver, ce n'est pas vrai ! Oh, Seigneur, c'est trop ! » Slaney tripota sauvagement sa coiffure. « Qu'est-ce que je vais me mettre ? Est-ce que vous essaieriez un nœud dans les cheveux si vous étiez moi ? Un nœud bleu, qu'est-ce que vous en pensez ? Non, je ferais mieux de me montrer complètement désinvolte, vous ne croyez pas ? Ce genre de chose... » Son corps adopta une pose figée, on aurait dit une plaque de pierre appuyée à la cheminée. « *Je m'en fiche, de toute façon !* Ou bien ceci – elle indiqua les alcools d'un geste glacial – *Martini pour toi, je suppose ?*

– Pour l'amour du ciel, mon enfant ! lança-t-il, implorant, à cette jeune fille si candide et si violente. Cette attitude de glaçon a disparu avec l'ère glaciaire. Essaie donc ce que tu connais de l'amour.

– Ah… » Elle se dirigea vers lui. « Oliver, reprit-elle, désormais pleine d'assurance, là-dessus j'en connais un rayon. »

Sa voix baissa. Ses yeux parcoururent la pièce, évitant la réaction d'Oliver, mais mourant d'envie de se confier.

« J'ai acheté un petit livre sur tout ça. Il est arrivé mardi.

– Tiens donc !

– Tiens donc quoi ? s'écria-t-elle, prête à essuyer ses sarcasmes.

– Est-ce que Chris l'a lu lui aussi ?

– Oh, mon Dieu, non, il faut qu'il se procure un tout autre livre.

– Et pourquoi ça, pourquoi compliquer davantage les choses ?

– Allons, mon chéri, sans blague, si je pensais qu'il était en train de penser à la page quarante-deux, je serais prise de fou rire et nous serions bien avancés !

– À la réflexion, tu n'as pas tout à fait tort… » Cette preuve de discernement lui inspirait un profond respect ; peut-être allait-elle répondre à son autre question avec la même spontanéité. Il demanda d'un air grave : « Dis-moi, mon enfant, est-ce que Chris est amoureux de toi ? La vérité, si tu peux.

– Je le croyais. Je le croyais vraiment. »

Cet aveu discret mais sincère retentit presque durement aux oreilles d'Oliver, avant d'être étouffé par la réserve qu'elle y apporta : « Mais maman a dit que c'était seulement moi et que je l'avais aguiché.

– Ah, elle a dit ça ? » Il n'était pas question de lâcher prise. « Alors tu as joué tes dragons de vertu avec Chris et il a déguerpi ? Exactement, ma chère, exactement, et s'il fiche le camp une deuxième fois il est du genre à ne pas revenir, crois-moi, ce sera définitif. S'il te plaît, ajouta-t-il, insensible à ses hauts cris, ne me cite pas cette merveilleuse maman… je sais ce que je dis, et le conseil que je te donne est le suivant : oublie maman, d'accord, oublie aussi la page quarante-deux, et quand Chris reviendra, montre-lui simplement… oh, montre-lui que tu es à lui, que tu le vénères et que c'est le mois de juin. »

Slaney reprit la formule d'une voix haletante : « Oh, je suis à lui, je le vénère et c'est le mois de juin. » Fermant les yeux, elle s'élança en avant. Elle ne vit pas Tiddley et ne l'entendit pas, qui déboulait précipitamment comme un épagneul mouillé.

« Le mois de juin, répéta Tiddley avant de s'arrêter. En tout cas, dans la baie, on dirait le mois de décembre… Ma parole, Slaney, tu as vraiment un drôle d'air. Qu'est-ce qui lui prend ?

– Ne me bouscule pas, veux-tu. » Slaney continuait son numéro. « Je suis à toi et je te vénère. » Elle essayait un autre ton, et elle regarda Oliver d'un air interrogateur ; celui-ci secoua la tête, laissant tout tomber.

« Ne dis pas de bêtises pareilles, ma chérie, s'écria Tiddley. Va donc t'habiller. »

Slaney, qui avait retrouvé sa voix hésitante, demanda très inquiète : « À moins que d'après vous, Oliver, un nœud rose ne soit plus séduisant ?

– Eh bien, je sais que je suis démodé, mais étant donné les circonstances, Slaney chérie, je porterais le moins de choses possible.

– Oh, décidément, vous ne m'êtes pas d'un grand secours, se lamenta-t-elle en se dirigeant vers la porte. Maman saura tout de suite quoi me répondre. »

Qu'avait-il accompli ? L'oiseau continuait à sauter de perchoir en perchoir et à gazouiller pour son geôlier. Il soupira :

« La pauvre enfant est une vraie chiffe molle, constata-t-il avec désespoir. Dis-moi, Tiddley, tu es une fille indépendante : tu as un peu de… comment dire ? Tu as du cran. » Il réfléchit à l'improbabilité d'une quelconque révolte de ce côté-là. Tiddley portait trop clairement les stigmates de la soumission. Un maillot de bain devenu trop petit pour une autre mais toujours trop grand pour elle n'avantageait en rien son chétif gabarit de garçon italien : il n'était bon qu'à suggérer une élégance féminine à tout jamais déficiente. C'était simple, Oliver n'arrivait pas à voir en Tiddley une créature proprement féminine. On avait le sentiment que le doux duvet brun qui recouvrait son dos aurait dû se trouver sur sa poitrine. Quant à ses jambes fortes au galbe inexistant, des fixe-chaussettes n'y auraient pas été davantage incongrus. Elle frissonna au-dessus du feu, et la lueur de la flamme courut sur le duvet de son dos comme un chalumeau sur les plumes d'un poulet... pourquoi restait-elle ?

« Tu es un esprit élémentaire, lui lança soudain Oliver d'un ton accusateur. Oui, en ce moment, tu es un esprit élémentaire bleu roi. Avale un cordial, ma petite chérie, laisse le Machiavel que je suis te préparer un breuvage magique.

– Non merci, mon cher, répondit-elle, acceptant l'accusation et refusant le cocktail machinalement. Vous êtes au courant de la nouvelle pour Julian ? » Détournant le regard, elle ajouta d'un ton sec : « Une merveilleuse surprise, n'est-ce pas ? »

Bien sûr, c'était ça. « Comment la trouves-tu ?

– Oh. » Sa petite voix dure s'éleva d'une octave. « Elle a un chic incroyable. Des vêtements incroyables.

– L'élégance américaine, c'est comme un bon émail de baignoire, rien de plus.

– Ah bon, vous croyez ? fit-elle, rassurée. En tout cas, elle a un petit rire délicieusement rauque : on dirait toujours qu'elle va tousser.

– Tiens, tiens ? Remarque, j'imagine que ça ne doit pas manquer de charme.

– Ah ça, elle respire le charme, aucun doute.

– C'est vraiment terrible pour Angel.

– Permettez-moi de vous le dire, éclata Tiddley, Angel réagit de façon absolument merveilleuse.

– C'est très mauvais signe pour les amoureux.

– De façon absolument merveilleuse, répéta Tiddley d'un ton froid, et je vous prie de ne pas critiquer Angel devant moi. Je la vénère. Vous trouvez peut-être ça ridicule, mais c'est comme ça.

– Je ne trouve pas ça ridicule ; en réalité je t'envie. Tu suis une étoile, au moins.

– Oui. »

L'espace d'un instant, il avait redonné des ailes à son cœur vide. Elle sourit, consolée. Il persista : « À quand remontent tes dernières vacances ? Je sais, ne dis rien, avant la guerre… ce fantastique séjour au Tyrol, c'est ça ? Où le soir après le dîner tu lavais les pulls des enfants, pendant qu'Angel et moi nous dansions.

– N'empêche, répliqua Tiddley, les yeux assombris par le souvenir, l'écho des valses remontait jusqu'à moi par le tuyau d'écoulement ; la musique me parvenait, merveilleuse, à travers la mousse du savon.

– Tu avais dix-sept ans et ça ne te faisait rien ? Ça ne te faisait vraiment rien qu'elle danse ?

– Julian et moi nous marchions tellement, il y avait notre collection de fleurs, et quand j'avais fini de repriser les chaussettes ou autres, je peignais dans mon herbier les spécimens que nous avions trouvés.

– Tiddley, il y a autre chose que je voudrais savoir. Est-ce que tu as jamais fait de vrais achats de fille ? Des machins idiots, des trucs de coquette : une robe de soirée en satin hors de prix, une énorme éponge rose, des choses que tu aurais payées avec des billets tout propres sortis d'un sac à main de luxe…

– Non, bien sûr que non, à cause de la guerre… et je n'ai pas besoin d'une énorme éponge rose. J'aime mieux les petites éponges. »

Il y avait un autre chemin par lequel il pouvait la mener à s'offenser, à se rebeller. « Qu'est-ce que j'apprends à propos de ton piano ? » demanda-t-il de la voix cruelle d'un oncle taquin.

Tout à coup, l'atmosphère s'obscurcit : « Oliver, vous avez appris autre chose ? Elle ne va pas le faire pour de bon, quand même ?

– Je ne sais pas…

– Mais elle doit savoir ce que ça représente pour moi ! » Perdue dans son immense maillot de bain noir, Tiddley haletait comme un petit chien désemparé, dépité et énervé par une punition injuste que lui a infligée l'être aimé. « Oliver, Oliver, elle le sait forcément, vous ne croyez pas ?

– Elle ne peut pas le savoir, si tu ne le lui dis pas.

– Je le lui ai dit, j'ai essayé. » Des nœuds se formèrent dans les muscles de ses bras, et ses articulations blanchirent. Elle était en train de rassembler ses forces. Il attendit.

« Vous allez le lui dire, Oliver, murmura-t-elle. Elle vous aime. Elle a peur de vous. »

Birdie, Slaney, et maintenant Tiddley, elles s'en remettaient toutes à lui pour les tirer d'embarras… dans quelle galère se laissait-il embarquer ? Dans quel guêpier allait-il se fourrer ? Dans les mâchoires de quel piège ? « Écoute, dit-il, c'est tout de même affreux… j'aimerais savoir, pourquoi faut-il que vous vous adressiez toutes à moi ? Un vieux satyre égoïste comme moi ? Un horrible fauteur de trouble. Un abominable grincheux. »

Sentant instinctivement qu'Oliver était en train d'endosser le problème à sa place, Tiddley se détendit. Avec la suffisance de la femme stupide tapie derrière la fillette si triste, elle s'exclama :

« Mais voyons, chéri, ce sera idéal pour vous distraire ! » Dans son soulagement, elle se mit debout, et elle semblait même remplir un peu plus son maillot de bain.

21

Angel arriva, envahissant tout l'espace et lui conférant une folle et dissonante extravagance ; il y avait à présent dans la pièce de la nervosité, du désespoir et de la joie, et d'autres affaires prenaient désormais le pas sur celles de Tiddley – il y avait de la beauté dans la pièce et une bruyante effervescence.

« Tiddley, Tiddley, pas encore habillée ? Chérie, *êtes-vous sage** ? s'exclama Angel, mêlant avec maestria sollicitude et réprobation.

– Ça me prendra à peine cinq minutes, s'excusa Tiddley.

– Distraite par une petite parlote avec moi, expliqua Oliver non sans une certaine témérité.

– C'est ce que je vois. Et vous ne vous êtes pas embêtés, on dirait. » Dans un même élan infiniment magnanime, elle engloba à la fois Oliver et le shaker. Elle embrassa Tiddley. « Mais tu grelottes, mon chou. Avale tout de suite une bonne grande rasade d'alcool... tu te sentiras beaucoup mieux. »

Oliver renchérit d'une exquise petite voix, comparable au chant d'un pinson : « C'est fort possible... je me sens gentiment éméché moi-même. »

Tiddley s'exécuta, se rétractant comme au contact d'une gifle après chaque délicieuse lampée. Angel continuait à dispenser sa bienveillance, mais elle s'arrangeait pour faire clairement comprendre que tout cet amour et toute cette indulgence émanaient en quelque sorte d'une blessure dans son flanc. « Tiddley… tes fleurs… dit-elle en contemplant les lys. Elles sont plus belles que jamais, et aujourd'hui Dieu sait que j'ai grand besoin de beauté. Alors, chérie, comment vas-tu ? Mieux ?

– Oh, Angel, je me sens divinement bien à présent, divinement bien… » Elle ressentait un bien-être incroyable. Une euphorie inconnue.

Angel la dévisagea. « Ce qu'il te faut, c'est un bon échauffement, ma chérie. Écoute, pourquoi n'irais-tu pas à bicyclette jusqu'au village chercher le courrier du soir ?

– D'accord, *chérie* *.

– Et rapporte six kilos de farine pour Birdie, tu veux bien, *mignonne* * ? »

Oliver, du fond de son propre brouillard éthylique, ajouta : « Et puis un sac de pommes de terre, et une barrique de saindoux pendant que tu y seras. Ça te fera du bien, *petite* *.

– Tout ce que vous voudrez, tout ce que tout le monde voudra… ça ne me cause pas de problème, je me sens tellement bien. » Tiddley projeta brusquement ses bras et son corps vers le haut dans une pose d'apprentie danseuse, petit morceau de frise sur une urne. « *Au revoir, au revoir* *, *auf wiedersehen, Wien, Wien, mein lieber Wien…* » Elle s'éloigna en dansant toute seule, au rythme de cet air nostalgique et passionné.

« Qu'est-ce qui lui prend ? » Alors que la porte se refermait, la bienveillance d'Angel s'évanouit : elle avait aussitôt replacé Tiddley dans le recoin stupide qui était le sien.

« Saoulée par le cocktail de Walter, répondit Oliver, indulgent. Divin, je dois dire. Vous devriez l'essayer.

– D'accord, j'ai besoin d'un remontant : je suis… je suis un peu bouleversée, Oliver… »

Il la regarda, contenant sa compassion. Elle était assise avec la dignité d'une danseuse chevronnée, ses belles jambes brunes croisées, ses yeux impassibles le dévisageant au-dessus de son verre.

« Votre petit héros, à ce que je comprends, vous a ramené une nouvelle fille à aimer… » Il avait du mal à la croire bouleversée.

Elle répondit avec un stoïcisme effrayant : « Une roulure sortie d'un cabaret de New York, mon cher. Oui, et dix ans de plus que lui.

– Ce n'est pas grave, badina-t-il, vous allez démolir tout ça, pas vrai ? Et qu'est-ce que j'apprends à propos de Birdie ?

– Ah, n'est-ce pas malencontreux et ridicule ? s'esclaffa-t-elle d'un rire gamin empreint de gêne. Mais je vais lui ouvrir les yeux, la pauvre choute. » Il se produisit comme un déclic. « Laissez-moi le temps. »

Ce furent ces deux choses-là, ce refus de compréhension affiché et ce grotesque étalage d'embarras juvénile, qui provoquèrent l'inimitié scandalisée d'Oliver et qui transformèrent la cause des enfants en une croix enflammée sur laquelle, s'il le fallait, il finirait cloué pieds et poings par sa propre bonté.

« Angel, dit-il, prenez garde à ce que vous faites. Les cartes sont contre vous et dans le ciel les étoiles vous sont contraires… l'amour avec un grand A fait rage dans toute votre maison aujourd'hui, et si vous ne me croyez pas regardez un peu mieux votre petite fille. Julian, apparemment, a déniché ce dont il a besoin.

– Dont il s'imagine avoir besoin, mon cher, s'imagine seulement, s'écria-t-elle avec amertume.

– Et Tiddley, reprit-il, est quasiment en révolte à cause de son piano.

– D'accord. Merci pour l'avis de tempête… je les calmerai d'une façon ou d'une autre. Après tout, je suis une mère.

– Une mère ! Plutôt une tigresse blessée. »

Ça aussi, elle le prit en très bonne part.

« Une tigresse complètement effondrée, vous voulez dire… » Elle tendit son verre en souriant. « Encore, s'il vous plaît, c'est bien trop fort pour les enfants.

– Personnellement, je soupçonne la présence de vodka. » Armé du shaker, il se pencha vers elle avec décontraction. « Allons, ma chère, détendez-vous donc, sirotez-moi ça et aiguisez-moi ces griffes pendant que je vous raconte quelque chose. »

Elle le regarda enfin avec une légère méfiance. « Je sais que nous sommes très attachés l'un à l'autre, mais cela justifie-t-il toutes ces insultes sanguinaires ?

– Je vous ai insultée ? J'y suis vraiment arrivé ? Alors, écoutez-moi dans ce cas. Écoutez, tant que vous êtes lucide. »

Elle prit conscience de son hostilité. « Ne me parlez pas comme ça », tonna-t-elle, avant d'ajouter « je vous prie » avec un menton tremblant. Sa colère n'était pas une colère de femme mûre, c'était une colère de petit garçon blessé, tout aussi dangereusement séduisante. Il en prit acte sans se laisser démonter.

« Je vous parlerai comme bon me chante, nom de Dieu. Angel, vous êtes devant un péril et il vaudrait mieux que vous le sachiez. En tant que mère, vous êtes comme un robot avec un défaut de fabrication : une mère ultramoderne, chez qui tous les préjugés victoriens seraient incrustés séparément dans du béton – du béton armé. »

Angel s'insurgea aussitôt contre cette condamnation absurde : « Mes enfants m'adorent. Vous n'avez pas remarqué ? Ils aiment sans doute le béton. »

Oliver répondit du tac au tac : « Est-ce que ça fait du béton une chose bénéfique ? Est-ce que ça fait du poison une chose bénéfique ? Du miel allié au vitriol, ma douce, voilà ce que vous êtes. Oh, vous êtes tout simplement une énorme crème glacée très appétissante mais bourrée de copeaux d'acier.

– Et vous, vous êtes un homme excessivement grossier et bourré de vodka… vous avez fini ?

– Non, je n'ai pas fini. »

Oliver se sentait très fatigué. À quoi bon poursuivre ? Lui expliquer point par point les torts qu'elle causait, quand à ses yeux chaque tort était légitime. Il avait atteint la limite de ses pouvoirs dans cette relation irréelle qui existait entre eux, où il la critiquait sur le mode taquin, et où elle était flattée à la manière d'une gamine. Chacun connaissait la limite fragile et solitaire de cette relation irréelle, mais chacun fuyait soigneusement toute relation absolue. Angel, parce que le dévouement et l'admiration étaient tout ce qu'elle attendait de lui, ou de n'importe quel homme, et Oliver parce que le tigre brûlait en elle de façon trop éclatante et qu'il constatait avec un atroce désarroi l'effrayante symétrie de son amour destructeur.

Ainsi donc : « Je n'ai pas fini », reprit-il, aiguillonné par sa pitié, sa vision d'un avenir altéré et amoindri. Son désir de faire plier Angel considérablement accru par les trois cocktails de Walter, il se pencha vers elle, enjôleur, suppliant, comme seule peut être suppliante la langue la plus acerbe : « Mais je ne suis pas buté. J'arrête les reproches, ils sont inutiles... seulement, regardez les choses en face, ma chère, vous les perdrez un jour, alors pourquoi pas aujourd'hui ? Faites ça avec panache... quittez la scène en musique. »

Elle ne se laissa pas ébranler. « Quitter la scène ? Vraiment, mon cher, vous me connaissez très mal si vous croyez que je vais renoncer à mes enfants au moment précis où ils ont le plus besoin de moi.

– Oh mon Dieu, quelle femme impossible ! » Il se leva et, debout au-dessus d'elle, il posa ses mains sur ces épaules que le temps n'avait pas épaissies, et il plongea son regard dans ces yeux débordants de jeunesse et de vie. « Angel, je veux que vous m'épousiez, vous êtes d'accord ?

– Oliver... » L'espace d'un instant, elle fut à la fois enchantée et émoustillée : Birdie avait parfaitement évalué ses besoins. Un homme à elle et une route conduisant vers l'avenir... la possibilité de refuser l'un et l'autre... il y avait dans sa voix toute la tendresse qu'elle lui portait lorsqu'elle déclara : « J'étais un flacon de vitriol et un sac de copeaux d'acier il y a un instant.

– Oubliez ça. De toute façon je suis immunisé.

– Et maintenant vous voulez m'épouser. » D'un mouvement affectueux qui n'avait rien de blessant, elle se déroba à l'étreinte de ses poings, et tandis qu'il se retrouvait les mains vides il éprouva un agréable soulagement, comme si une fenêtre s'était ouverte sur nulle part, et se révélait pourtant infiniment apaisante. « Superbe stratégie, je dois avouer. » Elle prit une cigarette et lui en offrit une.

« Eh bien, ma chère – elle lui plaisait énormément à

cette minute-là – je sais quelle fille dangereuse vous êtes, c'est déjà un point de départ.

– Un point de départ extrêmement romantique – elle leva les yeux sur lui avec une reconnaissance aussi sincère qu'émouvante – et à quarante-quatre ans, quelle femme ne roucoulerait pas d'aise devant une demande en mariage comme celle-là ?

– Quarante-sept, ma chérie, ne soyez pas sotte. » Il alluma leurs cigarettes.

Elle s'entêta : « Quarante-quatre, chéri, ne l'oubliez surtout pas.

– D'accord. D'accord. » Ils s'entendaient de mieux en mieux : tout ce qui lui manquait c'était un Non ferme et définitif pour l'adorer totalement. « Mais vous n'avez toujours pas répondu à ma question, et elle est on ne peut plus sérieuse. Est-ce que vous voulez bien m'épouser ?

– Un instant, chéri. » Elle redressa soudain la tête : un oiseau n'aurait pu se pencher plus délicatement ni écouter avec une oreille plus fine. « Je crois que j'entends Julian et sa petite fiancée qui montent l'escalier. » Elle se rendit à la fenêtre puis elle se retourna vers lui : son visage, son corps, même, étaient tendus, comme vieillis. « Oui. Ah, ce rire. Suggestif, guttural, malsain… vous avez entendu, Oliver… vous avez entendu ?

– Non… Répondez-moi, c'est oui ou c'est non ? » Il la suivit à la fenêtre, un peu saoul, bien décidé à obtenir la réponse qu'il voulait.

« Quel drôle de moment pour faire sa demande en mariage, même à sa plus vieille amie. Ils vont être là d'un instant à l'autre.

– S'il vous plaît, Angel », insista-t-il.

Elle n'avait rien d'une coquette sur le retour. Pour l'heure, ses pensées étaient véritablement accaparées par Julian. « Les voilà qui arrivent. Enfin, voyons, Oliver… comment une mère pourrait-elle supporter ça ? Impudente, quasiment nue. Empestant la sensualité… » Et, ultime affront : « Même par cette glaciale journée de juin ! »

Oliver était totalement silencieux, et dans la durée

comme dans la nature de son silence, il y avait quelque chose de si atrocement calme, de si solitaire, qu'Angel se tourna vers lui, son esprit à nouveau tout à lui. « Oliver, mon chéri, comme vous avez l'air bizarre. Pardonnez-moi... je suis terriblement fière et heureuse que vous m'ayez demandé ça... vous savez l'effet que me font les enfants... j'avais l'esprit là-bas avec lui. Je ne me rendais pas compte que vous teniez vraiment à moi.

– Dites-moi que je rêve, fit Oliver d'un ton morne, les yeux posés sur le couple qui marchait au soleil.

– Comment pouvais-je savoir que vous aviez ces sentiments-là ? persista-t-elle avec douceur. Comment pouvais-je le deviner, derrière toutes vos boutades et toutes vos taquineries ? On dirait que vos mains tremblent, mon chéri, non ? Oh, Oliver, continua-t-elle avec un brin de suffisance, vous n'aviez pas quand même pas un penchant pour moi depuis tout ce temps...

– Angel, quelle est la réponse ? s'obstina-t-il.

– Oliver chéri, donnez-moi jusqu'à ce soir. » Elle le quitta des yeux en entendant les voix de dehors qui se rapprochaient. « Je vous répondrai ce soir », dit-elle, espérant ne pas le blesser tout en le retenant. Puis, comme Sally et Julian arrivaient, elle passa son bras sous le sien et traversa la pièce pour aller à leur rencontre, de façon très maternelle. « Oliver, ma nouvelle fille », annonça-t-elle. Avant d'ajouter non sans perfidie : « Mignonne, non ? »

Sally avait ôté son tailleur de tweed mordoré et ses clips en diamant pour enfiler un bain de soleil abracadabrant, conçu pour les étés italiens ; ses pieds bronzés étaient grotesquement chaussés d'épaisses sandales qui la déséquilibraient comme une poupée... elle était atrocement vulgaire et terriblement séduisante. D'un geste assez lent, Oliver et Sally se serrèrent la main, tels deux étrangers faisant connaissance.

« Très très content de vous connaître, Mrs. Wood. » Cette imitation américaine était, dans la bouche d'Oliver, de la plus haute ineptie.

Sally se montra plus placide : « Comment allez-vous ? Vous savez, je parle l'anglais.

– Je le lui ai appris, s'écria Julian, triomphant. Et au fait, je suis vraiment enchanté de vous connaître, Oliver. Extrêmement enchanté.

– Cher Julian… moi aussi. » Ils se serrèrent la main. « Ça ne dérange personne si je me mets au piano, n'est-ce pas ? Je ne ferai pas de bruit. » Il fallait absolument qu'il aille trouver refuge quelque part, histoire de recouvrer son sang-froid.

« Oliver, vous allez réveiller les morts ! » protesta Angel tandis que retentissaient les premiers accords.

Il joua plus doucement. « Ou les fantômes d'un passé heureux… » dit-il avec un peu de sa grandiloquence habituelle.

Sally se rapprocha du piano. « Jouez doucement, mon chou… laissez ces pauvres esprits tranquilles. »

Il baissa les yeux sur ses mains : « Ces souvenirs sont tellement précis… ils me fichent la frousse. »

Le visage d'Angel s'éclaira ; elle venait de penser à quelque chose. « Julian, prépare un autre cocktail… ta malheureuse amie a l'air d'en avoir sacrément besoin. » Elle contempla la chair bronzée de Sally. « Tout ce soleil, c'est très éprouvant…

– Elle va bien, elle adore le soleil. » Mais Julian s'empara du shaker et disparut dans la salle à manger.

« Allez-y, réchauffez-vous, fit Angel, implorante.

– Merci, répondit Sally en s'écartant un peu du feu. J'ai le sang chaud.

– Ah, ça, je n'en doute pas, acquiesça Angel. Et vous avez été vraiment merveilleuse sur les skis, ma chère, on aurait dit une jeune fille. »

Sally gloussa. « Je remercie le ciel chaque matin d'avoir toujours l'usage de mes jambes.

– Oh, je voulais dire une petite fille », rectifia Angel d'un ton glacial.

Oliver s'arrêta brusquement de jouer. « Allons, vous vouliez dire quoi, Angel ?

– Une petite fille qui a de l'expérience ?

– Non, Angel, vous feriez mieux de vous taire. » La voix

d'Oliver était aussi glacée que celle d'Angel l'avait été. Il se remit à jouer.

Angel appela en direction de la salle à manger. « Dépêche-toi, Julian, Sally a besoin de son verre.

– Pas pour moi, merci, Julian, lança à son tour Sally, d'une voix douce et chaude.

– Mais ma chère, vous avez besoin d'un remontant, insista Angel d'une voix caressante. Vous mourez de froid… vous êtes toute bleue, vous êtes carrément violette.

– Au contraire, intervint à nouveau Oliver, d'une voix douce et distincte. Elle est très très bronzée. »

Cette fois Sally lui répondit directement : « Merci… merci beaucoup. »

Angel persévérait sur le sujet avec force gloussements de sollicitude désemparée lorsque Walter entra avec un verre unique sur un plateau, un verre rempli d'un liquide olivâtre à la consistance boueuse.

« Ah, voilà mon cocktail personnel ! s'écria joyeusement Sally.

– Et quel boulot pour se procurer les ingrédients ! commenta Walter avec une jovialité respectueuse. J'ai dû emprunter le vélo de Miss Birdie pour me rendre au village… une expérience très singulière.

– Dommage que rien dans la maison n'ait pu faire l'affaire, ironisa Angel.

– Il voulait seulement faire un petit tour au village », le défendit Sally avec indulgence.

Walter secoua la tête et demanda, s'apprêtant à se retirer : « Le cocktail vous convient, madame ?

– Délicieux, dit Sally en sirotant sa première gorgée.

– Vous m'en voyez ravi. » Son sourire s'éteignit en regardant Angel. « Je file zigouiller le lapin des œillets avec Finn, madame. »

Angel lança, subitement rayonnante : « Mais ne tirez pas trop près des fenêtres, d'accord, Walter ?

– Oh, jamais je ne toucherais une telle chose qu'un fusil ! protesta-t-il.

– Dites à Finn que je tiens à vous prêter mon petit fusil

personnel, déclara Angel avec autorité. Il ne vous fera pas mal à l'épaule quand vous tirerez.

– C'est vraiment très gentil. » Walter, qui aimait la concorde et la décontraction, était profondément impressionné. « Je vais vous dire, madame, dit-il à Sally dans un brusque élan d'altruisme, vous avez eu une journée fatigante… ce soir je vous dispense de vos exercices.

– Oh, Walter ! s'écria Sally, sensible à cette générosité. Merci mille fois. »

Une fois à la porte, Walter pivota sur ses talons : « Mais je serai de retour à l'heure du bain… À plus tard ! » Et il disparut.

« Qu'est-ce que vous mijotez, Angel ? » Oliver posa son coude sur le clavier, produisant une série de notes discordantes. « À lui prêter votre sacro-saint fusil ? Vous cherchez à le détourner des sports d'intérieur, peut-être ? Oh là là, je vois…

– Qu'est-ce que vous voulez dire ? Je ne comprends pas bien. » Elle avait retrouvé son ton débonnaire, tellement plus agréable. « Après l'existence malsaine qu'il a menée dans le monde du théâtre, je veux seulement que le pauvre garçon profite du grand air.

– L'air confiné est davantage son truc, rectifia Sally.

– Parlons de choses agréables ! » suggéra Angel. Alors que Julian revenait avec le nouveau cocktail, elle poursuivit, d'un ton aussi enjoué qu'insistant : « Des choses gaies ! Raconte à Oliver comment vous vous êtes rencontrés tous les deux, Julian chéri.

– Il le faut vraiment ? Alors, dans ce cas, un verre d'abord. » Il prit un cocktail ainsi qu'une cigarette, puis flânant vaguement en quête d'une allumette, il ramassa le livre que Tiddley avait emballé, libellé, et essayé d'oublier. Il posa tout le reste pour ouvrir son cadeau. « Ça alors, s'exclama-t-il, elle m'a trouvé exactement ce que je recherchais ! Les moteurs hors-bord… Ma parole, ça a l'air passionnant… » Il était perdu pour eux.

Angel lui jeta un coup d'œil, s'apprêtant à intervenir, quand Sally, consciente du moment de bonheur qu'il vivait et soucieuse de le protéger, prit la parole d'une voix rauque et dure : « Si quelqu'un a envie d'un frisson par procuration, je lui ai prêté un jour mon huile solaire.

– Eh bien, c'est une entrée en matière qui en vaut une autre, dit Angel en souriant.

– Aucune technique ne devrait être systématique, déclara Oliver avec aigreur.

– Mais je croyais que Julian avait dit que ça s'était passé dans un bar de nuit. » Angel avait l'intention d'embarrasser quelqu'un.

Sally répondit, doucereusement : « Peut-être que je le confonds avec quelqu'un d'autre.

– Peut-être… » Oliver quitta le piano. Tout ce qu'il y avait de gai dans sa légère ivresse s'était évaporé. Furieux, il reprit avec lourdeur : « Après ça, je suppose, l'amitié s'est transformée en amour puis s'est éteinte… lentement et douloureusement ?

– Oh, nous sommes encore en excellents termes, merci, répondit Sally sans son sourire.

– Bien sûr. » Il s'assit sur l'accoudoir du fauteuil d'Angel. « Peut-être que je le confonds avec quelqu'un d'autre. »

Angel lui lança un regard doux : elle sentait de l'hostilité dans l'air et s'en félicitait. « Regardez en avant, mon cher, toujours en avant.

– Ou en arrière, ma chère, parfois en arrière. » Sally avala d'un trait la mixture de Walter et reposa son verre.

« J'admire vraiment la façon dont vous autres Américaines savez boire, commenta Angel d'un air sinistre.

– Lundi, jus de tomate. Mardi, verveine. Mercredi, chou et oignon.

– Charmant pour toi, Julian chéri ! » Angel ne pouvait accepter cette agréable démonstration de sobriété, pas plus qu'elle ne pouvait laisser Julian tranquille. « Oui, c'est le jour atroce, dit-il en levant les yeux avant de se replonger dans le livre de Tiddley. Ah, fit-il dans un souffle, des arrêts glandulaires… mais c'est exactement ce qu'a le *Julietta* ! » Il s'était échappé à nouveau.

« Le jeudi, jus de carotte, reprit Sally sans sourciller. Idéal pour la peau.

– Et vous en prenez régulièrement ? Vous avez une jolie

peau ? » Les yeux d'Angel forèrent délicatement le maquillage.

« Oh, fit Sally en se redressant dans son fauteuil, soudain résolue à ne plus encaisser. Si j'avais votre peau et que vous aviez mes fesses, nous serions toutes les deux des prix de Diane. Écoutez, pourquoi ne pas demander à Walter de vous établir un régime ? Les années s'envoleront d'un seul coup.

– Mais jamais je ne vous priverais de Walter, s'écria Angel avec un redoutable sourire. Il doit être trop occupé à entretenir votre si époustouflante jeunesse.

– N'empêche, j'ai horreur de voir une femme se laisser tomber en morceaux », constata Sally avec découragement.

Oliver se pencha vers Angel en disant : « Je suis toujours là pour ramasser les morceaux.

– Les chats apprivoisés sont très utiles à la maison, lui lança Sally, venimeuse.

– Et les chats de gouttière, dit-on – Angel se pencha de façon qu'Oliver, un homme, constitue tout son décor –, connaissent leurs meilleurs coups de veine pendant les guerres mondiales.

– Oh, ne parlons pas de guerres mondiales. » Julian releva les deux seuls mots possibles. « Nous en avons soupé, non ? J'ai besoin de m'amuser un peu avec le moteur du *Julietta*, maintenant. Ce bouquin a réveillé ma vieille passion pour les moteurs. Comment Tiddley se l'est-elle procuré ? Il était épuisé depuis des années. » Il se leva. « Venez, Oliver. Tu viens, Sally ?

– Chéri, s'il s'agit de moteurs, non.

– Une petite surprise, Julian, murmura Angel, toute gonflée de sa joyeuse suffisance. Je vous accompagne. » Elle le rejoignit, en riant de son air ennuyé.

« Quel genre de surprise, maman ?

– Je ne te dirai pas. Tu vas vraiment être aux anges. »

Quittant des yeux Angel qui s'éloignait d'un pas allègre, Oliver déclara : « Apparemment, c'est la mode des surprises aujourd'hui. Tu vas boire un cocktail digne de ce nom.

– Euh… hésita Sally. Six ans se sont écoulés depuis le dernier que nous avons bu.

– Si longtemps ?

– Toujours cynique, on dirait ?

– Mon seul exutoire. Ne commence pas à ressasser les souvenirs.

– Non, il n'en est pas question. Mais es-tu retourné à Innsbruck depuis ?

– Depuis… oh, je t'en prie, ne dis pas de bêtises… de toute façon, comment aurais-je pu ?

– Continuons à discuter.

– D'accord, mais tous les sujets sont extrêmement risqués.

– Tu te souviens de nos courses en ville ?

– Ça, on peut dire que tu aimais faire les courses.

– Je t'en prie, ne recommence pas… Et mon premier Tokay Impérial ?

– Tellement décevant.

– Oui, tellement décevant.

– Et ces orchestres qui jouaient des valses à n'en plus finir… » Oliver cherchait les ennuis.

« Les petites tables, Oliver, aux terrasses des brasseries, les abat-jour en verre et les bougies allumées…

– Les châtaigniers couverts de fleurs roses… la truite bleue dans les assiettes…

– Le vin rouge dans les verres… » Elle le regarda de façon impardonnable par-dessus le bord de son verre.

« Je n'ai toujours pas compris pourquoi tu m'avais quitté comme ça. Pourquoi tu avais disparu à bord de ce train abominable. » La souffrance faisait étinceler les yeux clairs d'Oliver ; les mots stupides qu'il prononçait semblaient n'avoir aucun lien avec l'instant précis qu'il évoquait.

D'une voix haut perchée empreinte de désespoir, Sally répondit à la hâte : « Je trouve les trains étrangers tellement romantiques… Je me représente toujours cette pauvre vieille Marlene sur le marche-pied avec une voilette à pois… pas toi ?

– Non, dit tranquillement Oliver, je te vois toi, dans cette robe paysanne affectée… je respire le parfum indécent de ces énormes fleurs de tilleul, il m'enveloppe la tête comme de pâles vapeurs anesthésiantes, et si tu permets, je me sens toujours un peu écœuré... »

Ce train de l'après-midi, insoutenable attestation du départ de Sally, reposait immobile le long de son quai... Oliver fut douloureusement ramené dans cette autre vie au temps des années 30 (cette période tellement brocardée, tellement méprisable aujourd'hui, et tellement agréable alors). Il se souvint de la façon dont le soleil brillait sur les oiseaux au plumage doré et sur les clochers aussi verts que des concombres, et sur les cheveux de Sally. Il revit son chapeau de paille orné de fleurs se balancer au bout de son ruban, et il éprouva à nouveau ce pincement de gêne fascinée qu'il avait éprouvé devant cette tenue folklorique qu'elle portait avec une vigoureuse détermination, là où les filles comme il faut portent ordinairement du tweed. De longues années les séparaient. Pourtant, derrière la santé recouvrée, le travail accompli et le relatif bonheur auquel il avait accédé, seule subsistait cette réalité. Son moi véritable n'était pas ce personnage bonifié, ce joyeux agriculteur, ce collectionneur de meubles et d'émotions, cet homme aux sentiments nuancés. Son moi véritable était ce jeune individu qui était allé en Autriche pour mourir discrètement. « Pourquoi as-tu fait ça ? insista-t-il.

– Tu ne te souviens pas ? Il fallait que je rejoigne mon mari à Prague.

– Mais tu étais censée revenir... pourquoi n'es-tu pas revenue ? »

Elle répondit sans amertume : « Le pauvre bougre avait besoin de moi.

– Tu as un cœur énorme, pas vrai ? dit Oliver d'une voix totalement dépourvue de douceur. Oui, bon sang, un cœur vraiment énorme.

– C'est bizarre, Oliver, s'étonna Sally, ce sont les mots exacts qu'a employés mon mari le jour où il a demandé le divorce. Au fond, vous vous ressemblez tous les deux.

– Tu aurais pu me dire que tu étais divorcée.

– Eh bien, nous avions perdu le contact... » Les yeux de Sally évitaient Oliver.

« Et tu pensais que j'étais peut-être mort. Je ne le suis pas... grâce à Angel.

– Ah ça, je vois, tu as l'air de te porter à merveille, concéda-t-elle d'un ton froid.

– Et maintenant ?

– Maintenant, Oliver, je vais épouser Julian.

– Tu es tout à fait taillée pour jouer les châtelaines irlandaises, je n'en doute pas.

– Cet enfant était vraiment dans de sales draps quand je l'ai trouvé, expliqua Sally sans détour.

– J'étais vraiment dans de sales draps quand tu m'as quitté, répliqua Oliver d'un ton tout aussi direct.

– Écoute, essaie de comprendre. Avec sa rangée de médailles et de citations, ce bébé avait sacrément besoin de tirer un trait sur les combats.

– Est-ce que tu aimes Julian ?

– Bien sûr que je l'aime, je lui ai appris à m'aimer !

– Ce n'est pas la réponse.

– Ah bon... eh bien, c'est la réponse que je te donne. C'est la réponse que je veux que tu acceptes. Je lui ai permis de reprendre goût à la vie alors qu'il était pratiquement foutu... il a nagé avec moi, dansé avec moi, fait du ski nautique avec moi... »

Subitement agacé par cette hypocrisie qu'ont les filles les plus franches, Oliver s'exclama avec aigreur : « Dis... tu es obligée de me dresser ce passionnant inventaire de vos merveilleuses activités de plein air ? Tu pourrais m'accorder un peu d'imagination.

– Tu as raison ; qui saurait mieux que toi ce que je veux dire ? » Elle cessa toute comédie. « Peut-être que je suis dure, mais je resterai aux côtés de ce gamin tant qu'il aura besoin de moi... Je ne le plaquerai pas. Je l'ai fait une fois... je ne recommencerai pas.

– Je t'en prie, surtout ne le quitte pas, dit Oliver avec une clarté glaciale. Il serait effroyablement seul, d'autant que j'ai l'intention d'épouser sa mère très bientôt.

– Ça, pas question ! » Elle fit volte-face. « Ce vieux loup-garou allergique ! Je ne le permettrai pas. » Des larmes de colère brillaient dans ses yeux ; telle une gosse dans une bagarre de rue, elle était prête à se battre vaillamment bec et ongles, toute raison et toute réalité oubliées.

« Malheureusement, répondit assez grossièrement Oliver, tu n'es pas la seule personne à penser aux autres. J'ai bon cœur moi aussi. À cet instant précis, tous mes projets se goupillent parfaitement. Sous peu, Angel sera seule et elle aura énormément besoin de moi… Slaney une fois partie, comme je l'espère, avec Chris. Quant à Tiddley… j'ai semé de très vilaines graines de mécontentement dans son cœur si loyal. Birdie a trouvé ton Walter, et son Julian a mis la main sur toi, ma chère. Impeccable, non ?

– Impeccable est le mot qui convient », acquiesça Sally en courbant son joli cou.

Oliver s'écarta de quelques pas : « Pourquoi a-t-il fallu que tu reviennes ? »

Ouvrant son immense sac à main, Sally plongea quasiment sa tête entière dedans. « Tais-toi, murmura-t-elle. Tais-toi, espèce de gros bêta sadique. »

22

Birdie entra à ce moment-là ; ouvrant la porte très délicatement, elle apporta avec elle une atmosphère aussi morne qu'avant une tempête. Elle n'avait plus aucune force et exhalait une tristesse qui flottait autour d'elle comme une flaque d'huile à la surface de l'eau. Elle dit à Oliver : « Il m'a laissée tomber… elle est arrivée à le capturer. » Elle avait l'air lasse et quelque peu chiffonnée. « J'avais attaché le bouquet garni pour ma sauce et je m'apprêtais à lui montrer tous mes trucs quand je l'ai entendu avec Finn dans l'office et que je l'ai appelé. Est-ce qu'il a répondu ? Non… mais l'autre a surgi et il a annoncé, le plus naturellement du monde : " À vrai dire… à vrai dire, madame nous a ordonné à tous les deux d'aller nous occuper du lapin des œillets. " Ah, ce " À vrai dire " dans la bouche de ce sauvage, ça m'a vraiment démolie !

– Oui, ça a de quoi vous fiche par terre, c'est sûr, acquiesça Oliver. Et Walter ?

– Juste après, notre ami est sorti de l'office avec en bandoulière, je vous le donne en mille, le fusil personnel de madame ! " Je sors juste faire un peu d'exercice, ma chère ", qu'il me dit… Oh, le vent froid qui m'a glacée alors… " Je vous rejoins pour notre sauce dans une demi-heure ? – Oh, ne vous en faites pas pour cette sauce, lui ai-je répondu (je sais m'adapter). Allons, filez, et si vous faites feu avec ce fusil, surtout ne ratez pas Finn. " »

Sally sortit la tête du fond de son sac. « Birdie, dit-elle, nous sommes tous plus ou moins dans le pétrin. Vous n'êtes pas la seule à avoir envie de pleurer un bon coup.

– Vous, elle essaie de vous arracher Julian… oh, je le sais… des larmes avant la nuit pour tout le monde. La carte des ennuis est sortie pour chacun de nous dans cette maison.

– C'est encore plus compliqué… »

Oliver adressa à Sally une de ces langoureuses œillades d'amoureux qui sont rattachées de manière si révélatrice aux muscles de la gorge, et Birdie intercepta ce regard en plein vol. Douloureuse et infaillible perspicacité de la femme avide ou jalouse…

« Qu'est-ce qui se passe ? s'écria-t-elle, tandis que son cœur vide s'emplissait tout à coup de souffrance au spectacle de l'amour des autres.

– J'ai très bien connu Sally dans le passé, expliqua Oliver. Aussi regrettable que ce soit…

– Mais ça ne change absolument rien, Birdie, tant que le gamin a besoin de moi. »

La lueur amicale dans les yeux de Birdie se transforma en lueur d'observation, aussi étincelante qu'une pierre et aussi impitoyable.

« Il aura besoin de vous pendant encore longtemps, dit-elle presque durement, comme une infirmière à un médecin qu'elle désapprouve. Mais vous dans tout ça ? » ajouta-t-elle en se tournant vers Oliver d'un air accusateur.

Oliver répondit : « Rien que pour vous obliger, Birdie, j'ai demandé à la menace de m'épouser. Elle n'a pas encore répondu. Mais je crois qu'elle va accepter. »

Les yeux de Birdie s'emplirent de larmes. « Vous êtes très bon, dit-elle doucement. Oh, vous êtes très bon. Mais je me demande si elle n'arrivera pas à prendre le dessus malgré tout. J'ai bien peur qu'elle n'arrive à avoir le dessus sur nous tous… »

23

En bas sur le quai aux bateaux Julian et Angel étaient adossés ensemble à la digue : Julian souffrait sourdement car il avait la certitude intime qu'il aurait dû être content ; malgré son sourire Angel souffrait car elle avait la ferme conviction qu'il n'était pas content.

« Est-ce que tu as revendu l'ancien moteur ? demanda-t-il soudain, au milieu d'un silence ponctué de jets de cailloux.

– Eh bien, en fait, chéri, il n'était pas très vendable. J'ai dit au jeune Walsh qui a installé le nouveau qu'il pouvait le garder… mais il n'en a pas voulu.

– Je vois. Tant qu'à faire, j'aurais pu l'installer moi-même. C'est simple comme tout.

– Je tenais absolument à ce qu'il soit prêt pour que tu t'en serves tout de suite. »

Il balança son dernier caillou et se tourna vers elle. « Est-ce que je t'ai remerciée comme il convient ? C'est une magnifique surprise… la meilleure surprise possible. »

Les yeux d'Angel volèrent à la rencontre des siens : ils ne contenaient aucun reflet profond de ses joyeuses paroles et elle se sentit atrocement lésée. « Tu es content ? insista-t-elle.

– Ravi, enchanté, madame. Ça s'accorde exactement avec mon projet de flottille de pêche. Je ne t'en ai pas encore parlé, n'est-ce pas ?

– Tu es sérieux ?

– Absolument, pourquoi pas ?

– Eh bien, tu sais combien les pêcheurs d'Owlbeg ont horreur de la mer. Ils ne sortent jamais s'ils peuvent l'éviter.

– Oh, un peu d'organisation… une association… une camionnette pour le marché ; le poisson et les homards… j'ai des douzaines d'idées.

– Oui, de merveilleuses idées partout ailleurs, mais des idées auxquelles la côte irlandaise est atrocement allergique. » Et tout du long elle savait qu'elle aurait dû s'exclamer : « Formidable ! Pourquoi n'y ai-je pas pensé durant toutes ces années ? Ça ne peut que réussir ! », et autres interjections enthousiastes. Mais quelque chose dans son cerveau l'en empêchait, et son aversion pour Sally s'accrut en elle jusqu'à atteindre une sorte d'horreur. Sally semblait avoir joué un rôle capital dans la métamorphose de Julian. Elle personnifiait toutes ces heures inconnues.

Julian dit : « On n'a jamais donné leur chance aux pêcheurs d'ici. Cette île tout entière n'a jamais eu sa chance. Il faut que je change les choses. Il faut que je travaille. J'ai besoin de travailler, en fait.

– Mais – la protestation d'Angel était empreinte de désespoir – regarde comment Oliver et moi avons travaillé pour toi. Mon chéri, nous avons même équilibré les comptes.

– Chérie, c'est merveilleux, mais tu viens justement de toucher le point sensible : Owlbeg, au sommet de la vague, réussit au maximum à équilibrer les comptes. Je sais que je peux faire mieux. Je vais essayer en tout cas. »

L'arrogance sidérante de sa jeunesse ébranla la confiance d'Angel. Tous ces joyeux efforts déployés pendant des années avec Oliver se rétrécirent et se desséchèrent pour devenir tristement insignifiants. « Mais le découvert était tellement gigantesque ! » s'écria-t-elle, recherchant les éloges qui auraient dû venir, quêtant l'assentiment aveugle teinté d'adoration auquel elle s'attendait. Oliver l'aurait d'autant plus aimée en cet instant de souffrance.

« Eh bien, chérie, ce n'était pas mon découvert », répondit-il avec morgue, sa jeunesse remettant les responsabilités à la place qui leur revenait.

Angel prit appui contre le mur du quai. Sa hauteur protégeait toute chose de la brise marine à l'exception de sa joue. Sa chaleur accumulée rampait sur son corps glacé. Tout à coup elle se mit à craindre pour tous ses triomphes et tous ses succès. Précieuses et absurdes, les années défilèrent dans son esprit alors qu'elle se tenait à côté de ce fils intelligent et fort, dont la sécurité avait été pendant si longtemps sa hantise première, le motif de sa persévérance et la raison du superbe combat qu'elle menait à Owlbeg. Il ignorait quasiment tout de la lutte implacable qu'elle et Oliver avaient engagée pour combler ce déficit qu'il traitait tellement par-dessus la jambe. Que savait-il des batailles vitales qu'elle avait remportées par son obstination à combattre le fléau de l'apathie irlandaise – pour les champignons, par exemple ? L'avance prudente avec laquelle elle réclamait du fumier de cheval, mais du fumier qui avait la bonne texture et la bonne température pour la culture du champignon – il devait être comme ci et comme ça –, et où est passé le thermomètre, afin que la température puisse être exactement celle-ci ou celle-là ? Où est passé le thermomètre du jardin, dont je vous avais dit qu'il devait rester à l'intérieur de cette tige de bambou et accroché à ce clou ? Eh bien, où est-il passé ? Disparu ? Perdu ? Où ça ? Quand ça ? En novembre, quand le taureau a été malade ? On a pris la température du taureau. On a cassé mon thermomètre à champignons en prenant la température du taureau ! Il n'y a donc rien de sacré ? Pourtant elle avait gagné soixante-quinze livres avec ses planches de champignons cette année-là. Aucun combat n'était trop mesquin pour sa fièvre bagarreuse, pour cette méthode d'organisation pleine de liberté et de ferveur qui lui permettait d'atteindre ses objectifs en dépit de l'indolence environnante. Oui, elle avait accompli des choses d'un raffinement inouï. Du lait de minuit pour les *petits poussins* *, une extravagance chinoise pour fumer les fraises. Jamais fatiguée, jamais triste, jamais hésitante, elle suivait ses élans jusqu'au bout. Quel que soit l'élan en question, Angel le conduisait à terme. Malgré le silence de Julian, malgré la mer et malgré l'horrible *Julietta* qui se balançait là-bas, certains détails demeuraient vivants pour elle… Comment, en dépit de tout son travail, le luxe de bien manger n'était jamais passé au second plan. Elle repensa à un certain matin où l'idée d'un poulet à l'*estragon* * l'avait habitée avec force. Bien que la plante n'ait pas résisté aux frimas de février, avait-elle renoncé pour autant à cette envie ? Un tel manque de constance n'était pas acceptable. L'estragon poussait à foison dans un potager à vingt kilomètres de là… Qu'à cela ne tienne. On perchait quelqu'un sur une bicyclette et on l'envoyait aussitôt en cueillir – et pour peu que le déjeuner fût retardé jusqu'au milieu de l'après-midi, il y avait dans son apparition finale un degré de perfection qui frôlait l'hystérie. L'arôme d'estragon avait un parfum d'autant plus subtil qu'il avait fallu un dévouement absolu pour aller dénicher ce condiment. Angel oubliait avec un superbe abandon tous les éléments habituels d'un déjeuner irlandais. Les pommes de terre, les légumes, les desserts, n'avaient aucune importance. Elle mangeait avec délice son poulet et son pain, suivis d'une salade qui ressemblait à du verre glacé après son long séjour sur une dalle de marbre dans les cryptes de l'arrière-cuisine ; après quoi, Angel sortait, gorgée d'énergie et de plaisir, pour stimuler ses esclaves jusqu'à la fin de la journée. Ah, les beaux jours de ces années fébriles… la chaleur de la pierre contre son corps ressuscitait pour elle ces boissons dégustées au soleil, ces bouteilles de brune légère qui vous rafraîchissaient après la baignade. Elle et Oliver appuyés ensemble contre un mur badigeonné de rose, un mur plus haut que les fenêtres du pub qu'il abritait des vents marins, fumant des cigarettes, observant des escadrilles de mouettes, leurs ailes d'une blancheur étincelante sous le soleil ; observant les flots balayés par les vents, fougueux et familiers comme une bande d'infirmières en habit bleu aux coiffes blanches soulevées par la brise. Dans l'abri étouffant où ils sirotaient leurs boissons il y avait un sureau qui, rêveusement, crémeusement, diffusait ses odeurs de chat sous le soleil ; humant ces effluves improbables, Angel s'écriait : « Oh, c'est quoi, cette odeur ? Des fleurs de sureau… et ma gelée de cassis demain… Oliver, je ne peux pas la faire sans fleurs de sureau.

– Calmez-vous, ma chère, elles sont bien trop difficiles à atteindre.

– Dégonflé ! Un pied ici et un pied là… c'est on ne peut plus simple. Merci, mon cher… merci… encore six de plus, peut-être… parfait, parfait. » Ainsi interrompait-elle systématiquement le moindre moment de paresse béate, ne permettant jamais au luxe de devenir stérile.

Regardant de nouveau Julian, elle se sentit tout entière portée vers lui, mais pour une fois de façon complètement irrésolue. Elle se trouvait à mille ans de là, à des années-lumière de la mère encore jeune et pleine de confiance qui avait attendu cet après-midi. Pourtant elle ne pouvait pas davantage admettre son échec que la nécessité d'une nouvelle abdication. Julian devait lui revenir. Le garçon qu'elle connaissait ne lui était provisoirement occulté que par des influences étrangères. Si elle pouvait attirer ce garçon froid et distant dans ses filets, il aurait beau se débattre, elle le serrerait dans ses bras jusqu'à ce qu'il redevienne enfin lui-même.

Ce fut le retour de Chris qui mit le feu aux poudres, l'emplissant d'une rage pure exempte de tout calcul. Incrédule, elle entendit le vilain teuf-teuf de son moteur hors-bord, signe qu'il était trop impatient pour venir à la voile. Presque aussitôt, elle vit Julian s'exciter à l'idée de la venue de son ami ; recouvrant subitement tout son entrain et toute sa gaieté, il salua Chris en hurlant et se saisit des amarres. « Splendide ! Formidable ! Évidemment, tu vas rester dîner, pas vrai, maman ? Oh, Chris, ne fais pas tant de chichis, bien sûr que tu dois rester… »

De façon charmante, Chris s'en remit à Angel : « C'est vraiment gentil à vous de m'avoir fait venir.

– Oh, ne dis pas de bêtises, mon cher, s'écria-t-elle, folle de curiosité. Je suis contente que tu aies bien reçu le message.

– Oui, Oliver est arrivé à me joindre. »

Oliver. C'était donc Oliver. Lui aussi était contre elle. Oliver, son allié, son censeur et son admirateur. Oliver, qui lui était authentiquement redevable de sa vie. Oliver, qui avait savouré sa délicieuse cuisine en gourmand aussi bien qu'en gourmet, et qui l'avait aidée à apprécier le vin et les fleurs exotiques… Oliver, son ami et son amour platonique. Oliver, dont elle avait bien failli ce soir refuser l'extraordinaire demande en mariage, bien failli, mais pas tout à fait. « Oliver », répéta-t-elle, et la volonté de vaincre sa traîtrise et de le soumettre à nouveau vint supplanter dans son esprit toute autre préoccupation.

Chris souriait toujours, légèrement indécis sur le quai. Comme s'il attendait qu'elle ratifie l'invitation. Il était son enfant sage, il l'avait toujours été, son cher esclave souriant à qui elle avait enseigné les choses importantes de la vie et les règles du comportement social. Mieux encore, c'était à elle qu'il devait son assurance et sa détermination singulières. À un niveau lointain et compliqué, elle se sentait presque responsable de ses exploits guerriers et de son retour sain et sauf. Qui donc lui avait appris à naviguer toujours avec prudence ; à prédire les changements de vent et les caprices du climat ; à supporter les affres du pêcheur malhabile, en attendant que le supplice cède la place à une patience remplie de curiosité ? Et voilà qu'aujourd'hui, pour le bien des deux jeunes gens, elle avait suscité la première brouille entre Slaney et lui. Cette brouille, elle allait l'affermir avec une extrême délicatesse, en s'arrangeant pour ne pas causer trop de dégâts. Elle observa Chris d'un air méditatif, mesurant l'influence qu'elle avait sur lui, l'impact de tout ce qu'elle lui avait inculqué, et de sa petite voix persuasive, elle s'exclama : « Mon Chris chéri, bien sûr. C'est merveilleux ! » Puis, dans un aparté avec lui, elle ajouta, haussant les sourcils avec un désarroi amusé : « Ce ne sera pas tout à fait la réunion de famille que je croyais… Montez donc à la maison tous les deux, je sais que Julian meurt d'envie que tu voies sa fiancée. » Elle se montrait outrageusement narquoise envers lui et toute l'affaire. Voire un tantinet insultante. Julian se sentit obligé de dire : « Pas de panique, mon vieux… tu auras des années pour la connaître. »

Mais Angel insista. Elle voulait être seule pour faire le tri dans ses pensées avant de les mettre à exécution.

« Allez-y, tous les deux ! En fait, j'avais promis de passer voir l'infirmière locale à sept heures.

– Ah bon… se détendit Julian. On sait ce que ça veut dire… » Ils s'éloignèrent sur le quai d'un pas nonchalant vers le sentier montant à la maison : têtes penchées, épaules voûtées à l'unisson, ils échangeaient de petites confidences qu'elle n'entendrait jamais, pleinement heureux sans elle. Elle entendit Julian qui éclatait de rire. Insupportablement seule, elle rêvait d'un contact, quel qu'il soit, même de ce rendez-vous qu'elle avait inventé avec l'infirmière. Elle voulait mettre au point sa soirée. Elle voulait prendre ses décisions, et voilà qu'elle se retrouvait adossée toute seule à ce mur de ciment raboteux, aspirant au réconfort, blessée comme un chien qui a reçu un coup de pied, pendant qu'une folle envie de les priver tous d'une façon ou d'une autre de leurs plaisirs illusoires s'élevait en elle comme la marée irrépressible qui glougloutait à présent dans les fissures des rochers. Birdie et Walter, grotesques et faciles à liquider avec l'aide inconsciente de Finn. Elle eut un sourire pincé. Slaney et Chris, la chose était à présent réglée. Pour Julian et Sally, là elle n'était pas sûre, et elle s'apprêtait à tenter un coup extrêmement dangereux. Quant à Oliver, elle n'arrivait pas à concilier sa scandaleuse intervention avec le touchant dénouement de sa querelle de ce soir avec elle. Aussi fébriles que des ciseaux démontant une couture, ses pensées s'affairaient, fourmillant de projets pour le bonheur remodelé de tous. Elle avait si bien organisé le déroulement de sa journée qu'il ne restait plus une seule tâche de dernière minute à accomplir. Ce moment de répit aurait dû être totalement consacré à Julian, mais se retrouvant seule, Angel poussa un soupir et se laissa aller dans l'air du soir. Tandis qu'elle se laissait aller, elle entendit éclater un coup de feu dans le jardin au-dessus d'elle, un coup de feu qui résonna à trois reprises : il retentit d'abord dans le jardin, puis il se répercuta contre la falaise avant d'aller heurter la surface de l'eau. Le lapin aux œillets, espérait-elle, avait rendu l'âme, mais son espoir s'évanouit lorsque le coup de fusil fut suivi par des hurlements de douleur hystériques.

24

« Vous m'avez entendu, j'ai hurlé comme un fou. Oh, j'étais tout chaviré. Vous savez que je suis une boule de nerfs, et un truc pareil, je ne m'en remettrai pas avant des jours. Quel choc ! Plus jamais, voilà ce que j'ai dit à Finn, plus jamais. J'ai traversé une guerre mondiale sans toucher à une arme, et maintenant voyez ce qui se passe dès que j'en prends une… les armes sont dangereuses. »

Dans la chambre d'Angel avant le dîner, Walter et Finn expliquaient à cette dernière le coup de feu désastreux qui avait criblé de plomb les jambes de Chris et l'avait laissé à l'abri de douillettes couvertures sur le canapé du salon, empestant l'antiseptique et la poisse intégrale, entouré de Slaney et Birdie qui l'accablaient de soins effrénés.

« Vous savez, elles ne sont pas dangereuses, si vous ne les braquez pas sur les gens », déclara Angel, laconique. Cet incident avait tout compliqué. À présent la situation lui échappait.

« Mais, madame, je ne l'ai braquée sur personne ! Demandez à Finn. En fait, je visais le lapin… je n'ai absolument pas vu le colonel. Vous parlez d'une mauvaise surprise !

– N'ajoutez plus un mot, dit Finn. Nous l'avons tous échappé belle, Dieu soit loué.

– En tout cas, j'en ai fini de ces idioties en plein air, annonça fermement Walter. Je vais passer une soirée tranquille avec Miss Birdie, et je regrette bien d'avoir jamais quitté cette merveilleuse cuisine si accueillante.

– Vous ne voudriez pas me rendre un immense service artistique avant de vous en aller, s'il vous plaît ? » Angel indiqua son lit, sur lequel était étalée une splendide robe blanche. « Finn pourra vous monter de la salle à manger un petit quelque chose sur un plateau, avec un verre de champagne pour vous calmer les nerfs. » S'emparant de la robe et la tenant devant elle de manière à déployer ses immenses jupons, elle la contempla d'un regard caressant. « Elle est pour Miss Tiddley, expliqua-t-elle. Elle a juste besoin d'être un peu relevée à cet endroit et légèrement pincée à cet autre. Rien de permanent, ajouta-t-elle d'un air anxieux. C'est seulement pour ce soir… histoire de lui remonter le moral.

– Et ce ne sera pas du luxe, remarqua Finn, si le maître d'école vient essayer le piano. Ça va la tuer.

– Oh, Finn, tu rempliras bien son verre, d'accord, pendant le dîner ? Tu le lui rempliras sans arrêt, quoi qu'elle dise. Et souviens-toi que ce doit être une surprise pour tout le monde… pas un mot, les garçons, même à Birdie… surtout à Birdie. »

Walter se saisit de la robe. On aurait dit une infirmière devant prendre en charge un bébé : nul autre que lui n'était plus compétent.

« C'est pour la jeune dame brune ? s'enquit-il. D'après moi, il faut un petit quelque chose ici, et puis ici. Il lui faudra aussi un léger maquillage… D'accord, je m'attaquerai très sérieusement à son cas après le dîner. Vous n'aurez qu'à me l'envoyer. Miss Widdley, c'est ça ?

– Tiddley, rectifia Finn.

– Eh bien, si Miss Tiddley ne se dégote pas un galant quand j'en aurai fini avec elle, elle ne s'en dégotera jamais.

– Ah, mais non, ce n'est pas du tout le but, se récria Angel, mortifiée. Vous ne comprenez pas. C'est un joli geste totalement désintéressé. Dis donc, Finn, qu'allons-nous faire de Walter une fois qu'il aura terminé sa couture… que penses-tu de la rivière ? C'est un soir miraculeux. Les truites de mer ne demanderont qu'à être attrapées... Pourquoi pas un sandwich au poulet et un flacon de whisky, et ma petite canne à pêche personnelle ?

– Non, non, je risquerais de blesser quelque chose d'autre ! protesta énergiquement Walter. Je vais me mettre au lit de bonne heure avec un verre de lait chaud et deux cachets d'aspirine.

– Au lit de bonne heure avec toutes ces souris ! s'écria Finn avec une jovialité absolument horrible. Je sais comment vous allez passer la nuit : assis sur le plateau de votre commode.

– Et si vous dégommiez un grand gaillard de bonhomme et que vous attrapiez un grand gaillard de poisson, tout ça le même soir ? suggéra Angel, tentante.

– Oh, ce serait mon record. » Il s'assit sur un petit tabouret et, avec douceur, sans affectation, il prit une aiguille derrière le col de sa veste et déploya les bouillons pailletés de la robe blanche sur ses genoux. « Ciseaux, fil, dé, et je m'y mets, annonça-t-il. Je serai très bien ici. Cette pièce est vraiment magnifique. »

Angel était ravie. Elle aussi aimait sa chambre. C'était une chambre rose. Ce rose délicat qu'ont les joues après le déjeuner, après un bon déjeuner au Berkeley. Tout avait été arrangé avec autant de soin que dans une page d'un numéro de Noël de *Vogue* ; tout avait été arrangé, rien ne paraissait définitivement installé. Le lit était aussi tarabiscoté qu'une cage d'aras dans un zoo, parsemé de petits oreillers en mousseline, en dentelle et en satin si froufroutants qu'on avait envie de les manger. Le couvre-lit était extraordinairement travaillé. Les rideaux des fenêtres étaient d'un blanc laiteux, mais surmontés des cantonnières les plus incroyablement chamarrées. Le tapis couleur champignon longeait les murs de si près qu'il avait l'air de les pousser hors de sa route, respirant le *confort moderne* *, comme aurait dit Angel dans son meilleur français.

Chaque chose portait la marque d'Angel dans cette pièce. Sa personnalité s'y exprimait sans entraves et elle aimait bien ça. Elle emmitouflait son âme frissonnante dans ce nuage rose. L'ambiance conte de Noël qui régnait dans cette chambre parait de couleurs la neige qu'elle avait en elle : elle était froide, et il y avait en elle un désir d'exprimer par la décoration cette chaleur qu'elle ne possédait pas. Pourtant, bizarrement, c'était un rose glacial qui s'était imposé à son choix.

Impeccablement rangés, les ciseaux, la soie, les épingles étaient tous parfaitement accessibles et prêts à l'emploi, et tandis qu'Angel les plaçait à portée de main de Walter, elle éprouva soudain une sensation plus agréable, un sentiment rassurant l'envahit. Walter était à elle. Avec soumission. Finn était à elle avec soumission, et Tiddley aussi. Le reste suivrait – les défaites de la journée s'adouciraient dans un climat particulier qu'elle arriverait forcément à créer, et ce soir elle pourrait envelopper son cœur dans une écharpe de succès aussi moelleux qu'harmonieux.

Pour l'instant, la maisonnée n'avait plus qu'une seule obsession. Un peu en retard pour ce dîner, tout le monde se débattait avec ses soucis de vêtements, de coiffure, de visage. Leurs préoccupations rejoignaient déjà un peu plus celles d'Angel, car ils avaient chaud au cœur à la pensée des délicieux tourments et autres tracas si généreusement endurés par Angel et Birdie au sujet de la soupe, du poisson, de la volaille et du vin. En matière de gastronomie, les enfants d'Angel avaient atteint très jeunes un haut niveau de sophistication gustative.

Slaney était si émue, si soulagée et si contente de s'être occupée de son blessé que des larmes de bonheur lui montèrent aux yeux et lui coulèrent le long des joues, emportant avec elles le mascara. À travers ses larmes, elle sourit à son miroir. Elle sentit le bonheur l'envahir complètement. Elle enfila la robe Directoire de couleur pâle qu'Angel lui avait dessinée, puis attacha le ruban de son camée autour de son jeune cou gracile. Elle avait l'air d'un fantôme de bonheur venu d'un autre lieu et d'une autre époque, tandis qu'elle papillonnait dans cette chambre regorgeant d'objets victoriens judicieusement choisis. Des vases en verre garnis de fioritures, des tableaux représentant des cygnes, des porcelaines en forme de cygnes ; un tapis orné de grosses roses pastel ; un papier imprimé de rubans et de nœuds ; une petite coiffeuse juponnée et des rideaux de mousseline à pois qui, pimpants comme un glaçage en sucre, exhibaient leurs falbalas à la fenêtre sur un fond de mer d'huile. Parmi tout cela, pas un seul meuble ni un seul objet de décoration qui ait été déniché ou choisi par Slaney avec son propre mauvais goût enfantin. Tandis que la jeune fille arpentait de son pas lourd cette jolie chambre si candide, chacune de ses fanfreluches frémissait, chacune de ses pampilles tremblotait, chacune de ses grosses roses déployait ses pétales, face à la sensualité féminine impressionnante que dégageait Slaney, cette sensualité débridée qui est le propre de l'innocence et de la jeunesse.

La chambre de Tiddley, c'était une autre histoire. Elle avait beau ressembler à une annexe de la remise à outils, elle constituait pour la jeune fille un espace moins intime. Ici les gens pouvaient venir ranger et farfouiller, ce qui nécessitait une quantité désespérante de petits coffrets chantournés munis de serrures, dont elle conservait les clés sur un porte-clés dans sa poche de pantalon. Sous le lit en chêne fumé reposaient plusieurs boîtes en bois, aux couvercles aussi hermétiquement cloués que des couvercles de cercueil. Le thermomètre des chiens se trouvait dans un chat de porcelaine sur la cheminée ; dépourvus de cadres, des clichés fanés de Julian et des chiens, des chiens et de Julian, s'y entassaient les uns devant les autres et les uns derrière les autres, leurs bords respectifs se recroquevillant les uns sur les autres. Sur de petits plateaux séchaient des graines de fleurs précieuses, dans l'air humanisé de la chambre. D'autres graines, dans des sachets ou des tortillons de papier, étaient punaisées par-ci par-là à des étagères. Trois cannes à pêche étaient accrochées sur le mur par leurs anneaux. Un placard et une commode, avec dessus des photos qui dataient de l'enfance, renfermaient toute la garde-robe de Tiddley ; la commode servait également de coiffeuse. À présent Tiddley était vêtue d'un pantalon bleu marine et d'une chemise en soie dotée d'un jabot, comme en arborent les petits garçons lors des fêtes ; son pantalon eût-il été un short, elle aurait exactement eu l'air d'un petit garçon obèse affligé d'une mère passablement déplorable, et de glandes tout aussi déplorables. À n'en pas douter, Angel avait raison d'essayer d'affiner son style, mais sur la jeune fille indécrottable qui se trouvait à l'intérieur du pantalon le résultat n'était guère probant.

Julian entra alors que Tiddley, le pied posé sur une chaise, était occupée à attacher l'amusant petit fixe-chaussettes qu'Angel lui avait offert à son dernier anniversaire. Il éclata d'un rire mugissant.

« Quoi ? fit Tiddley, sa lèvre inférieure tremblant légèrement. Il faut bien que mes chaussettes tiennent, non ?

– Je me demande de quoi tu aurais l'air dans une tenue de fille, dit-il avec grand sérieux.

– Va savoir… »

Il ramassa le livre qui gisait ouvert sur la commode, à côté de la crème de beauté. C'était une de ces histoires pour filles qu'elle lisait debout, quand elle se brossait les cheveux. « Je ne le connais pas, celui-là, remarqua-t-il. Il est bien ? Comment s'appelle l'héroïne ?

– Elle s'appelle Héro.

– Héro. Parfait. Et ses amis, ils sont intéressants ?

– Oui, et elle a une vieille tante abominable : Lady Harriet.

– Ah bon. » Il continua à lire. Il était venu pour discuter de Sally, de l'accident de Chris et de sa flottille de pêche, et voilà qu'il parcourait des passages d'un bouquin de L. T. Meade exactement comme il le faisait depuis qu'il avait douze ans et Tiddley quatorze. Lisant toujours, il sortit de sa poche deux petits paquets qu'il posa sur la coiffeuse.

« Des petits cadeaux.

– Oh, Julian… c'est quoi ?

– Oh, seulement des petites cochonneries. »

N'entendant pas de merci, il leva les yeux de sa lecture. Elle déballa les paquets ; ses larmes dégringolèrent sur une paire de bas de soie et un flacon de Chanel N° 5.

« Tiddley, tu es incorrigible. Enfin, voyons, qu'est-ce qu'il y a ? »

Elle répondit du fond du cœur : « J'ai tellement peur qu'Angel ne vende mon piano.

– Je ne la laisserai pas faire, ma chérie… crois-moi, je ne la laisserai pas. »

Comment pouvait-il savoir à quel point elle était soulagée d'avoir trouvé une justification aussi attendrissante à ses larmes ? Elle eut presque le sentiment qu'Angel, en cette situation de dénuement extrême, s'était révélée à nouveau son amie, de la même façon que, durant toute sa vie, elle avait été à la fois son amie, sa sagesse et son romantisme.

« Oh, Julian, s'écria-t-elle, ne fais pas attention à moi, s'il te plaît, et bien sûr si elle en a envie il faut qu'elle le fasse… les pianos coûtent très cher aujourd'hui, vraiment très cher. Leurs prix ont grimpé. »

Julian ne pensa pas un seul instant à rétorquer : « Après tout, à qui est ce piano ? Il est à moi, ce petit piano ! » Le piano, comme le découvert, semblait appartenir tout autant à Angel.

« Je ne pense pas qu'elle puisse avoir réellement l'intention de le vendre, dit-il, à la fois sceptique et consolant.

– Le maître d'école vient ce soir, en tout cas.

– Est-ce que tu te souviens, dit Julian, quand nous planquions notre gâteau au carvi sous le couvercle ? Ça l'avait complètement détraqué, et puis le pot aux roses avait été découvert et ils avaient tout nettoyé.

– Jamais je ne lui ferais ça aujourd'hui, déclara Tiddley dans un douloureux élan d'amour protecteur.

– Non, je suppose que non… concéda Julian, qui n'avait pas envisagé cette mesure sérieusement. N'empêche, insista-t-il, cette éventualité ne leur viendrait jamais à l'esprit, et je pourrais enlever les miettes les après-midi de pluie… »

Elle persistait à secouer la tête.

« Non, je suppose que non, répéta-t-il, mais ce serait amusant pour les après-midi de pluie. »

Il ajouta tout à trac : « Et puis merde, pluie ou beau temps, tu sais qu'elle a installé un nouveau moteur dans le *Julietta* ? »

Sans voix devant l'ampleur de la bévue, Tiddley hocha la tête.

« Oh, bien sûr, dit-il, c'est terriblement gentil de sa part, je sais. » Leurs yeux se croisèrent : ils se comprenaient parfaitement. Julian se sentit réconforté dans son chagrin, et Tiddley dans le sien.

25

Dans la chambre d'amis, qui accueillait ordinairement des visiteurs hommes ou des cousines d'importance secondaire, Sally se brossait les cheveux. Elle les brossait tout droit depuis le haut de son crâne avec une petite brosse triste, accoutumée à sa main, et à l'intérieur de son crâne ses pensées sautillaient à la manière d'une linotte affolée dans une cage. Fébrile et résolue, elle éprouvait par ailleurs un grand accablement nerveux, que venait encore accentuer le gothique superbement lugubre de la pièce, avec ses trois fenêtres fortifiées donnant sur le côté nord, tellement sinistre (le préféré d'Oliver). Lourds et massifs, leurs châssis en bois avaient un aspect moyenâgeux, mais les fenêtres, ô surprise, s'ouvraient comme de banales fenêtres de pavillon. Une cheminée courte sur pattes avec des piliers en simili marbre faisait la grimace au-dessus d'un petit âtre victorien et d'un pare-feu alambiqué, dont les motifs d'écussons et d'arceaux étaient généreusement rehaussés de graphite. Par terre, sur un tapis vert-jaune d'inspiration William Morris, se mêlaient des tulipes, des roses et des feuilles d'artichauts. Le lit était un lourd baldaquin en acajou, au pied-de-lit sculpté, et dont la tête tapissée de rose était emmaillotée dans une mousseline à pois. Le tissu volanté du ciel de lit était parsemé de fleurs de magnolia rouges greffées sur une plante grimpante ; les rideaux étaient taillés dans le même chintz, mais aucun n'était suffisamment grand pour couvrir la fenêtre entière.

La coiffeuse était juponnée de mousseline. Il y avait une grande table de nuit circulaire dotée d'une porte très difficile à ouvrir et une armoire aussi spacieuse que coûteuse munie d'un excellent miroir. Le vert pâle des murs et des boiseries – un vert qui avait été tartiné sur le papier peint à fleurs pendant cette folie des années 30 pour la peinture mate – s'était assombri et épaissi comme de la mousse. Il adultérait efficacement tout le caractère et toute l'authenticité historique que la chambre aurait pu conserver sans cela.

Assise dans ce décor verdoyant, Sally disposait à présent une bande Velpeau sur ses cheveux et étalait de la graisse sur son visage – un visage qui paraissait nettement plus commun dans sa pâleur solennelle. Elle avait l'air d'un professeur angoissé, se préparant à la fête de la mi-trimestre. Il fallait un grand discernement pour deviner que les lignes de ce visage et de ce corps allaient pouvoir être embellies et mises en valeur grâce à la discipline et à l'artifice. Sally portait le peignoir en coton qu'elle enfilait régulièrement pour se maquiller au théâtre, et comme toujours à cette heure de la soirée elle se sentit gagnée par une légère anxiété, ce trouble qui précédait le moment inéluctable du lever de rideau, et ce soir, bien que très loin de tout théâtre, elle avait un rôle à tenir qui la dépassait un peu.

Ce matin encore, son amour pour Julian – et la fierté que lui procurait tout ce qu'elle avait effectué pour lui – était simple dans sa forme, puissant dans sa détermination. Ce manoir serait accueillant, cette mère merveilleuse ne serait que compréhension et bonnes intentions. Folle. Elle avait été folle de croire à la perception qu'avait cet enfant de sa maison et de sa mère, cette perception était forcément déformée par la guerre. Et voilà qu'elle se trouvait dans ce château gothique inhospitalier, à des kilomètres de la salle de bains ou du bidet. À la place de cette tranquille petite maison en bord de mer qu'elle s'était représentée à partir de sa description : c'est une maison assez moche, mais nous l'adorons… accroupie au bord d'une falaise… pas de domestiques, rien que Birdie, notre vieille nounou, et puis une petite campagnarde assez fruste et aussi un braconnier qui se charge des petits travaux… maman est une merveilleuse cuisinière… nous attrapons des maquereaux et elle les prépare à la perfection… Il y a une recette qu'elle confectionne à toute vitesse avec des tomates, du maquereau et des pommes de terre…

Comme tout cela avait paru douillet. Naturel et sans façons. Et voilà qu'au lieu de cela elle tombait sur une mante religieuse dévorée de jalousie, une redoutable vandale de l'amour, qui avait le don, se dit Sally en se regardant dans le miroir encadré d'acajou, de vous faire passer pour une mangeuse d'hommes manipulatrice assoiffée de conquêtes. Une pensée judicieuse lui vint alors à l'esprit. Ce n'est pas tant moi qu'elle déteste que l'amour lui-même. Peut-être existe-t-il un moyen de la circonvenir. Peut-être l'aurais-je déjà trouvé, d'ailleurs, s'il n'y avait eu Oliver. Dans l'affreux miroir elle contempla son visage pâle, elle vit ses grands yeux pâles s'éclairer, à l'idée de ces manigances qu'elle fuyait. Tendant les mains en un geste décidé, elle se jura de ne pas fléchir et de faire preuve à l'égard de Julian d'un amour plus entier et plus inébranlable qu'Angel le soupçonnerait jamais.

26

Dans sa propre maison, Oliver se demandait comment il pouvait rompre le plus élégamment avec tous les critères acceptés de la bienséance et se réapproprier Sally, et tout d'abord combien de temps il devrait laisser passer après le dîner avant de retourner au château continuer son siège – son absurde, brutale et absolue détermination ! – afin de briser et de rendre impossible toute relation permanente entre Julian et Sally. Il doutait férocement de cet esprit d'immolation engendré par la guerre comme base de l'amour, et en particulier dans le cas de Sally, malgré toute la foi qu'elle avait pu mettre à restaurer la confiance de Julian. Ce dernier avait beau s'appuyer sur elle aujourd'hui, il existait forcément entre eux des points de divergence qui ne pourraient trouver aucun terrain d'entente, aucun lieu de fusion, si l'amour avait disparu. Des différences aberrantes, des gouffres et des hauts-fonds s'opposant en tout point. Ce moment, Oliver le savait, était celui où il allait falloir faire preuve d'une effroyable cruauté, aux relents atroces mais fugaces. Si Sally était clairvoyante, comme elle l'avait été jadis, le moment était désormais venu de sauter dans un train abominable pour sortir de la vie de Julian. Après tout, malade et largement plus âgé que Julian, Oliver était bien arrivé à se remettre d'une catastrophe tout aussi radicale…

Oliver se trouvait dans la pièce qu'il avait créée à l'étage de sa petite maison toute simple. C'était un endroit sur lequel aucun décorateur n'avait exercé ses talents dérisoires. La petite maison se suffisait à elle-même. Au-delà des avant-toits et du mur de la cour, cinq hautes fenêtres jouissaient d'une vue grandiose sur la mer, les montagnes et le ciel, dominant la route escarpée et sa cascade de maisons, d'escaliers, de boutiques et de gens. Rébarbatives de l'extérieur, les fenêtres étaient extraordinairement gracieuses de l'intérieur : elles donnaient tout ce qu'elles avaient avec la majesté des dames de leur époque. Posté à ces fenêtres alors que la pluie dégringolait sur leurs joues, Oliver pensait à ces femmes de 1780 avec leurs décolletés pigeonnants, leurs voiles de mousseline trempés qui collaient à leur peau, et la consomption qui les rongeait de l'intérieur. Il aimait le goût sacrificiel tellement raffiné de cette époque : le confort et la santé comptaient pour rien par rapport à la suprême beauté qu'on atteignait à force de rigueur.

Pour Oliver, ce soir, la pièce qu'il avait rendue si discrètement confortable et remplie de tant de belles choses et de tant de babioles était aussi dépourvue de l'arôme chaleureux des pièces que nous aimons qu'une gare est exempte d'émotion si ce n'est celle d'un changement immédiat ou d'une perte. Très progressivement il avait mis dans cette pièce des objets qui représentaient pour lui des moments où il avait cessé de se préoccuper de Sally ; des moments où son amertume injustifiée avait pris fin ; des moments également où il avait décidé de recommencer à vivre, où il avait compris avec une réelle euphorie qu'il n'était plus malade ni condamné, et où il avait célébré la santé et la vie retrouvées par l'achat d'un objet qu'il désirait contempler à tout jamais. Peu à peu cette pièce avait fini par respirer autour de lui. En effet, les pièces et les maisons qu'on a redécorées et qu'on habite à nouveau prennent leur temps pour ressusciter bel et bien. C'est comme pour le nouveau-né cet intervalle entre la naissance et la vie, néanmoins pour les maisons, les claques stimulantes sont inutiles. C'est seulement après un délai que le pouls se manifeste, que l'idée et la réalité parviennent à un accord et que la froideur de l'aménagement disparaît, supplanté par la richesse de l'atmosphère.

Mais ce soir toutes les évidences de ce genre se volatilisaient, en même temps que l'amour qu'il vouait à Owlbeg, Owlbeg avec ses semailles et ses moissons, ses petites forêts florissantes, son pécule à la banque, à quoi il fallait ajouter l'intérêt affectueux qu'il portait à Birdie, à Tiddley, à cette sotte de Slaney et aussi à Angel, qui lui offraient tant d'occasions d'extrême jubilation caustique ; tout cela avait disparu, il se retrouvait plus dénué d'altruisme qu'une baignoire sèche lors d'une pénurie d'eau. C'est dans l'adversité qu'il est le plus terrible de n'avoir jamais recours au moindre faux-semblant. Quand tout le reste échoue, les faux-semblants peuvent toujours servir de réconfort et de raison d'exister.

27

Le dîner d'Angel, prévu de si longue date et conçu avec un si grand soin, connut la belle, bien que brève, destinée qu'il méritait. En dépit des tourments de l'affectivité humaine qui déversèrent leurs humeurs contradictoires sur son déroulement, il résista noblement. Tout comme les fêtes enfantines possèdent un charme qui leur est propre, inséparable des bougies enflammées sur les gâteaux, des envolées de ballons féeriques, de l'odeur de poudre que dégagent les pétards, de la splendide terreur que suscite le grésillement des cierges magiques, de même cette soirée recelait son charme particulier, alors que les flots de champagne libéraient des kyrielles de paroles aussi gaies et aussi colorées que les bouquets de ballons les plus merveilleux.

Angel portait une vaste robe plissée couleur de lichen avec, accrochée à son épaule, une petite tête d'ange ailée probablement empruntée à une fontaine ; à côté de son assiette était posée une gerbe de stéphanotis, évoquant, par sa blancheur et sa beauté maladroite, un agneau de porcelaine aux pieds verts ; si, au moment de la soupe, son parfum était plus subtil qu'une grappe de jacinthes, il se fit, au moment des *petits poussins* *, plus violent qu'une cage aux lions : aussi fort qu'un appel de clairon à l'intention d'un régiment de vierges.

Le cœur de Tiddley se gonfla d'orgueil tandis que lui parvenaient au-dessus de la table ces effluves émanant d'un produit de sa serre. Elle avait déposé le bouquet près de l'assiette d'Angel comme un enfant qui rapporte ses premières primevères, et Angel avait accepté et apprécié cet hommage tout en pensant au fond de sa tête : « pauvre petite chose ».

En été on dressait la table de la salle à manger près d'une fenêtre qui s'ouvrait sur la mer, de manière presque aussi prodigieuse que la baie vitrée du salon. Ce soir il n'y avait pas de vent, et ils étaient attablés toutes fenêtres ouvertes sur le jardin et sur la mer. Aucune brise salée, seulement l'odeur des stéphanotis et de la terre fraîchement arrosée, se mêlant aux parfums changeants de la cuisine de Birdie. Le soir était si paisible que les intervalles orangés entre les nuages ne bougeaient pas d'un pouce, que les flots se divisaient en multiples carrés d'ombre et de lumière, tantôt jaune pâle tantôt indigo, et que les vagues paraissaient incapables de déferler.

Angel avait installé ses invités en tenant compte des effets du champagne. Elle-même entre Slaney et Chris, Tiddley entre Julian et Chris, Sally entre Julian et Slaney. Angel s'entretint avec Chris avec une affection soutenue, interdisant ainsi tout échange un peu alangui entre les amoureux.

Leurs têtes blondes et dorées se détachant sur les stries de la mer indigo, Sally et Slaney bavardaient. Compte tenu des sentiments que nourrissait Slaney à l'égard de Chris de l'autre côté de la table, Sally se contenta de lui vanter les mérites des bas nylon, et de lui expliquer comment on se faisait bronzer les jambes quand on était rousse et comment s'y prenaient les Italiennes pour surmonter leurs petits problèmes de chaussures. Lorsque arriva le moment du soufflé aux fraises, elle se tourna vers Julian, guettant son regard avide comme une main dans la nuit ; légèrement éméchée, elle avait l'impression de flotter dans les airs. Julian, lui aussi un peu gris, était totalement immergé avec Tiddley dans une conversation sur les canalisations en cuivre. Sally avait conscience du regard d'Angel qui voletait à travers la table, vif, oblique et effrayant comme le vol d'une chauve-souris, et afin que tout le monde s'aperçoive bien que Sally était oubliée, elle lança d'une voix claire et chaude : « Vous vous amusez, ma chère ? Finn, du champagne pour Mrs. Wood. »

Sally se sentit rongée encore un peu plus par sa décision de ne pas abandonner Julian. Soudain rappelé à l'ordre, celui-ci se tourna vers elle, mais alors même qu'ils recommençaient à parler ensemble, Sally voyait bien que Julian suivait en fait la conversation que Tiddley avait reprise avec Chris. « Comment ferais-tu, murmurait-elle, pour venir à bout d'un joint d'étanchéité, comme je racontais à Julian ? Tu le réparerais ou non ? Et si oui, comment ferais-tu pour le réparer ? »... Passablement pompette lui aussi, Chris examina la question. Leurs têtes penchées l'une contre l'autre, ils dessinèrent sur la table avec leurs doigts et déplacèrent des miettes de pain.

« Julian, observa Sally, cette Tiddley est follement séduisante... »

Julian sembla atterré. « Tiddley ? s'étonna-t-il, presque avec humeur. Pas séduisante de cette façon-là ! » Angel aurait pu être l'auteur d'une pareille remarque. Sally continua à contempler d'un air rêveur ces deux têtes inclinées de concert au-dessus de la table. « Ôte-toi cette idée de la tête, dit Julian. Je t'assure, ça ne tient pas debout.

– D'accord, acquiesça-t-elle gracieusement. Je me demande s'il reste de ce merveilleux soufflé ? »

Le dîner terminé, Angel ne trouva aucun moyen pour empêcher l'exode de quatre de ses convives en direction du jardin. Elle s'arrangea toutefois pour qu'ils ne tardent pas trop : « N'oublie pas, Slaney chérie, que Birdie doit faire le pansement sur la jambe de Chris à neuf heures et demie. Tu reviens vite, Julian chéri ? » Et à Tiddley : « Mon trésor, j'ai besoin de toi. »

Dans la pénombre de la chambre d'Angel, où le rose lui-même s'était refroidi, la robe blanche tomba en frissonnant sur le lit. Par-delà les fenêtres empanachées, la marée progressait délicatement en plaques argentées qui allaient se briser sur les contours sombres du littoral ; du jardin en contrebas, des voix chuchotantes s'élevaient jusqu'aux oreilles de Tiddley. Le champagne lui avait procuré une confiance exubérante qui atténuait le mal de tête que ces sons chauds auraient pu lui causer.

Quand Walter s'empara de la robe pour en faire valoir l'élégance et la splendeur, Tiddley laissa échapper un véritable hoquet de ravissement : « Oh, Angel, mais pourquoi pour moi ?

– C'est-à-dire, fit-elle en l'embrassant, une soirée comme celle-là n'arrivera pas deux fois. J'aurais aimé que tu la portes pour le dîner, mais avec tous les préparatifs, ça n'a pas été possible.

– Tapez à la porte quand vous serez en combinaison, lança Walter, un tantinet espiègle. Et rien d'autre, je vous prie, pas de jarretelles qui font des bosses ni de soutien-gorge à fanfreluches !

– Fais confiance à l'expert... » Angel sourit en voyant Tiddley, interloquée, refuser toute assistance. « Il va également s'occuper un petit peu de ton visage, ma chérie. Maintenant il faut que je me dépêche de redescendre... Viens me voir quand tu seras prête, je veux te parler avant les autres, je veux te voir en premier. »

Dans l'obscurité, Tiddley, tremblante et délicieusement ivre, se déshabilla ; sa peau avait l'air aussi douce et sentait aussi bon que celle d'un petit garçon de huit ans qui vient de prendre son bain.

28

C'était à la lueur des lampes que le salon était le plus beau. Sous cet éclairage, son opulent confort offrait bien-être et chaleur ; après le dîner une très subtile austérité rehaussait encore la beauté de la pièce ; la marqueterie et le luxe n'étaient pas pour rien dans son charme. Ce soir, entre le bouquet de lys, le feu de bois et les épais coussins en soie, aussi lisses qu'une peau de bébé en pleine forme, le salon d'Angel était assurément à son avantage. Par la fente des somptueux rideaux, la mer, le ciel et les étoiles lointaines brillaient comme la toile de fond d'un ballet.

Chris et Slaney revinrent du jardin les premiers ; débordant de cette légère agressivité propre aux gens heureux en amour, Slaney ordonnait, disposait, avec une infinie et terrible douceur. Chris devait s'asseoir comme ci, mettre sa jambe comme ça, et pendant qu'elle allait voir si Birdie avait tout préparé il ne devait pas bouger, pas même d'un millimètre.

Angel ne parlait pas. Elle se tenait devant la cheminée dans son ample robe plissée au blanc terne, avec une petite tête lourde et de grands yeux doux. Comme Slaney refermait la porte elle releva la tête et regarda Chris avec un sourire compatissant, un sourire coopératif.

« Tu ne dois pas la laisser t'embêter, dit-elle.

– Elle ne m'embête pas. » Chris aspira profondément. « Voyez-vous, Angel, c'est comme ça. Je l'aime.

– Mais mon cher – les yeux d'Angel s'allumèrent – moi

aussi je l'aime. Tellement sotte, tellement adorable, et surtout tellement jeune. »

Chris s'agita, mal à l'aise ; il fallait que le problème soit bien clair. Mais elle comprendrait toujours.

« Ce que je veux dire, c'est que… » Il s'interrompit, saisi par cette hésitation embarrassée que provoquent les vrais sentiments. Il cherchait des mots simples tout en craignant atrocement d'en rajouter. « Comment puis-je vous expliquer ? Aujourd'hui, voyez-vous, nous avons eu une sorte de dispute…

– Ah oui ?

– Oui, elle m'a un peu vexé, et puis j'ai compris que ça me contrariait horriblement.

– Ah bon, à cause d'elle ?

– Oui. » Il tenait tellement à mettre les choses au point, et trouvait tellement difficile d'exprimer son émotion en un discours froid et respectable qu'il ne remarqua pas la brusquerie d'Angel. « Aujourd'hui, répéta-t-il, nous avons eu une sorte de dispute. Elle m'a un peu blessé, et alors j'ai compris que ça me contrariait horriblement.

– Ah bon… à cause de Slaney ?

– Oui – il avait presque terminé – et quand je me suis fait tirer dessus, non que ce soit grave, elle a été si merveilleuse avec moi…

– Évidemment, elle a dû adorer ça ! commenta Angel avec un hochement de tête plein de compréhension.

– Comment ça ? » Chris ressentit son premier pincement de gêne. « Elle était atrocement inquiète, reprit-il, sur la défensive, ça m'a montré ce qu'elle éprouvait.

– Écoute, mon cher Chris », dit Angel en quittant la cheminée, traînant derrière elle son foisonnement de manches et de plis. Ce mouvement était d'une générosité absolue. Elle s'assit à côté de lui. Elle se pencha vers lui. C'était comme au bon vieux temps, quand elle lui apprenait à attacher les mouches et lui exposait ses théories sur les bécassines et leurs petits… il fallait que tout soit frais et sauvage. « Ecoute, mon cher Chris, dit-elle, peux-tu encore accepter mes conseils ? Ou bien la guerre t'a-t-elle trop éloigné de moi ?

– Bien sûr. » Il commença à se recroqueviller, jeune créature incertaine. Malgré cette guerre traversée dans la solitude, sur le plan affectif il n'était pas plus expérimenté qu'à l'époque où il s'intéressait exclusivement aux nids d'oiseaux sauvages. Mais il ne s'attendait pas au rire d'Angel, à son rire clair et indulgent.

« Oh, Chris, mon chéri, dit-elle, laisse tomber ! Du moins pour l'instant. C'est une véritable friponne, et qui est sa première victime ? Toi, mon pauvre. »

Il y eut un silence.

« Merci, dit-il, mais je pense vraiment que vous vous trompez.

– C'est possible, en effet, concéda-t-elle généreusement. Et en ce moment, c'est sûr, elle a très sincèrement pitié de toi.

– Pitié de moi ? » Il était comme quelqu'un qui allume des bougies dans ses propres ténèbres, et tandis qu'il tâtonnait, Angel lui arracha l'allumette d'une main sûre et alluma la lumière.

« Mais bien sûr, mon vieux, qui n'aurait pas pitié ? Tu reviens d'une cochonnerie de guerre… tu n'es pas encore remis, c'est attendrissant. Et tu montres tellement de cran pour tout, tu viens presque de te faire sauter la jambe ! Ça a de quoi impressionner. Tout ça l'a chamboulée, mais ça ne va pas durer ; voilà comment je vois la chose et je vous connais tous très bien. »

Chris, à tout jamais la pièce rapportée, occupant la fonction d'adorateur dans cette bienheureuse et merveilleuse famille, écouta Angel avec cet immense respect et cette scrupuleuse attention qu'il avait toujours accordés à ses conseils depuis qu'il avait douze ans. « J'ai toujours eu tellement d'affection pour toi, continua-t-elle tendrement. Renonce… oublie tout ça.

– C'est ce que vous pensez vraiment ?

– C'est ce que je pense vraiment, vraiment. Et je ne veux pas que tu souffres davantage, crois-moi. »

Il y eut un silence, puis il reprit la parole avec cette irrépressible sentimentalité des gens affligés de son ignorance, parant son émotion d'une capuche de moine, dramatisant quelque peu son chagrin : « Je ne crois pas, sincèrement, que je puisse souffrir davantage, merci beaucoup.

– Chris, dit Angel en se penchant un peu plus vers lui, tu as pris la chose exactement comme je l'espérais. Puis-je préciser que je trouve ça très noble de ta part… » Elle s'écarta à nouveau. « Tu es un garçon attirant, Chris… il y aura toujours des filles pour tomber amoureuses de toi. »

Chris releva son beau visage et pleura du fond de son cœur : « Je regrette qu'il n'y en ait pas une ici en ce moment. Je regrette, ça montrerait à Slaney à quel point j'en bave. »

C'est alors que la tête de Walter apparut dans l'encadrement de la porte ; maintenant qu'il avait offert son sacrifice à la beauté, il était à nouveau en mouvement.

« L'infirmière Birdie, lança-t-il avec malice, attend son malade dans la salle de bains ; quant à Miss Slaney, d'après ce que j'ai compris, elle est en train de lui enrouler ses bandages. »

Il s'approcha pour aider Chris à s'extirper du profond canapé. « Ce que je suis content, monsieur, de ne pas vous avoir touché à la tête… Quelle chance… Ou à un autre endroit important.

– Dieu sait que moi, dit Chris avant que la porte se referme sur eux, je le regrette. »

S'enfouissant le visage dans un coussin, Angel gloussa de soulagement, d'amusement et, quelque part, de pitié ; mais un quelque part privé de toute réalité, submergé par la vanité et par la sensation de puissance. Ce coin en elle où s'épanouissait la générosité, jaillissant de quelque glande mal employée pour conforter les faibles, les innocents, ou les enfants qui ne mettent rien en question. Ce coin où les bons garçons tout simples comme Chris déposaient leur confiance ; ce nid d'où Tiddley ne s'était jamais envolée.

Entendant un bruit, Angel leva les yeux et aperçut la jeune femme à la porte ; la surprise la fit tressaillir. Par ailleurs gagnée par une certaine appréhension, elle s'écria avec nervosité : « Tiddley, *ravissante* * ! Walter, vous avez opéré un miracle… », une remarque trop ambiguë pour être totalement élogieuse.

Tiddley se tenait là avec Walter s'affairant autour d'elle, aussi métamorphosée que si un photographe à succès s'était chargé de son portrait. Elle était d'une beauté confondante. Tout ce qui était la vraie Tiddley avait été légèrement modifié en mieux par la main habile de Walter ; ses yeux rusés avaient une profondeur nouvelle, il flottait sur ses lèvres une secrète expression de sensualité, ses cheveux de garçon avaient été remontés en couronne, petite comme un anneau. Sous ses seins, une pince accentuait sa poitrine, et un bouillonnement de jupons blancs écumait jusqu'au sol.

« Allons, approche, chérie », dit Angel avec impatience, alors que celle-ci demeurait immobile. Tiddley avança avec quelque chose qui n'était pas de l'hésitation, quelque chose qui ressemblait à une dignité étudiée, une parodie assez touchante de la démarche d'une douairière traversant une pièce pleine de monde. Il y avait là un truc qui n'allait pas du tout. Quelque chose comme un koala avec des ailes.

Angel posa un doigt sous le menton de Tiddley comme on oriente le visage d'un enfant pour l'inspecter. Elle sourit à Walter d'un air admiratif.

« Oui, je vous félicite vraiment. Allez-vous-en maintenant rejoindre Finn, et amusez-vous. »

Tiddley se tourna vers lui et s'écria dans un élan : « Walter, je ne me sens plus du tout la même, merci. »

Walter répondit avec émotion. « Sentez-vous aussi belle que vous l'êtes, ma chère, et continuez à chérir les désirs de votre cœur… oh, quelle vieille bête sentimentale je fais ! Bonne chance. Bonne nuit ! » Il se retira discrètement ; comme il s'éloignait, il se mit à fredonner *Un jour mon prince viendra…* avec une grâce nostalgique.

« Je tremble… dit Tiddley d'une petite voix rauque, issue de sa poitrine fraîchement mise en valeur.

– Il n'y a pas de raison. » Le ton d'Angel se fit puissant, pressant. « Il ne faut surtout pas. Mon chou, ce soir je dois pouvoir compter sur ton équilibre, sur ton intelligence, sur ta discrétion.

– Ça alors, Angel !

– Oui, ma chère, sur ton esprit et sur ta beauté pour…

– Pour quoi ?

– Pour détourner Chris de Slaney, pour lui donner autre chose à penser.

– Chris ? Moi ? Tu veux dire… moi ?

– Nous ne voulons pas que ce bébé perde la tête. Elle doit avoir du temps pour réfléchir et il la bouscule tellement. Essaie, ma chérie. Je te le demande pour l'amour d'elle, pour l'amour de moi, arrange-toi pour le distraire. »

Tiddley réfléchit à cette proposition avec la sagacité qu'elle pouvait manifester pour n'importe quel problème hormis celui de Julian. L'idée en question lui paraissait absurde, absurde et stupide.

« C'est comme détourner un aimant d'une aiguille avec un éclat de bois. Angel, comment vais-je m'y prendre ? Tu sais que je n'ai rien d'une femme fatale. Je ne suis pas magnétique, je fais seulement partie du décor. Je suis comme une bonne tasse de thé avec deux sucres. Les seuls secrets qu'on me confie, Angel, concernent toujours une autre fille. »

Angel avait rarement entendu autant de mots d'une seule traite dans la bouche de Tiddley ; ne percevant pas la détresse que traduisait ce discours, elle n'en retint que ce qu'elle pouvait utiliser.

« Tiddley, c'est justement la brèche où il faut s'engouffrer. La porte est ouverte, mon chou, grande ouverte. Il suffit que tu entres, tu n'as pas à t'en faire.

– Arrête, je t'en prie, arrête. » Une lueur soupçonneuse apparut dans les yeux rusés de Tiddley. « Pourquoi as-tu choisi précisément ce soir pour ce scénario façon Cendrillon… tu l'ignores peut-être, mais c'est très dangereux.

– Tu as raison, ma chérie. » Angel ne put réprimer un gloussement de triomphe. « Sens-toi dangereuse… Avec l'allure que tu as, ce soir, tu pourrais avoir tous les hommes que tu veux.

– Fais attention aux déclarations de ce genre, dit Tiddley

avec un sérieux absolu, c'est de la dynamite. Mais, tu le penses sincèrement ? » Elle chuchota : « Ce serait possible ? Tu es sûre ?

– Si je suis sûre ? Absolument ! »

Une certaine force sembla alors émaner de Tiddley, une détermination et une vitalité qui relevaient de ce tempérament que Walter avait libéré, un tempérament qui ne correspondait pas au gentil koala, un tempérament mutin, plein de coquetterie.

« Promets-moi quelque chose, Angel. Si j'essaie vraiment, promets-moi que jamais tu ne vendras mon piano. »

Angel était à la fois stupéfaite et indignée. Elle répondit d'un ton badin : « Chérie, tu ne serais pas un tout petit peu mercenaire ?

– J'y tiens, dit fermement Tiddley. S'il te plaît, promets. »

La fatigue, la surexcitation, le retour de Julian, le champagne, la révélation de son charme, Angel passa rapidement en revue les événements de la journée de Tiddley, comme on cherche à comprendre l'incartade d'une enfant sage. Elle éclata de rire, et lui dit oui en l'embrassant. « Bon – elle prit précieusement dans son sac un petit flacon de parfum – une goutte de ça derrière les oreilles et tout se passera bien.

– Et aussi sur mon mouchoir, Angel… je pourrai l'agiter négligemment… il risque de ne pas s'approcher assez pour le remarquer ailleurs… » Tiddley était aussi honnête que pragmatique.

Pour la première fois de sa vie, Angel éprouva une ombre de respect pour Tiddley, une toute petite pointe.

« Allons, ne pars pas battue, la rassura Angel, appliquant chichement le parfum à l'aide de son bouchon en verre, tous les hommes sont pareils. Il suffit d'étudier leurs habitudes.

– Mais je n'ai étudié que les habitudes de Julian, protesta Tiddley. Ce ne sont pas forcément les mêmes règles pour Chris. Julian n'est réellement heureux que quand il bricole des mécanismes… » Elle réfléchissait tout haut. « Je ne pense pas que tu puisses retenir Julian en voyage de noces, à moins de passer ton temps à détraquer ta montre… »

La sagesse de cette remarque échappa à Angel. « Pour ce soir, mademoiselle Psychologie, concentre-toi sur Chris, dit-elle d'un ton plein de patience.

– Je ne sais pas comment fonctionne Chris.

– Ce n'est pas la peine.

– Angel ! Une fille doit savoir à qui elle a affaire, et s'il y a une chose dont je suis sûre, ajouta-t-elle avec une étrange conviction, c'est que Julian préférerait cent fois réparer une montre cassée plutôt que de faire la cour à Lauren Bacall.

– Oh là là... ce doit être le champagne par-dessus la vodka ! s'écria Angel avec indulgence. Mais tu as bien compris à quel homme tu devais t'en prendre, n'est-ce pas, mon chou ?

– Oui, Angel, acquiesça Tiddley comme si elle prêtait serment, j'ai très bien compris. »

Lorsque Angel eut disparu par la porte-fenêtre pour faire rentrer Julian et Sally de leur promenade totalement superflue au clair de lune, Tiddley rejoignit la cheminée et prit entre ses mains la pendule de Julian, d'un geste aussi ferme que résolu.

29

La pièce, qui se trouvait si rarement seule en compagnie de son luxe vulgaire, de ses lambrequins tape-à-l'œil, de sa marqueterie et de ses dorures, de ses miroirs et de son confort outrancier, donnait l'impression de vouloir envelopper Tiddley la pécheresse dans sa tendresse douillette. Tiddley se retourna vers les fenêtres, juste avant l'entrée des amoureux. La tête blond vénitien de Julian flottait comme une lune froide dans la lumière du soir. On aurait dit un halo de gelée blanche dans la chaleur du décor. Il y avait également un frimas dans les yeux de Julian, et sur sa joue la cicatrice de sa brûlure paraissait plus épaisse et plus marquée.

« Mon ange, qui vous a magiquement transformée ? s'exclama Sally avec cordialité. Vous êtes aussi belle que du lilas blanc à fleurs doubles ou qu'une valse de Chopin. »

Angel, dans leur sillage, ronronna de plaisir. « Oui, n'est-ce pas ? »

Julian semblait un peu plus fâché et un peu plus froid.

Tiddley dit : « Est-ce que je te plais, Julian ?

– Pas du tout, chérie, répliqua-t-il avec une conviction acerbe. Tu es affreuse et méconnaissable. Qu'est-ce que tu as fabriqué ? »

Le cou de Tiddley s'empourpra ; elle essaya de rire. « Et je me suis même fait les ongles », dit-elle avec désespoir. Elle les regarda. Il fallait bien qu'elle regarde quelque part.

« Je te préfère avec des engelures, dit Julian d'un ton boudeur.

– En juin… c'est plutôt fétichiste », plaisanta Sally, sur un terrain où Angel ne pouvait aller.

Julian baissa les yeux, s'assit et ouvrit un livre – le livre de Tiddley.

« À quoi est-ce que ça rime ? demanda-t-il en regardant Angel. Tiddley est encore plus trafiquée que ce pauvre *Julietta.* »

L'esprit ailleurs, le regard vide, les mains oisives, Julian tournait les pages du livre de Tiddley. Tous les projets, toutes les petites occupations qui l'avaient si récemment accaparé étaient stérilisés. Il était à nouveau l'enfant en vacances, son bateau un jouet pour s'amuser, sa Tiddley une grotesque parodie de sophistication. Il y avait quelque chose qui le rendait amer dans cette copie de la femme qu'il avait été tellement fier de ramener à la maison. Tout ce qui était adulte et vrai s'éteignait autour de lui, et il redevenait un petit garçon, donnant des coups de pieds nonchalants dans les cailloux par quelque interminable après-midi d'été. Cette guerre aurait pu ne jamais avoir lieu ; il recherchait la douceur, la gratitude, la patience, là où il avait cru ne trouver que le contentement, le divertissement et une totale sécurité physique et spirituelle – or personne ne comprenait rien à rien. Ici, rien ne se rattachait à rien. Froidement, insidieusement, le doute s'empara de lui ; il douta du bonheur, il douta de sa propre capacité à choisir et à suivre un quelconque chemin. Il ne prit pas en compte le fait tout simple qu'il était fatigué et qu'il avait grand besoin de dormir.

Quand Angel lui demanda : « Chéri, tu veux qu'on essaie le nouveau moteur ? », il se contenta de répondre : « Non, pas ce soir. »

Décidée à ne pas laisser retomber l'ambiance, Angel s'entêta : « Pourquoi ne pas traverser la baie pour montrer notre île et notre petite église à Sally ? »

Julian continua à regarder son livre. Sally déclara, en remettant en place les bretelles de sa robe : « Les églises en ruine ne sont pas vraiment des choses qui m'exaltent.

– Ah, mais ce n'est pas une ruine, rectifia Angel, observant son geste. C'est la petite église familiale où, peut-être, Julian vous épousera.

– Et où, peut-être, on nous enterrera toutes les deux un jour. » Le sourire de Sally disait : « Vous d'abord. »

Angel elle-même fut un peu effrayée par l'électricité qui régnait dans l'air. Elle essaya autre chose.

« Tu es fatigué, chéri, maman le sait. Cale-toi donc tranquillement et raconte-nous quelques-unes de tes aventures de pilote. Seigneur, ce que je pouvais penser à toi, en train de planer comme un jeune faucon. Quelles étaient tes pensées dans ces moments-là ?

– Une grande pensée me soutenait, répondit Julian d'une voix forte, c'était le moyen de rejoindre ma base le plus vite possible.

– Naturellement, c'est de cette façon que tu as décroché tes décorations.

– En fait, dit-il avec une froideur désespérante, ce ne sont jamais les types qui le méritent qui décrochent les médailles ; ils se font seulement sonner les cloches par les gros bonnets.

– Tu es trop modeste.

– Modeste ? se récria-t-il, à bout de patience. Écoute, je vais te raconter une petite anecdote…

– Pas maintenant, mon amour, pas maintenant, chuchota Sally, voulant lui éviter un aveu qu'il regretterait ensuite. C'est une longue histoire avant de s'endormir.

– S'endormir… » Un mot si doux quand le sommeil venait facilement… Il regarda la pendule : « Mais il n'est même pas neuf heures.

– Ne dis pas de bêtises, protesta Tiddley d'une voix pressante et rauque, pelotonnée dans ses atours. Regarde ta montre.

– Ça, c'est drôle, dit Julian en se levant du canapé. Ma pendule a dû encore une fois s'arrêter.

– Peut-être faut-il la remonter », suggéra Tiddley avec une insistance évidente.

Julian ouvrit l'envers de la pendule et regarda à l'intérieur ; sa main suivit le mouvement de ses yeux, alors que le regard brûlant de Tiddley ne le lâchait pas un seul instant.

« Regardez-moi ça ! dit-il, la voix pleine d'excitation. Tout est n'importe comment là-dedans. » Sa joyeuse manie de la mécanique avait repris possession de lui. Ses yeux se voilèrent tandis qu'il explorait l'instrument avec un soin délicat.

Angel dit simplement : « Ces satanés réparateurs… et en plus ils m'ont facturé douze livres !

– Où sont tous mes petits outils d'horloger ? demanda-t-il, recouvrant un peu de son animation passée. Mes pinces, mon étau… » Son impatience croissait.

« J'espère sincèrement qu'ils n'ont pas atterri à la vente de charité de l'église avec le Meccano. » L'inquiétude d'Angel était légèrement facétieuse.

« Non. Ils sont sous mon lit », répondit Tiddley.

L'affaire grandissait en importance et les alliances s'affirmaient. Incontestablement, Tiddley et Julian étaient dans le même camp : la complicité qui les unissait paraissait exclure les deux autres. Sally aspira une bouffée de cigarette puis bâilla, prenant l'air étonné elle-même. Angel ronronna avec indulgence, s'efforçant de faire comme si tout cela était plus enfantin qu'en réalité. Les deux experts en bricolage n'y prêtèrent aucune attention. Palpant la pendule tout en marmonnant, ils déclarèrent finalement avec une satisfaction chirurgicale : « Il n'y a rien d'autre à faire que de la démonter entièrement, et ensuite, d'après moi – Julian ôta la pendule du linteau de la cheminée – il faudra faire tremper toutes les pièces dans un bon bain d'huile. Tiens, Tiddley, prends ça. » Il lui tendit un effroyable méli-mélo de ressorts.

« N'en mets pas sur cette robe, Tiddley, lança Angel d'une voix aiguë. Et dépêche-toi de revenir, souviens-toi. »

Ses sentiments envers Tiddley se refroidirent un peu, cristallisant ses sinistres intentions au sujet du piano.

Quand Julian et Tiddley furent partis, Angel se tourna vers Sally : son petit rire était censé pallier l'immense gêne qu'elle éprouvait à se retrouver seule avec elle. Sally, regardant d'un air songeur l'emplacement vide sur la cheminée, se contenta de dire : « Le voilà heureux, le pauvre chou », avant de poser ses jambes sur le canapé.

Angel expliqua : « Il n'a jamais vraiment dépassé le stade du Meccano. »

Sally hocha la tête. « Si vous le saviez, pourquoi n'avez-vous pas laissé son rafiot à l'abandon ? Pourquoi ? »

De la part de cette étrangère, une telle impertinence était inadmissible, elle allait à l'encontre de la plus élémentaire politesse. Sally poursuivit : « Il était à bout de nerfs… vous le saviez ? Je crois l'avoir un peu aidé. »

Si Angel avait pu ressentir ne serait-ce qu'un instant un peu de gratitude, si son moi avait pleuré son influence perdue auprès du bien-aimé, tout en entrevoyant dans cet échec une occasion d'apaisement, tous ses rapports avec autrui auraient peut-être changé. Mais dans les situations critiques c'est la personnalité des individus qui régit les événements. C'est le moi essentiel qui commande, et l'intelligence d'Angel, n'envisageant que sa petite personne, considéra d'un œil froid l'union de ces trois choses qu'étaient la cheminée déserte, les nerfs de Julian et l'avenir de Julian.

« Ah, fit-elle avec douceur, bien sûr que vous l'avez aidé. Ma chère, ne pouvons-nous être amies ?

– Vous plaisantez ? dit Sally, mi-bourrue mi-inquiète.

– Non, ma chère, je suis on ne peut plus sérieuse. » Angel éprouva un léger pincement à la perspective d'exercer son pouvoir sur une nouvelle victime. « Essayons de comprendre ce qui se passe. » Elle se rapprocha de quelques centimètres sur le canapé, et Sally sembla se réfugier alors tout à fait à l'autre bout, jetant par-dessus l'accoudoir un bras aussi puissant et bien conçu que l'aile d'un oiseau.

Angel poursuivit : « Cinq minutes seule avec vous, voilà ce que j'attendais. »

Le regard de Sally courut le long de son bras. « D'accord, fit-elle en examinant le revers de sa main. D'accord, allez-y.

– Ne rendez pas la chose plus difficile. Nous aimons ce garçon, n'est-ce pas ?

– Oui, de manières différentes.

– Différentes ? C'est que… nous sommes des femmes différentes… nos existences sont différentes… nos âges sont différents… nos mondes sont différents… notre sang, notre sang est différent. Sally, vous êtes du sang frais venu d'un monde neuf, c'est ce dont cette vieille famille a besoin pour ses enfants.

– Oh, je vous en prie. » Sous cette protestation coquette, Sally dissimulait la répugnance que lui inspirait une telle approche biologique. « Attendez que j'aie la bague au doigt avant de me mettre mal à l'aise de cette façon. »

Angel persista. « Il y a des choses qu'il faut que vous sachiez, ma chère, avant de vous engager. Vous êtes intelligente… dites-moi, que pensez-vous de ce visage ? »

Sally leva les yeux sur le portrait d'un vieillard, un vieillard qui avait les yeux de Julian, un triple menton et une grosse bedaine. Le portrait typique de l'ancêtre, qui avait par ailleurs besoin d'un bon coup de chiffon. « Quelconque, s'empressa-t-elle de commenter.

– Quelconque… en effet. » Angel continua inexorablement. « Avant de mourir, il s'était construit une cabane dans le grand hêtre de l'allée derrière la maison. Voyez-vous, il se prenait pour un singe… » Ses yeux se mirent à pétiller à mesure que d'autres détails lui revenaient. « Cette pauvre Grannie en a vu de toutes les couleurs… il la faisait sans arrêt monter et descendre au moyen d'une poulie…

– Et je suppose qu'il avait l'impudence de la mettre dans un panier, le vieux bougre ! » Elle avait beau ironiser, Sally se sentait vaguement mal à l'aise.

« Ce ne sont pas seulement les yeux, dit doucement Angel, qui ressemblent tant à ceux de mon Julian ; leur passion pour les horloges est la même. Cette maison regorge de pendules : c'est lui qui les a toutes achetées. Manifestement, mes enfants, ses petits-enfants, ignorent comment il a fini. C'est tellement plus simple de croire qu'il était un peu excentrique, de façon rigolote, et qu'il est mort d'alcoolisme. En attendant, les pendules sont là, et les armatures en fer de sa cabane sont toujours dans le hêtre. »

Les pendules et les yeux. Ces deux détails étaient incontestables. Les pendules et les yeux.

« Je n'en dirai pas davantage, reprit Angel. Vous avez ramené Julian à la maison. Vous êtes formidablement jeune et adorable. Ma chère… ne vous imaginez pas que vous devez renoncer à tout. Je ne peux m'empêcher de croire que tout cela n'est absolument pas fait pour vous. »

Elles se dévisageaient en silence. Angel était penchée en avant, merveilleuse courbe de générosité et de compréhension. Sally était adossée, légèrement écœurée. Oliver entra à ce moment-là ; il avait dîné seul et avait simplement enfilé une autre chemise du même acabit. Elle lui donnait un air négligé et bizarroïde. « Bonsoir, les filles ! », lança-t-il en se dirigeant vers le piano. Ravie de cette interruption, Angel lui fit signe de ne pas se gêner. Quand, non sans moquerie, il se mit à tapoter *Falling in Love Again*, elle leva sur lui un tendre regard et déclara : « Cela fait six ans que vous n'avez pas joué ça, Oliver.

– C'est un air tellement stupide, dit-il sans cesser de jouer. Il convient bien mieux à Tiddley.

– Ah, cette Tiddley ! » Angel, soudain très irritée, se leva d'un bond. « Pourquoi donc n'est-elle pas revenue ? » Elle s'esquiva.

« Tu es saoul, ou tu cherches simplement les ennuis ? » demanda Sally alors qu'Oliver continuait à jouer. Il continua à jouer son petit air laborieux au cours de leur conversation, comme s'il fallait que quelque chose, même quelque chose d'insignifiant, le tienne à l'écart de Sally. « Les deux. » Il fronça les sourcils sur le clavier.

« Fais attention, elle est futée.

– Je m'en rends compte. » Il parlait distraitement.

« Écoute, mon chou, il en faut pas mal pour me flanquer la frousse… et elle a réussi…

– Elle vous hypnotise.

– Tu l'as dit. Un vrai serpent à sonnette. »

Elle frissonna dans le recoin douillet de son canapé. « Je ne suis pas de taille, dit-elle, subitement émouvante.

– Il faudra que tu assumes, souviens-toi. » Le son grave, âpre et doux, doux, tellement doux, de la mélodie érodait les forces de Sally.

« Oh, pour l'amour du ciel, ne va pas faire d'histoires juste pour le plaisir ! » Il était plus facile de se fâcher contre lui.

« D'accord, tu veux que je te raconte mes propres affaires de cœur, c'est ça ? Où en étais-je quand les coups de feu ont retenti ?

– Tu venais d'exposer ton penchant romantique, névrotique…

– " Érotique "… c'est peut-être le mot que tu cherches, suggéra-t-il.

– Pathétique, triste et pathétique, voilà ce que je veux dire.

– J'en ai autant à ton service, dit-il avec un naturel exaspérant.

– Merci, je vois… tu n'apprécies pas vraiment mon mariage, toi non plus ? » Sur la défensive, elle s'était mise debout, tournant le dos au feu.

Oliver cessa de jouer et la rejoignit près de la cheminée. « Franchement, dit-il, je pense que votre mariage est le projet le plus grotesque et le plus stupide que j'aie jamais entendu.

– Oublie donc mon mariage si tu peux. Pense plutôt au tien.

– Pour l'amour de Dieu, laisse tomber. » Il était trop près d'elle pour être sûr de lui.

« Laisser tomber ! Va te faire voir… »

S'adressant tout bas à cette épaule qu'elle lui opposait, à cette nuque jaune pâle aux reflets argentés, il souffla : « Ne me dis pas que nous sommes en train de nous disputer…

– Ce ne serait pas nouveau.

– Prends garde. » Il n'osait toujours pas se rapprocher davantage. « Rappelle-toi où finissaient systématiquement nos disputes.

– Écoute. Une fois qu'une chose est terminée, elle est terminée. Il n'y a pas à revenir dessus.

– Tu as peur, dit-il d'un ton distant.

– Ne te fais pas d'illusions.

– Tu as peur, ma chérie.

– Ne m'appelle pas comme ça.

– Pourquoi pas ?

– Oliver, je t'en prie, tu ne trouves pas qu'on a suffisamment de problèmes sans…

– Retomber amoureux ?

– Aucun risque… Il n'y a absolument aucun risque. »

Les mains d'Oliver s'étaient posées sur les épaules de Sally, mais il continuait à parler dans le vide au-dessus de sa tête. « Les miracles ne se présentent pas deux fois dans une vie. » Ses mains descendirent le long des bras de Sally. « À moins que ? Qui sait ? Tu trembles, Sally, tu as froid ?

– Non, dit-elle, renonçant totalement. C'est à nouveau ce miracle. » Elle était perdue, elle n'avait plus aucun courage, et seul subsistait cet immense bien-être découlant de leur amour ressuscité. Ils s'embrassèrent… « Nous ne sommes plus perdus, dit Oliver. Il n'y a que toi et moi en fin de compte. C'est aussi simple que ça, en fait. »

Ils s'écartèrent l'un de l'autre : ils savaient quelle passion pouvait ressurgir. Ils ne voulaient pas d'une relation moins intense.

« Simple ? » La voix de Sally se brisa. « Simple ? Tu es bien cruel.

– Quant à toi, ma douce, tu n'as pas à me préciser que tu es une dure-à-cuire, je le sais.

– C'est vrai… Alors qu'est-ce qu'on fait ?

– Il y a un train que nous pourrions prendre… pourquoi pas ce soir ?

– Pas ce soir.

– Il vaudrait mieux que ce soit ce soir. Redescends tout à l'heure, je t'attendrai dans mon costume bleu, avec plusieurs litres de l'essence d'Angel dans la voiture.

– Oliver, c'est impossible… je ne peux pas commettre un meurtre pour toi.

– Tu sais exactement ce qui va se passer si nous continuons à vivre ici ensemble, n'est-ce pas ?

– Tu peux t'en aller.

– Ah çà, non ! je ne m'en irai pas, ma chérie », dit-il froidement.

C'est alors que d'ahurissantes gammes, d'incroyables arpèges et un extraordinaire vacarme semblable à des marsouins qui plongent et à des chevaux qui galopent se déversèrent sur la soirée en provenance du piano de Tiddley : le responsable de ce tintamarre était sans aucun doute une main affreusement experte. La tension entre Sally et Oliver avait atteint un degré tel que l'absurdité faisait désormais intrinsèquement partie de la terrifiante sincérité de leurs volontés contradictoires.

« Tu es d'accord ? insista-t-il, parvenant à la captiver malgré le tohu-bohu.

– Dieu seul le sait. Peut-être. Oui, s'il le faut. Mais je ne te vaudrai rien. Tu m'entends, je ne te vaudrai rien. Oh, chéri, tu ne comprends donc pas pourquoi je suis ici avec ce gosse ? Toutes ces années, j'ai cherché à racheter d'une façon ou d'une autre ce que je t'avais fait… pour apaiser ma vanité, peut-être. Non. Non, c'était moins dérisoire que ça…

– Peu importe, tu viendras. »

Elle avait l'air terriblement fatiguée. « Oui, dit-elle, mais tu auras l'impression d'avoir de l'air entre les doigts. Tu auras une poupée hantée dans ton lit.

– Je cours le risque. » Il la regarda dans les yeux. Il n'y avait plus en lui une once de gentillesse, seulement la plus implacable détermination.

30

Slaney rompit la magie. Elle fit irruption dans la pièce dans une tempête de fureur, et s'engouffrant par la porte ouverte, les gammes bouillonnantes triplèrent de volume. Elle se jeta sur le canapé. Elle semblait n'être que bras et yeux, tel un oiseau chassé de son nid. « J'en ai fini, Oliver », annonça-t-elle. Elle prit une cigarette dans le coffret et il lui fallut trois allumettes maladroites pour allumer le bout-filtre. « J'en ai fini avec les hommes.

– Oh, mon Dieu, quelle chance vous avez d'en avoir fini si jeune, s'écria Sally avec un à-propos désespéré.

– Calme-toi, ma jolie, que s'est-il passé ? » Pour une fois, Oliver était le plus gentil. « Tu t'en sortais très bien au dîner.

– Oui, je sais, merveilleux. Et après le dîner, enfin qu'importe, dans la salle de bains, il s'est montré plus glacial que deux icebergs.

– Deux icebergs ? Vraiment, c'est une insulte… n'acceptez surtout pas ça, mon trésor, conseilla Sally.

– Vous avez raison, il n'en est pas question, enchérit Slaney. Il n'en est pas question. Je vais lui dire : " Chris, je suis désolée, mais je te trouve insultant. " Qu'en pensez-vous, Oliver ? »

Oliver s'assit à côté d'elle et lui prit la main. « Tu ne pourrais adopter d'attitude plus subtile, ma chérie. Explique-lui tranquillement. Souviens-toi, ce n'est pas ce qu'il y a de plus sensuel, de recevoir du plomb dans les jambes.

– Je ne sais plus où j'en suis. » Slaney avait l'air un peu barbouillée. « Je n'arrive pas à réfléchir avec tout ce boucan.

– Il n'y a pas moyen de le faire cesser ? demanda Sally.

– Non, c'est le maître d'école. Il essaie le piano de Tiddley.

– Mon Dieu, pauvre Tiddley, où est-elle ?

– En train d'extraire les plombs de la jambe de Chris, si vous voulez savoir. » Elle faillit éclater en sanglots. « Et il refuse que je le touche.

– Pour l'amour du ciel... s'écria Sally, réellement indignée. Il refuse que vous le touchiez... mais c'est bien sous le genou que Walter l'a blessé, non ?

– Écoutez ! » Arrêtant de larmoyer, Slaney redressa la tête : ses yeux totalement inattentifs se braquaient vers la porte au plus infime prétexte. « Est-ce que je l'entends ? Je ne l'entends pas. Est-ce que je l'entends ? Oui, je l'entends. S'il vous plaît, s'il vous plaît, pourriez-vous, pourriez-vous... » Elle devint soudain extrêmement solennelle. « Pourriez-vous nous laisser seuls tous les deux ?

– Ma chère, dit Sally qui avait rejoint la porte avant même que la jeune fille ait fini de parler, je suis à fond avec vous... Messaline elle-même ne pourrait enjôler son homme dans une foule pareille. »

Alors qu'il suivait Sally dans le jardin, Oliver entendit Slaney qui disait : « Du calme, ma petite. Oh, voilà que mon cœur recommence à s'emballer. Oh, je me sens tellement désemparée... Oh, qu'est-ce que j'allais faire... »

31

Dans la salle de bains des enfants, ses soins une fois administrés, Birdie rangeait les pinces et les pansements avec des gestes affairés qui rappelaient vaguement l'hôpital.

Walter était assis sur le rebord en acajou de la baignoire, qui avait toujours été repeinte sans jamais être changée. Profonde, elle reposait dans un coffrage en acajou foncé, et sa robinetterie présentait une extravagante quantité de cuivre. Elle avait constitué autrefois un précieux accessoire de confort, de statut social et de luxe. Les murs étaient recouverts d'un papier brillant qui avait survécu à un demi-siècle de vapeur, et dont le motif offrait un entremêlement de veines bleues aussi compliqué qu'un carrefour ferroviaire et aussi effrayant que l'intérieur du bras d'une obèse. Une applique à gaz munie de deux branches avait été modifiée pour recevoir l'électricité. Fermées par leurs tiges d'acier, il y avait d'énormes corbeilles à linge, dans lesquelles Birdie stockait de mystérieux trésors. Il n'y avait pas d'étagères en verre, seulement des placards en bois peint, il n'y avait pas de balance. Les cabinets, comme la baignoire, étaient somptueusement recouverts d'acajou, avec une cuvette en porcelaine ornée d'un dessin bleu et blanc, et une ravissante chasse d'eau qui se tirait vers le haut. Il y avait du lierre autour de la fenêtre, une noix de coco juste devant pour les oiseaux, et un voilage de mousseline froncée sur sa partie inférieure. Les rideaux en chintz blanc d'une belle épaisseur étaient rehaussés d'un motif rouge, blanc et gris de tulipes et de clés. Sur leurs doublures, une légère moisissure causée par la pluie, la brume marine et la vapeur avait laissé après lavage de petites taches rouillées.

Dans cette salle de bains, suffisamment reculée et mystérieuse pour y commettre un meurtre, Birdie avait baigné, soigné et adoré ses enfants pendant de très longues années. Aujourd'hui, Walter se trouvait avec elle, fumant une cigarette dans un léger nuage d'antiseptique et d'essence de bain. Il avait quelque chose de doux et de délicat, une gentillesse de petit garçon qui était exactement ce dont Birdie avait toujours raffolé. Il était tous ses bébés devenus grands, et en même temps son charme, son élégance, sa culture en matière de vêtements, ne pouvaient qu'affrioler l'esprit de Birdie. Pour Walter, cette salle de bains, comme la cuisine, était la première salle de bains véritable dans laquelle il eût jamais été. Il avait connu la plus grande misère et le luxe absolu, mais il n'avait jamais connu le charme des choses anciennes et vénérées, pas plus que ce parfum aristocratique un peu suranné qui entoure les choses acquises de longue date. Se promenant dans cette salle de bains, ses yeux rêveurs se posèrent sur Birdie et sa dernière occupation. Elle esquissa un bâillement, et tandis qu'elle refermait un placard, elle fut saisie d'une terrible envie de le mettre au lit comme n'importe quel petit garçon de six ans, de le voir baigné et réchauffé, de sécher les cheveux sur sa nuque, de le border bien comme il faut, de plier sa robe de chambre au pied du lit, de lui dire bonsoir et de s'en aller – oui, de s'en aller pour de bon, en l'abandonnant à son lit et à une fenêtre remplie d'étoiles.

« Bien, fit-elle en se tournant vers lui, j'ai enfin terminé… Une boisson chaude, un bain brûlant et au lit de bonne heure, que pensez-vous de ça ?

– Exactement ce dont je rêve moi-même. » Il quitta le rebord de la baignoire. « Mais votre patronne m'a arrangé une soirée pêche. Ça ne me dit rien, croyez-moi, mais je ne peux guère refuser, pas vrai ? »

Dans le cœur de Birdie, toutes les joyeuses prairies qui

avaient si récemment foisonné de trèfle rouge se changèrent soudain en tristes étendues de sable et de sel.

« Avec sans doute Maître Finn comme moniteur et comme guide, dit-elle d'un ton perçant et amer.

– Je suppose. » Il se détourna un peu trop gaiement.

Birdie parut tout à coup plus âgée et plus sotte. De la voix avec laquelle elle avait remis son premier enfant à la gouvernante, elle dit : « Parfait… amusez-vous bien.

– Eh bien, à plus tard, ma chère », et il disparut comme les enfants avaient toujours disparu. Elle se retrouva seule dans sa salle de bains sous les deux globes blancs de la lampe, et son cœur furieux se mit à attribuer toutes les pertes essuyées dans sa vie uniquement à Angel. Elle se représentait ces urnes de pierre remplies de larmes amères à jamais retenues, la rancœur de ces jeunes vierges gonflées d'amour frustré. Par le flux irrépressible de notre amour, nous nous trouvons toujours blessés, plus ou moins grièvement. Pour Birdie, l'amour avait toujours afflué, s'exprimant dans sa volonté de donner, dans son immense prodigalité d'elle-même. En ce soir de profond bouleversement, elle se rendait compte du peu qu'elle avait jamais reçu en retour, mais elle ne voyait pas que ce peu personnifié par Walter s'éloignait d'elle en voletant comme un splendide papillon de nuit pour aller rejoindre le chèvrefeuille nocturne et la rivière estivale.

Ce n'était pas le genre de Birdie de rester oisive ou songeuse trop longtemps. Chaque fois qu'elle souffrait, une activité nouvelle la ramenait aussitôt à la raison. Elle ouvrit donc la porte de la salle de bains qui donnait sur le couloir courant autour du vestibule à colonnes de l'étage en dessous, et regardant par-dessus la rambarde elle vit en train d'attendre, timide et solitaire, le maître d'école tout gris, tout chétif et tout petit dans cette riche atmosphère religieuse que les jolies fleurs de Tiddley rendaient vaguement malséante. Les effluves entêtants qu'exhalaient leurs langues poisseuses venaient caresser les narines de Birdie. Elle descendit rejoindre le petit bonhomme au rez-de-chaussée.

« Il est bien tard, non, Mister Macentee ? Il est bien tard

pour que vous rentriez chez vous à vélo avec votre asthme. Puis-je prendre un message ? »

Mr. Macentee se tourna vers elle avec reconnaissance. « Oh, merci, fit-il, c'est à propos de ce petit piano que j'ai essayé… Il est très mauvais, j'en ai peur… »

32

Dans le salon, le cœur battant la chamade, Slaney jetait coussin après coussin dans un fauteuil, quand Chris et Tiddley franchirent la porte ; Tiddley avait l'air d'un ange efficace dans son ample robe blanche, et Chris se laissait guider par elle, de façon moins détachée qu'il aurait pu le faire.

« Tiens, chéri, cria Slaney de derrière son fauteuil, tu vas être comme un coq en pâte ici.

– Je t'en prie, ne t'embête pas, Slaney. » Il s'assit avec une pompe impardonnable à côté d'une lampe lointaine. « Ce fauteuil fera parfaitement l'affaire, merci.

– Très juste – Tiddley était aux petits soins avec lui – et voilà le nouveau *Horse and Hound.* Tu l'as déjà lu ?

– Tu penses à tout, n'est-ce pas, Tiddley ? » Il lui lança un regard brillant de gratitude ; il avait pratiqué sur elle son changement de voix, et lui était infiniment reconnaissant de ce service.

« Tiddley, improvisa Slaney d'une voix sourde, Julian te réclame… il est dans le jardin.

– Oh, non, chérie, tu te trompes. » Tiddley avait parlé avec une assurance féminine surprenante ; cette assurance n'était pas liée à Chris, mais jamais Tiddley ne s'était montrée aussi explicitement sûre de sa supériorité dans sa connaissance des garçons. « Il n'est pas dans le jardin, il est très occupé avec sa pendule. En fait, c'est un boulot énorme… comme après un sabotage. » Elle se tut tandis que grandissait en elle l'aplomb effroyable des petites femmes. Elle s'assit, arrangeant ses jupons, puis se tourna à nouveau vers Chris : « Tu as repéré les partants pour les Irish Oaks ? demanda-t-elle, certaine là aussi de captiver son attention.

– Non, où ça ?

– Page 7. »

Il tourna les pages. Tiddley lui indiqua l'article. Ils ne tenaient pas compte de Slaney, qui respira plusieurs fois à fond avant de réussir à dire : « Est-ce que tu as entendu ce vacarme affreux, Tiddley, ce vacarme de piano ? C'était Angel qui vendait ton piano au maître d'école.

– Elle était bien obligée de le laisser l'essayer, après sa marche de cinq kilomètres, ce pauvre Mr. Macentee. » Tiddley était toujours dans la position de celle qui en sait davantage. « Mais une chose est sûre, c'est qu'elle ne vend pas mon piano.

– Tu ferais mieux d'aller t'en assurer tout à fait », dit Slaney, le cœur battant à tout rompre. N'importe quoi, n'importe quoi pour faire sortir Tiddley de la pièce… « Oh, laisse-moi une chance, disaient ses yeux. Tiddley, Tiddley, tu es mon amie, je dois rester seule avec lui, je suis perdue. »

Tiddley perçut dans l'air une angoisse qu'elle connaissait. Alors qu'elle se levait de l'accoudoir de Chris, le vacarme cessa, laissant derrière lui un terrifiant silence.

« Peut-être que je vais aller jeter un petit coup d'œil », dit-elle en se dirigeant vers la porte et le silence.

Se hissant sur les bras du fauteuil, Chris lança d'un ton pressant : « Non, Tiddley, ne t'en va pas, Tiddley.

– Et pourquoi ne s'en irait-elle pas ? s'écria bêtement Slaney sans la moindre retenue. Pourquoi as-tu besoin de Tiddley ? Que peut faire Tiddley que je ne puisse pas faire ?

– Plein de choses, répliqua-t-il, fonçant la tête la première dans le piège dressé par Angel. Elle, au moins, elle est douce et raisonnable.

– Raisonnable ! s'exclama Slaney, à court de mots assassins. Déguisée comme le bouquet de gardénias d'hier soir… à son âge, c'est grotesque. »

L'âge et ses disparités, l'arme absolue des femmes entre elles… Tiddley se baissa pour esquiver ce coup bas et retourna d'un pas furieux se tenir près de Chris. « En tout cas, je préfère être une vieille femme de vingt et un ans plutôt qu'une *ingénue** simplette et demeurée comme toi. Et puis ma robe est ravissante. Tu le sais, d'ailleurs, qu'elle est ravissante.

– Absolument… » D'un bras un peu maladroit, il l'attira sur ses genoux. « Tu sens aussi bon qu'une grosse meule de foin frais au mois de juin, tu sais ça ? »

À la porte-fenêtre, Julian, aussi furieux que surpris, guettait la réponse fâchée de Tiddley et son évasion hâtive. De la voir glousser, se tortiller et, pire encore, s'exclamer : « Allons, lâche-moi ! Oh, tu es terrible ! », il fut tellement choqué que sa mauvaise humeur se concentra sur le petit groupe caquetant dans le salon. Tiddley était là, aussi féminine qu'une femme de chambre en villégiature, aussi jolie qu'une jeune chatte, et Chris riait et l'embrassait, tout en parlant bien évidemment d'une chose qui n'avait rien à voir : « … Tu m'aideras à ramener mon bateau demain matin avec la première marée, d'accord, Tiddley ?

– Allez-y tout de suite ! éclata Slaney en se tournant vers la cheminée, refuge idéal pour toutes les têtes baissées et tous les poings serrés. Allez-y tout de suite et noyez-vous, ça ne gênera personne ! » Elle pencha la tête ; des larmes dégringolèrent sur ses mains ainsi que sur le marbre.

Julian ne partageait pas réellement la douleur de Slaney, mais ses larmes apportaient au tableau une touche de sérieux fort utile, qui justifiait des mesures sérieuses. Il déboula soudain par la porte-fenêtre.

« Qu'est-ce que tu es en train de trafiquer comme bêtises, Tiddley ? »

Une coquetterie inspirée retint Tiddley de se soustraire trop rapidement à l'étreinte de Chris ; cela, ou le souvenir de sa jambe blessée, toujours est-il que le délai en question enflamma la colère de Julian. Un policier furieux s'éveilla en lui ; il attrapa les mains de Tiddley et l'obligea à se mettre debout.

« Et si tu t'occupais de tes affaires ? dit Chris en s'extirpant de son fauteuil. Parce que si tu veux le savoir, je suis d'une humeur étrange ce soir.

– Eh bien, ton humeur de ce soir ne me plaît pas.

– Et le culot de ton intervention ne me plaît pas non plus. »

Ils se faisaient face avec rage : on aurait dit une querelle d'autrefois, on s'attendait à voir une paire de gants souffleter un visage… La scène manquait cruellement de sagesse et de dignité. Gauches et effrayées, les deux jeunes filles s'interposèrent en poussant des jérémiades. Ce n'était pas gracieux, c'était même très laid. Les garçons avaient repoussé les filles, ils s'apprêtaient à se taper dessus, de manière aussi déraisonnable que vaguement récalcitrante, quand Angel fit son apparition, magnifique navire entrant dans la bataille. Elle traversa la pièce en riant, aussi gaie et étincelante qu'un bouquet d'étoiles dans une nuit claire : elle venait apporter un peu de bon sens à cette petite bande ridiculement susceptible, à ces jeunes idiots chatouilleux par trop enclins à la dispute.

« Du calme, du calme, mes bébés… » Elle se tenait entre eux, invincible, pleine de grâce tant en acte qu'en parole. « Chris, mon petit chou, une blessure dans la journée, ça suffit… Julian chéri, attends qu'il puisse se tenir debout avant de t'en prendre à lui. » Elle poussa Chris très légèrement, et alors qu'il chancelait les filles le rattrapèrent et l'aidèrent à se réinstaller dans le fauteuil.

Angel lança sur leurs attentions conjointes un regard satisfait : la marmite qu'elle avait posée sur le feu commençait gentiment à bouillir. Il n'y avait rien qui évoquât dans son esprit un sabbat de sorcières, pas de langues de tritons ni de feuilles de lierre, seulement ce groupe geignard et furieux qui, si peu de temps auparavant, était débordant d'amour, un amour dans sa phase la plus absolue mais aussi la plus fragile.

« Mes chéris, que se passe-t-il ? demanda-t-elle à la cantonade. Un soir aussi merveilleux que ce soir ? Qu'est-ce qui ne va pas ? »

Julian répondit : « Je ne laisserai pas ma Tiddley se ridiculiser avec Chris ou avec qui que ce soit d'autre. »

Oubliant toute vanité, Slaney, hors d'elle, éclata : « Crois-le ou non, mais Chris faisait du gringue à Tiddley, c'est la pure vérité.

– Oh, ma pauvre petite Slaney ! » s'écria Angel en l'embrassant. Elle lui chuchota : « Chérie, qu'est-ce que je t'ai expliqué aujourd'hui… tu te souviens ? »

Slaney se rappela les recommandations que lui avait données sa mère cet après-midi-là. Angel avait raison. Les hommes n'avaient que faire des filles trop empressées. Et pourtant le souvenir exquis de son flirt l'emplissait d'une nostalgie abominable. « Il peut aller au diable… il peut aller au diable. » Enfant accablée de chagrin quêtant éperdument le réconfort, elle s'élança contre les jambes d'Angel.

Angel soupira. Telle une colombe triomphante, sa main alla se poser sur la tête et sur les épaules de la jeune fille, ses yeux pétillants de bonheur restèrent discrètement cachés derrière ses paupières baissées, et tandis qu'elle câlinait Slaney, sa voix retentit, parfaitement maîtrisée : « Chris, mon cher Chris, j'ai eu tellement peur…

– J'en ai assez, de toute façon. » Comme de juste, Chris alluma une cigarette. « C'est terminé.

– Tu vois ? fit Julian, bien décidé à punir Tiddley. Voilà ce que tu as gagné à jouer les dévergondées.

– À ton âge, c'est – Slaney leva la tête un instant et sa voix se brisa – ridicule. »

Farouche, Tiddley, dos à la cheminée, leur faisait face à tous sans rien répondre, lorsque sa défense surgit soudain du jardin. Aguicheuse diaphane, sa beauté altérée par la fraîcheur du dehors, Sally se tenait dans l'embrasure de la porte-fenêtre : elle assumait effrontément l'image scandaleuse qu'elle offrait.

Tiddley les ignorait tous, les yeux désespérément rivés sur la fenêtre. « Regardez Sally, dit-elle de sa voix grave et malheureuse de petit garçon. En plus, elle a deux fois mon âge ! » Elle cria à travers la pièce : « Quel âge avez-vous, Sally ?

– Cinquante-cinq ans, plaisanta Sally sans s'offusquer. Pourquoi, chérie ? »

Angel, ravie, dit : « Tiddley chérie, du tact, s'il te plaît, du tact. Sally, vous avez tort de l'avouer : pour le bas du corps, jamais on ne s'en douterait.

– Merci du compliment, dit Sally en pénétrant dans la pièce. Jusqu'ici je n'ai enregistré aucune plainte.

– Je veux bien le croire… » Julian rejoignit sa hors-la-loi : défendant son caractère singulier, sa différence décriée, il faisait corps avec cette étrangère qu'il avait choisie.

Angel dit en ronronnant : « Bien sûr, ma chère, je veux bien le croire moi aussi. Vous et moi, nous sommes du genre éternel.

– Dites, c'est merveilleux, répliqua Sally, nous avons quelque chose en commun !

– Tu as froid, dit Julian, tu as passé des lustres dans le jardin. Où est Oliver ? »

Sally tourna la tête avec raideur comme un oiseau sur le point de s'envoler. « Où est Oliver… répéta-t-elle. Chez lui à son piano. »

Les mains de Julian s'étaient posées sur ses bras : « Tu es glacée, viens près du feu.

– Je t'en prie, mon chou, non.

– Viens te réchauffer, chérie, nous allons nous réchauffer tous les deux ensemble. » Ils se dirigèrent vers le feu. Tiddley s'en éloigna pour se précipiter vers Angel, qui continuait à symboliser l'amour maternel et compréhensif avec la jolie tête de Slaney sur son genou.

« Oh, s'il te plaît, s'il te plaît, est-ce que je peux enlever cette fichue robe maintenant ? »

Encore une qui faisait appel à elle. « Il n'en est pas question, Tiddley, répondit Angel avec calme et fermeté. Cette robe a eu trop de succès. » Elle croisa le regard de Tiddley, et admira les ravissants atours de ce pauvre trésor.

« Du succès ! s'esclaffa Tiddley avant de baisser la tête, de s'agenouiller et d'éclater en affreux sanglots contre l'autre genou d'Angel.

– *Ah, ma petite, mon pigeon* *… » Pour bien se distinguer, Angel adopta sa langue préférée pour consoler Tiddley. « *Tais-toi, mais qu'est-ce que vous avez, chérie* * ? Allons, Tiddley chérie, arrête. »

Tiddley vagissait, Slaney vagissait, Angel et Sally tendirent des mouchoirs – celui d'Angel pour Slaney, celui de Sally pour Tiddley. Julian se dissocia du groupe et tendit à Chris une cigarette d'excuse ; il était contrarié, honteux et très fatigué.

« Pour l'amour du ciel, essayons d'égayer un peu tout ça ! lança-t-il, espérant juguler cet afflux d'émotion. Où est la bouteille de gin ?

– Quelle excellente idée ! s'écria Angel, aussi ravie de renouer le contact avec son fils que de boire un verre de gin. Tu trouveras le plateau à alcools dans la salle à manger ; chéri, s'il te plaît, va donc le chercher. »

Dans la salle à manger, Julian ne trouva aucun plateau tout prêt. Il traversa le vestibule et passa sa tête par la porte du couloir de la cuisine pour appeler Finn. Le silence lui répondit, ainsi que les odeurs de myrrhe du corridor, plus puissantes que l'après-midi. Julian aspira profondément l'air du couloir ; sa combativité s'évanouit. Il redevint un enfant. Le lien qui existait entre les odeurs de ce couloir et toutes ces années révolues était tellement intense que quand Birdie sortit de l'office chargée du plateau de boissons, il ne pensa pas plus à l'en soulager qu'il ne l'aurait fait à l'âge de six ans. Et de même qu'à six ans on a conscience du nuage de chagrin qui assombrit parfois le ciel des adultes, de même ce soir il n'était pas dupe, et tandis qu'il marchait à côté d'elle il lui débitait ces propos nerveux et polis de petit garçon, lui ouvrant les portes sur le chemin du salon.

« Birdie, vous êtes bien chargée ! commenta Sally, sidérée. Où est passé ce lascar de Walter, il ne pouvait donc pas vous aider ?

– Et ce vilain garnement de Finn, où est-il passé ? » Angel, dont les filles sanglotantes s'étaient relevées et se tamponnaient maintenant les yeux, choisit exactement le moment qu'il ne fallait pas pour badiner.

« Finn, éclata Birdie, il est à la rivière, avec une pile de vaisselle sale haute comme lui dans l'office, et en plus il a entraîné Walter avec lui. Oui, fit-elle, élevant la voix. Dire que je lui avais préparé une tasse de lait chaud, et un piège pour ses souris, et tout un tas d'autres petites attentions… » Elle redisposait les verres avec des mains tremblantes.

Angel la rejoignit et passa un bras autour de ses épaules tendues et épuisées : « Allons, pour ton propre bien, Birdie, oublie ça… tu ne crois pas ? Chère Birdie, c'est assez absurde, et plutôt gênant, à ton âge, tu ne trouves pas ? »

L'âge, l'absurdité, la gêne… Tous les côtés sorcière et tous les côtés femme qu'il y avait en Birdie s'enflammèrent comme un grand jupon qui brûle. Elle explosa, sans retenue et sans crainte : « C'est absurde, hein ? Laissez-moi vous dire que j'ai rêvé de larmes cette nuit… ex-cel-lent, un mariage rapide. Et hormis la rancune accumulée dans une seule carte, il y a devant nous tous une route dégagée qui mène aux carillons du mariage. »

La diseuse de bonne aventure avait dressé sa tente dans la pièce. Comme n'importe quel oracle, Birdie avait le don d'entretenir le drame et la tension. Les enfants accoururent vers elle, débordants de curiosité, ravis de la diversion qu'elle offrait. Ils tendirent les paumes de leurs mains, ils éclatèrent de rire, ils dénichèrent un paquet de cartes, ils les déversèrent soigneusement sur la table, et Birdie était déjà en train de les manipuler lorsque Angel prit la parole, d'un ton autoritaire.

« C'est l'heure d'aller te coucher, je crois, ma chère Birdie. Tu es fatiguée, tu es bouleversée, sinon tu ne penserais pas un seul instant à ce jeune imbécile. De toute façon, s'il préfère pêcher avec Finn plutôt que de bavarder avec toi… il faut bien te faire une raison, non ?

– La raison, ce serait plutôt vous, madame. Qui a envoyé Walter et Finn s'amuser, alors que l'office regorge jusqu'au plafond de vaisselle sale ?

– Tu ne suggères tout de même pas que c'est moi ? répliqua Angel avec l'effroyable aplomb des grands menteurs. Chère Birdie, tu t'oublies un peu, il me semble. »

Avant que Birdie ait pu répondre, la porte donnant sur le jardin s'ouvrit de l'extérieur, et deux pêcheurs, triomphants et convaincus d'être accueillis dans cette maison par des acclamations, pénétrèrent dans la pièce ; courbé dans une épuisette, ils transportaient le cadavre d'une truite de mer colossale, une truite d'un poids épique, un événement capital dans l'histoire de la rivière. L'événement fut souligné par Walter, en qui le torrent et la nature avaient trouvé un disciple étrangement extatique. « Regardez-moi ça ! cria-t-il. Regardez-moi ça, regardez-moi ça ! »

Finn, plus explicite mais non moins excité, brandit fièrement leur prise. « La plus grosse truite jamais attrapée dans la rivière et grâce à une petite mouche que j'ai attachée moi-même. »

Tout le monde s'agglutina autour d'eux, à l'exception de Sally et Birdie qui restèrent l'une et l'autre en dehors du cercle.

« Oh, madame, c'était merveilleux, dit Walter à Angel avec une gratitude pleine de révérence. Un combat acharné… je me suis même mouillé les pieds, mais aucune importance ! Et j'ai cassé la canne que vous m'avez prêtée…

– Vous voyez, ma pauvre Birdie, dit Sally, vous voyez.

– Je le savais. » Birdie éprouva une douleur accrue de constater que Sally avait compris si vite ce qui s'était passé entre elle et Walter, entre Walter, Angel et Finn, le pantin d'Angel. Dans leur euphorie et dans ces effluences de nuit, de rivière et de poisson qu'ils ramenaient avec eux, Angel avait su les unir. Elle avait su créer une émotion.

« Ah, on s'est bien dépensés ! » s'écria Finn avec un soupir de contentement. Puis, reprenant un ton de majordome : « Y a-t-il autre chose que vous désiriez, madame ? »

Madame éclata de rire, conciliante : « Non, non, ça ira. Enferme seulement les chiens et pense au poison pour les rats.

– Pourquoi pas une ration pour mes souris ? » suggéra Walter.

Plein d'une politesse enfantine, Finn expliqua : « Si j'ai

bien compris, ces souris, c'est Miss Birdie qui devait s'en occuper.

– Je n'oserais pas déranger Miss Birdie. » Walter se sentait à présent une âme de chasseur. « Dégote-moi un piège, mon pote, et je l'installerai moi-même. Vraiment, ça ne pose pas de problème. »

Ils disparurent. Un lien puissant les unissait désormais. Du fond de son cœur gros, Birdie s'écria naïvement : « Mon Dieu, aidez-moi à me montrer patiente, et faites que la chance tourne à mon avantage.

– Tu risques d'en avoir un cruel besoin… dit Angel d'une voix douceureuse. Birdie, je crains fort que tu n'aies surestimé tes charmes. »

Angel venait de commettre l'erreur à ne pas commettre. Si elle avait fait preuve de gentillesse, Birdie aurait pu renoncer à son nouvel amour et recouvrer sa bonne vieille mansuétude. Mais ce persiflage était scandaleux, et Birdie, scandalisée, fit un pas en avant : « Ah, vous aimez les affronts, dit-elle avec un rire strident assez peu habituel, eh bien à votre tour. L'instituteur, madame, m'a demandé de vous remettre cela. – " En privé ", a-t-il précisé. Dix-huit livres " en privé "… dirais-tu que c'est un bon prix, ma pauvre Tiddley, pour ton petit piano ?

– Il y a erreur, Angel, n'est-ce pas ? » L'angoisse de Tiddley semblait la recroqueviller à l'intérieur de sa belle robe blanche et, parmi toutes ses fanfreluches, elle prit soudain un air quasi austère. « Il y a erreur, voyons, tu as promis…

– Les promesses… fit Birdie, rechignant à s'éclipser. On se demande bien à quoi elles servent. Je ne me fierai à l'avenir qu'à mes propres promesses, et maintenant je file poser mes pièges à souris. » Sur cette note guillerette et pleine de défi, aussi joyeuse qu'un trille d'oiseau, Birdie disparut.

« Ça ne peut pas être vrai, reprit Tiddley, tu m'as fait une promesse.

– Ah, oui, *mais vois-tu, petite, un moment tu seras au courant* *.

– *Hiboux-bijoux-joujoux… cailloux-choux-prestidigitateur* *, et si vous le disiez en anglais ? » intervint Sally avec trivialité.

Angel resta muette.

Slaney s'écria, horrifiée : « Mais Tiddley mourrait sans son piano ! » C'était la pure vérité. « Ce serait bien fait pour elle, d'ailleurs », ajouta-t-elle en sanglotant à nouveau.

Tiddley retrouva la parole : « Si tu romps le serment que tu m'as fait, je ne croirai plus jamais en rien. »

Ce noble hommage à sa souveraineté fit plaisir à Angel. « Tu verras, ma chérie, je l'ai fait pour ton bien. Qu'est-ce que dix-huit livres pour moi ?

– Simplement le prix de votre suprématie, répliqua Sally, et vous risquez de le trouver très élevé. »

Passant son bras autour de Tiddley, Angel déclara avec une horrible douceur : « Je ne tolérerai pas qu'on se moque du jeu de ma pauvre petite chérie. »

Tiddley devint cramoisie comme un enfant qu'on ridiculise en public. Le silence qui l'entourait ne faisait que confirmer l'horrible vérité, l'horrible vérité hideusement magnifiée que sa musique était comique. L'importance même de sa musique se trouva ébranlée lorsqu'elle se représenta ces mains dissimulant des sourires amusés, ces échanges de commentaires aussi indulgents qu'exaspérés. Lorsqu'elle se leva pour quitter la pièce en courant, son dos lui-même paraissait tout rouge de cette douloureuse injure.

Julian la rattrapa et la retint presque brutalement, tandis qu'il s'en prenait à Angel. « Comment as-tu pu, Angel ? Ce n'est pas vrai, Tiddley, ne fais pas attention à elle… J'ai été méchant, moi aussi, n'est-ce pas ? Tout à coup j'ai été furieux de te voir faire tes simagrées avec Chris. Avec Chris, en plus.

– Oh, tu m'as trahie, Tiddley, tu m'as trahie… » renchérit Slaney.

Chris s'en mêla aussi : « Entièrement ma faute, Slaney… c'est idiot, je sais.

– Mes chéris, allons, oublions tout cela », dit Angel, transformant leur approche si spontanée en un débat scolaire un peu artificiel. Tiddley était jeune et plus candide qu'une écolière : « C'est Angel qui m'a dit de le faire, Slaney… elle m'a demandé de détourner Chris de toi.

– Tiddley, es-tu sûre d'avoir bien compris ? » Si Chris avait fumé une pipe, ses dents se seraient enfoncées dans la tige.

« Oui, voilà l'explication.

– Mais, objecta Chris avec lenteur, pourquoi aurait-elle fait ça ? Angel savait que Slaney me faisait marcher… elle m'avait prévenu, et je lui en suis reconnaissant. Ça fait un peu mal, mais je m'en remettrai.

– Maman a dit que je ne t'aimais pas ? s'insurgea Slaney. C'est vrai, Angel ? »

Angel ferma les yeux et se laissa aller dans son fauteuil.

« C'est n'importe quoi, c'est vraiment n'importe quoi », dit-elle, un peu désemparée.

Sally, qui observait la scène en silence, songea : « Elle va les avoir… ils ne vont pas supporter les larmes. »

« Mais c'est ce que vous avez dit… » insista Chris.

Slaney resta debout : « Et cet après-midi elle m'a dit de ne pas trop t'aimer, Chris, elle l'a dit. Ce n'est pas vrai, Angel ? » Elle parlait naïvement, comme si elle cherchait à résoudre l'énigme en recourant à des mots tout simples.

« Voyons, mes pauvres amours, vous avez tout interprété de travers », se défendit Angel tant bien que mal. Puis, heureuse de trouver quelqu'un qu'elle pouvait blesser, elle s'en prit à Tiddley : « Oh là là, Tiddley, dire que c'est toi qui as osé abuser de ma confiance…

– Je ne veux pas de ta confiance, murmura Tiddley, je n'en veux plus.

– Une chose pareille… après toutes les années d'amour que je t'ai données. » La voix d'Angel vibrait d'émotion, puis elle se fit soudain cassante. « Très bien… trouve-toi un emploi et on verra si tu aimes ça.

– Oui, tu as raison… il faut que je m'en aille. » Tiddley semblait avoir rejoint l'univers nouveau qui était le sien, une planète inhabitée plus froide que la mort.

Mais Julian éclata de rire. « Tais-toi… pauvre petite cruche. Tu resteras ici aussi longtemps que Sally et moi serons là… tu le sais, n'est-ce pas ?

– Julian, tu m'as l'air bien sûr de toi en ce qui concerne ton avenir avec Sally, dit Angel, ravie d'aborder le sujet.

– Évidemment que je suis sûr. » Brutal, Julian s'exprimait avec plus de conviction qu'il n'en éprouvait, et aussi, du fait de son incertitude, avec moins de douceur. « Maman chérie, ne te vexe pas, mais tu sais, je suis un grand garçon maintenant. J'ai fait la guerre, je me suis débrouillé tout seul, et puis je suis tombé sur Sally et je suis extrêmement fier de l'avoir auprès de moi. Elle est à la fois ma petite ancre personnelle et mon petit bateau personnel, et il n'est pas question qu'on lui installe un nouveau moteur.

– Julian, fit Sally, le souffle coupé, est-ce que je compte donc tellement ? Tu as donc tellement besoin de moi ?

– Tu n'imagines pas... » Il était bien décidé à imposer cette théorie, sans contestation possible. Il ajouta en guise de timide amendement : « Tu verras, tu l'aimeras aussi, Angel.

– Sois juste, déclara Angel d'un ton calme, j'ai fait de mon mieux pour accueillir Sally dans la famille.

– Oui, acquiesça Sally en levant aussitôt les yeux sur le portrait du grand-père de Julian, dont le regard l'avait tant effrayée. La famille d'aujourd'hui et d'hier, précisa-t-elle non sans ironie.

– En tout cas, répliqua Julian, bêtement soucieux de défendre ses ancêtres, ils étaient peut-être un peu mornes mais ils étaient respectables, ma chérie. »

Sally se sentit tout à coup envahie par un soulagement absolu ; vive comme l'éclair, elle frappa de toutes ses forces : « Mornes ? s'étonna-t-elle. Comme cette vieille crapule inhumaine ?

– Grand-papa, inhumain ? Voyons, bien sûr que non, il était désespérant de bonté. Une bonté tellement pompeuse qu'on l'appelait l'Évêque.

– Il n'avait pas construit de cabane dans un arbre ?

– Non, non, ça c'était cette chère Tante Agatha... pour s'amuser. Lui, il s'était contenté de construire une église sur une île.

– Eh bien... » Sally, très lentement, examina Angel des

pieds à la tête et de la tête aux pieds. « Vous êtes vraiment effarante. Vraiment effarante, je vous jure. »

Affichant son sourire le plus éclatant, Angel répondit : « Je dois me montrer gentille avec vous, je dois me montrer patiente. Je n'ose pas vous demander de comprendre. Comment pourriez-vous comprendre ? Vous et moi, nous sommes, serais-je tentée de dire, des étrangères irréconciliables.

– Vous et moi, corrigea Sally, nous sommes deux femmes ordinaires terriblement coriaces ; c'est la raison pour laquelle nous nous comprenons si bien.

– Je suis une mère…

– Vous êtes le portrait classique de la mère dévoyée. Vous êtes une vieille chipie prédatrice, gonflée d'orgueil et de vanité, et une menteuse des plus maladroites.

– Maladroite ? » Chose bizarre, ce fut là le trait qui blessa le plus douloureusement le flanc sanguinolent d'Angel. « Maladroite… ah, ça c'est vraiment le bouquet… c'est le summum. Laissez-moi vous dire deux choses, Mrs. Wood. D'abord il y a un train excellent qui quitte la gare locale à minuit, et puis il y a toujours de la place pour une personne de plus sur le bateau du courrier.

– Merci. » Sally alluma une cigarette. « J'aurais horreur de vous priver de cette place vacante… je ne doute pas que vous l'ayez achetée. »

Angel joua sa dernière carte. « Julian », souffla-t-elle, dans un murmure aussi faible qu'effrayé.

Julian, qui avait l'air atrocement mal à l'aise, se servit un verre dont il n'avait pas envie.

« Slaney… reprit Angel, murmurant toujours. Chérie, tu m'aimes et tu crois en moi, n'est-ce pas ?

– Non, répondit Slaney d'une voix changée. Car, vois-tu, je suis une cynique invétérée – voilà ce que tu m'as fait, me voilà, je suis devenue vieille et cynique.

– Oh, Slaney, fit Chris d'un ton gentiment implorant, fais-moi plaisir, arrête donc de grandir. »

Enchantée, Slaney attrapa la perche qu'il lui tendait : « Tu as raison, je ne suis plus une enfant mais une femme. Je vais me mettre à boire du scotch et à avaler la fumée…

ne me touche pas... donne-moi une cigarette... laisse-moi le temps de réfléchir et de décider ce que je veux. »

Chris la rejoignit en boitant et lui tendit ses cigarettes d'un geste affectueux. « Tu sais, tu devrais être étatisée. »

Slaney leva les yeux vers lui. « Tu crois que ce serait bien ? » demanda-t-elle. Elle avait retrouvé sa petite voix sotte.

« Tu t'es retournée contre ta propre mère, Slaney. Tu me brises le cœur. » Slaney n'avait d'yeux que pour Chris. « Il ne me reste plus personne. » La situation était empreinte d'une réelle tristesse. « Tiddley, ma petite Tiddley... je vais te donner une autre chance.

– Et tu me donneras un autre piano ? demanda Tiddley sans se démonter.

– Oh, mon Dieu ! » Angel se redressa soudain. Un arbre dans la tempête n'était pas plus impressionnant, ce n'étaient pas des bras qu'elle avait, mais des branches éplorées torturées par le vent. « Tout ça me dépasse à la longue. Ne te complais pas dans le malheur, ma chère. Tu as toujours ton harmonica... »

Tiddley lui opposa une objection pleine de bon sens : « Mais je ne peux pas jouer les notes les plus hautes sur mon harmonica...

– Ce n'est pas possible d'être aussi égoïste ! » Fulminant de colère, Angel rua dans les brancards : « Si tu vas par là, ma chère, tu ne peux pas les jouer davantage au piano.

– Angel... tu... oh, je n'en peux plus. Oh là là, oh, mon Dieu, oh, je vous en prie... » Tiddley alla plonger sa tête dans les volants de sa robe blanche, son jupon se releva sans grâce sur ses pieds trop larges et ses jambes trop courtes : embarrassant et guère joli à voir, son désespoir était même un soupçon épuisant après la scène précédente.

Angel, baissant les yeux sur elle, esquissa un geste d'impuissance à l'adresse des autres. Elle n'en pouvait plus. Ils se précipitèrent comme un seul homme pour aller s'agenouiller autour de Tiddley, offrant baisers et réconfort, offrant leur amour et leurs mouchoirs, leurs verres et leurs cigarettes. Elle avait été martyrisée... la petite veinarde.

« Oh, c'est affreux, dirent-ils. Sois courageuse... Ce n'est pas vrai… Joue pour nous, Tiddley, tant que tu voudras… Tiddley, nous t'aimons… »

Tout à coup Birdie réapparut : avec son tablier de cuisine bleu noué par-dessus sa veste blanche, elle avait l'air largement pourvue de hanches et de fesses, et cet accessoire faisait penser au tablier de flanelle que les bonnes nounous arborent à l'heure du bain tous les soirs de votre jeune existence.

« Venez avec Birdie, mes trésors, dit-elle. Il est tard… vos bouillottes sont prêtes, vos lits préparés, et j'ai fait de l'Ovomaltine pour tout le monde.

– Dieu bénisse toutes les nounous, et fasse de Sally une enfant sage, dit Sally en éteignant sa cigarette et en ramassant son sac.

– Viens avec moi, chérie. » Julian passa son bras autour de Tiddley. « Tu auras la tasse Peter Rabbit avec tous les bébés lapins dessus. »

Ils disparurent. Angel se retrouva seule dans le salon où la chaleur était fortement imprégnée de rancune. Elle ignorait totalement comment elle pourrait ressusciter le bonheur. Elle se retrouvait seule avec sa misérable petite personne. Son imbécile de cœur, après toutes ses intrigues, n'était plus qu'un chapeau tombé dans la poussière, ridicule, bondissant et roulant vers nulle part, long voyage merveilleux vers le néant. Si quelqu'un le rattrapait et le lui rendait, c'était en pure perte, il était abîmé, ce n'était plus son joli chapeau. Elle ne se sentait pas coupable le moins du monde envers les jeunes gens, plutôt peinée et insultée par eux. Elle se demandait par quel moyen revenir au point où elle en était ne serait-ce que ce matin avec ses enfants, ainsi qu'avec Tiddley et Birdie, mais elle n'envisageait pas un instant la voie du repentir. Elle ne voyait absolument pas en quoi elle pouvait améliorer son comportement. Elle avait agi pour le mieux, et uniquement dans leur intérêt à tous ; ils avaient mal compris ses intentions, et ils l'avaient cruellement déçue.

En repensant à Sally – à son petit corps et à sa grossière humanité, à sa langue fielleuse et à son intrépidité –, son cœur se mit à battre la chamade, elle se sentit barbouillée et fiévreuse, gorgée d'aversion pour cet animal qui avait emporté son enfant. Elle nourrissait à l'égard de Birdie et de Tiddley une rancœur plus forte encore. Une répulsion ébahie face à cette trahison de sa confiance et de son amour. Elle repensa à toutes ces années durant lesquelles elle avait entretenu en elles l'étincelle de la vie et du romantisme : qui d'autre qu'elle les avait aidées à franchir ces terribles crises clandestines que traversent les femmes solitaires ? Elle avait servi d'exutoire innocent à toutes leurs secrètes aspirations amoureuses. Angel, qui par bonheur ne réclamait aucun amour réel, pour qui l'amitié exotique d'Oliver s'était avérée plus que suffisante, pouvait comprendre : elle pouvait alimenter et orienter tous ces rêves romantiques de l'adolescence et de l'âge mûr. Mais à présent que l'amour concret avait pénétré dans sa maison, elle était torturée par une jalousie pleine de méfiance ; elle redoutait de voir son petit monde lui échapper et elle s'évertuait à tous les retenir aussi vainement que si elle s'escrimait à attraper des fétus de paille dans le cours d'un torrent.

Dans son chagrin, elle restait immobile comme une souris, regardant les fauteuils où Sally et Chris s'étaient assis, animée d'une formidable hostilité même envers les coussins déformés dont les bosses témoignaient de leur présence. Tandis que la pièce désertée s'apaisait, comme s'apaise naturellement toute pièce vide, Angel demeura assise froidement au milieu de toutes ces jolies fantaisies dont elle était l'auteur. Les différents meubles, coussins en soie et autres lampes qui avaient été pour elle comme des êtres humains se retirèrent dans le lointain, comme dépouillés de leur beauté, de leur chaleur et de leur pouvoir de réconfort. Le petit feu de soir d'été qui brûlait dans la cheminée se réduisit en cendres et les effluves capiteux des bouquets de Tiddley devinrent subitement écœurants, comme si leurs fleurs procédaient à des gargarismes sans la moindre pudeur ; seules les roses blanches dégageaient une fraîche et discrète odeur de bois vert, émanant plus des tiges que des fleurs elles-mêmes, délicat témoignage de sagesse et de retenue.

Dans tous ses états, Angel attendait ; elle attendait seule dans cette pièce parce qu'elle était indésirable : parce que ce soir elle ne devait pas aller embrasser et border ses enfants, ni leur demander si leur bouillotte était chaude ou si leur livre de chevet était amusant, toute la douceur de sa vie s'éteignit comme une bougie. Elle se trouvait à nouveau dans cette immense contrée glaciale qu'elle avait connue au début de son veuvage, ce pays effroyable où elle avait vaillamment refusé d'habiter ou de séjourner. Elle en avait fui la mélancolie désespérée, et récusé sur-le-champ l'émotion diabolique, même si toutes ses petites manifestations de contentement simulé, ses rigoureuses et éclatantes démonstrations de maîtrise de soi, équivalaient en somme à faire filer du sable à travers des mains vides. Elle avait regardé ces deux enfants bien-aimés en se disant : ils sont mignons, oui, ils sont vraiment mignons, mais sans en éprouver ni chaleur ni enthousiasme. « Ces enfants adorables doivent être pour vous d'un très grand réconfort », lui disait-on, et elle souriait en hochant la tête, tendant ses mains vers les flammes factices d'un feu artificiel.

Mais le temps et le travail, ajoutés au fait qu'elle était non seulement une femme froide mais une femme compétente et autoritaire, avaient fini par lui apporter la paix, et elle avait à nouveau aimé pleinement ses enfants. Elle avait reconstruit sa vie entière sur leur existence à eux. Le prix qu'elle avait à leurs yeux constituait l'essence même de sa propre existence. Et aujourd'hui, en une seule journée, en moins d'une journée, elle se retrouvait à nouveau avec le sable qui lui coulait entre les doigts, et devant elle un horizon douloureux qui ne menait nulle part. Inclinant sa jolie tête vieillissante, elle posa son front dans la cage glacée de ses doigts et replia ses longues jambes juvéniles sous ses cuisses, comme une écolière tourmentée. Il n'y avait pas de place pour la prière dans son cœur si discipliné, seulement pour la peur, cette terrible peur de l'extinction du moi. Mais je vais devenir folle, pensait-elle avec angoisse ; je vais devenir folle toute seule, je ne peux pas rester seule.

Ce fut seulement alors, parmi le tumulte de la défaite,

que le souvenir lui revint de l'étrange demande en mariage qu'Oliver lui avait faite aujourd'hui. Ces mots qu'elle avait reçus comme un joyeux hommage à son pouvoir et à son caractère, ces mots pouvaient-ils lui insuffler vigueur et réconfort, constituer pour elle une nouvelle raison d'être ? Ensemble ils allaient perdre l'agréable pouvoir dont ils jouissaient sur cette propriété, où ils avaient travaillé conjointement mais qui appartenait à Julian : ne serait-ce pas une consolation nettement galvanisante de sauver de l'abandon un autre domaine, et de remettre en état une maison et ses terres ? Pour qu'un de ses enfants hérite, il eût été normal d'attendre qu'elle soit morte, et encore eût-il fallu que cet enfant fût aussi doux, aussi obéissant et aussi raisonnable qu'un agneau, un agneau sans ressemblance aucune avec l'animal maussade et rebelle qu'elle avait vu ce soir. Dans ses sombres pensées, Angel se sentait extraordinairement soulagée de s'être souvenue de ce rayon de lumière. Soudain requinquée, elle se mit à secouer les coussins et à déplacer les meubles dans un regain subit de méticulosité domestique.

Loin d'être déplacée, cette idée de mariage lui semblait à présent assez charmante. L'ayant costumée un peu, elle accepta cette perspective, puisant dans son examen une énergie renouvelée. Évitant tout contact réel avec le vrai Oliver – cet Oliver bougon et désapprobateur qui plantait des épingles dans tous les ballons les plus gais de la vie –, son fantasme substitua à la grossière réalité ce cavalier mythique qui, à la fois affectueux et rassurant, était censé marcher à ses côtés et porter ses valises jusqu'à la fin de ses jours.

Quand Oliver ouvrit la porte et pénétra dans la pièce, assez élégamment vêtu et portant, assez bizarrement, une valise dans chaque main, Angel se sentit à peine étonnée ; elle ne vit pas autre chose dans son apparition qu'une démarche consolatrice et amicale. Elle s'élança vers lui, pleine de grâce et de générosité : « Cher Oliver, vous êtes revenu recueillir votre réponse… cette réponse est… Oui… je suis très heureuse et – elle chercha le mot adéquat –, fière que vous vouliez bien de moi. » Puis, oubliant toute grandiloquence, elle alla se rasseoir. « Ils m'ont tous laissée tomber, chéri, et je serais ravie de vous épouser, sincèrement. »

Il posa ses valises par terre et s'avança vers elle : « Angel, vous n'êtes pas sérieuse ? Pas réellement ?

– Oh, mais si, mais si, lui promit-elle. Absolument. Oh, Oliver, les enfants se sont retournés contre moi… est-ce que vous pouvez croire une chose pareille ?

– Malheureusement, oui.

– Je n'arrive pas à comprendre. Enfin, voyons, je serais capable de dévaliser une banque, d'arrêter un train, je crois même que je serais capable de mentir pour eux !

– Et ils vous ont démasquée ?

– Oui, c'est honteux de leur part, n'est-ce pas ?

– Honteux », répéta-t-il, sidéré. Seigneur, que ne remarquait-elle le halo qui lui nimbait la tête ? Que ne s'interrogeait-elle sur son costume bleu, sur son chapeau, sur ses valises à cette heure de la nuit… que ne lui offrait-elle une quelconque ouverture ?

« Vous m'aiderez à franchir ce cap si cruel ? demanda-t-elle, les mains tendues vers lui, le menton dressé et ravissant.

– Il faut que je vous dise quelque chose. Je dois… » Il fit un pas vers elle, rongé de désespoir.

« Faut-il que ce soit ce soir, mon cher ? » Angel s'était toujours targuée de savoir contourner ce qu'elle considérait comme un empressement masculin fort désagréable, sans blesser outre mesure l'audacieux. « Je suis fatiguée, je suis un peu fatiguée… vous savez que je ne suis pas prête pour le bonheur.

– Attendez… Angel, il le faut. »

Lorsqu'on se laisse emporter par le flot de ses paroles, il est facile de perdre en route tout son discernement. Sans cesser de parler, Angel se rendit à la porte-fenêtre : « J'ai besoin d'être seule. Ils m'ont passablement démolie, vous savez, mais je m'en sortirai… je crois que je vais aller dire au revoir à mon jardin… j'espère me montrer raisonnable… Non, ne m'accompagnez pas, mon cher… » Puis elle ajouta, ultime instruction dépourvue d'équivoque : « Verrouillez la porte derrière moi, je rentrerai par la porte latérale. Je suis sûre que ces lascars ont oublié le poison pour les rats. Bonsoir… *à demain* * ! Et n'oubliez pas les lumières, mon chéri, voulez-vous… »

Elle avait disparu. Elle se retourna une fois et elle le vit qui se tenait toujours là, le poing fermé sur un pan du rideau. « Bien émotif, ce pauvre trésor. J'espère qu'il n'oubliera pas de verrouiller la porte-fenêtre… » La vigilance d'Angel ne connaissait pas de limites.

33

Oliver lâcha le rideau. Il était très émouvant, se dit Sally, nerveux comme un chaton dans son joli complet bleu, sans rien de l'assurance un tantinet agressive du ravisseur amoureux… pas le moindre prétexte pour aider Sally à se montrer désagréable. Il déclara d'un ton doux : « Les étoiles sont fabuleuses ce soir… on se croirait de retour à Vienne.

– Tu sais que Vienne regorge de Russes. » Elle devait rompre cette ambiance, rompre le charme de ces mots.

« D'accord, dans ce cas, elles ne brillent que pour nous… Aldébaran et toutes les autres. » Il l'attrapa par le coude. « Allez, viens, il faut que nous ayons ce train. »

Elle se tenait sans bouger, son bras passé dans le sien, aussi éloignée de l'amour qu'un arbre derrière sa clôture.

« En grande toilette pour le voyage de noces… » Les mains de Sally, repliées sur ses bras, étaient glissées chacune dans une manche : seuls ses yeux effleuraient Oliver. « Je ne peux pas venir, murmura-t-elle. Chéri, je ne peux pas venir.

– Réfléchis… réfléchis bien.

– Oliver, je reste. Crois-moi, ça ne sert à rien… ce gosse a trop besoin de moi… tu ne sais pas tout ce qui s'est passé ici ce soir, combien il s'est bagarré avec elle pour moi. Est-ce que je peux me défiler après ça ? Est-ce que je peux ?

– Tu es un symbole, chérie, c'est tout. Julian a toute une existence que tu ne peux pas partager : ses moteurs, ses bateaux, ses pendules cassées. Sally, tu surestimes ton importance.

– Peut-être, mais qu'en savons-nous ? Nous avons trop tendance à ne pas nous soucier de ces jeunes gens comme Julian, ces cyniques en culottes courtes… ça nous arrange.

– Ça les arrange… ces gosses sont coriaces. Ne dramatise pas.

– Ils ont quitté l'école pour aller bombarder Berlin… qu'est-ce que la vie leur a donné ? Des ours en peluche, des sections coniques et des opérations militaires… je t'assure qu'il était à bout quand j'ai fait sa connaissance là-bas ; il avait frôlé la mort une ou deux fois de trop.

– C'est fini maintenant. Tu as fait tout ce que tu pouvais pour lui.

– Je vais rester dans les parages… il n'est pas peu fier d'avoir ramené une femme élégante à la maison. Et tu voudrais que je lui confisque ce plaisir ?

– Tu es sa vanité… mais tu es ma vie.

– Comme tu es la mienne. » Sally avait prononcé ce serment avec une placidité infinie. En l'entendant, Oliver comprit qu'il avait échoué. Il l'entendit qui disait : « Nous sommes les grandes personnes dans ce conte pour enfants, Oliver, et Angel est l'adulte la plus dangereuse de nous trois.

– Tu te trompes sûrement. Je me trompe sûrement… embrasse-moi…

– Non.

– Une fois.

– Une fois. »

Rien sur terre n'est plus horrible que de déranger des amants. Rien n'est comparable à la gêne que suscite une telle mésaventure. Même Angel, débarquant au milieu de ce baiser dans un légitime accès de fureur vertueuse, éprouva un terrible pincement au cœur en constatant sa propre étourderie et l'étendue de sa propre solitude. Néanmoins l'énormité de la situation, associée à son horreur toute singulière, envahit d'un seul coup l'ensemble de son être comme la colère de Dieu, lui donnant subitement la force d'un bataillon entier de brûleurs de sorcières. Sally, la fiancée de son fils, et Oliver, son vieil ami et futur mari, s'étaient rencontrés pour la première fois aujourd'hui, et voilà que ce soir elle les surprenait à s'embrasser dans cette étreinte fervente mâtinée de douleur. Les bras de Sally auraient pu être les bras d'une amante de pierre, quant à Oliver, la tête penchée, il scrutait son visage comme si ses yeux amoureux risquaient de ne plus jamais pouvoir le contempler.

Dans un grand froufrou, sa robe s'évasant sous le souffle de son élan, Angel prit la parole : « Vous me pardonnerez cette interruption des plus impardonnables... »

Ils s'écartèrent, presque négligemment, avec autant de grâce qu'ils s'étaient embrassés. Sally ne porta même pas la main à ses cheveux.

« Vous êtes la bienvenue ! s'écria Sally de sa petite voix chantante. Que vous le croyiez ou non, il s'agissait simplement d'un au revoir, d'un *auf wiedersehen.*

– Un au revoir... pour quel genre d'idiote me prenez-vous ? Pour quel genre de mère me prenez-vous ? Comment vais-je pouvoir annoncer à mon fils que je vous ai surprise en train de séduire Oliver, trois heures après votre première rencontre ?

– Du calme, Angel, dit Oliver avec douceur. Ne me laissez pas en dehors de cette histoire. Il faut deux méchants pour faire une bonne séduction. Quoi qu'il en soit... si nous fumions une cigarette pour nous calmer ? Séduction n'est pas le mot qui convient... Sally et moi avons été amants il y a des années. C'était elle la fille qui m'avait abandonné à la mort en Autriche, avant que vous, ma chère Angel, ne surveniez pour me secourir, et me rendre la santé. Un joli sac de nœuds, non ? »

Les yeux toujours rivés sur les détails d'ordre pratique, Angel indiqua les deux valises. « Et vous vous imaginez que je vais croire qu'il s'agit ce soir d'un adieu ? Que font ici ces deux ignobles valises, qui sentent l'intrigue à plein nez ?

– Deux déconvenues déchirantes, c'est tout... Et en voilà une autre, ajouta Oliver en embrassant Sally avec une extrême tendresse. *Auf wiedersehen*, ma chérie.

– Mais bien sûr, *auf wiedersehen !* reprit Angel de sa voix vengeresse. Maintenant je vois le tableau. Elle vous a laissé en plan à Innsbruck avec une gentiane fanée dans le ruban de votre chapeau, un seul poumon et puis un cœur brisé pour que je le répare, c'est ça ?

– C'est ça... vous avez pigé... maintenant vous avez toutes les données. Alors, qu'est-ce que vous comptez faire ?

– Qu'est-ce qu'elle compte faire ? répéta Sally en s'avançant, la tête inclinée d'un air menaçant. Je vais lui dire, moi, ce qu'elle peut faire. Elle a doublé tout le monde dans cette maison ce soir, maintenant c'est elle qui va récolter ce qu'elle mérite.

– Vous oseriez me donner des ordres ? »

Elles se faisaient face – on aurait dit deux furies sur le point de s'étriper.

« Je suis bien placée pour donner des ordres, dit Sally, car il semblerait que j'aie réussi à ferrer vos deux hommes, non ? Pas un, mais les deux. Oliver et Julian. Julian et Oliver. Oliver, j'aurais énormément de mal à le lâcher, vous savez comment c'est. D'un autre côté, Julian a tellement besoin de moi... je n'arrive pas à me décider. Pourriez-vous m'aider à me décider ? »

Angel pensait intérieurement : « J'ai laissé tomber des hommes, j'en ai fait marcher, je n'en ai jamais perdu un, pas encore... je ne pourrai jamais. » Tout haut, elle dit : « Aujourd'hui Oliver m'a demandé de l'épouser et je lui ai donné ma parole. Cela vous surprendra peut-être, Mrs. Wood, mais il existe une chose telle que la parole donnée en ce monde.

– J'en conclus donc que vous choisissez Oliver et que je peux m'occuper de Julian. Mais ça ne suffit pas. Il n'est plus question que vous touchiez ni à Julian, ni à Slaney, ni à Chris... je m'intéresse également à leur bonheur. Vous ne les dérangez pas avec vos directives et vos mensonges, vous les laissez choisir leur propre destin et mener leur propre existence, et alors je vous promets, je vous donne ma parole d'honneur, que je mettrai une croix sur Oliver.

– Assez bizarrement, dit Angel, je vous crois. »

Oliver comprit que cet instant était un instant de vérité entre les deux femmes ; lui qui était si directement concerné eut la présence d'esprit de se garder d'intervenir. Ce n'était pas le moment pour lui. Pas ce soir, avec toute cette émotion avinée, cette volonté de puissance et cette tentation sacrificielle qui épaississaient l'atmosphère.

« Rappelez-vous, dit Sally, le moindre mauvais tour, et je change pour Oliver devant l'autel.

– Dans ces intéressantes conditions, chère Angel, tenez-vous toujours autant à notre mariage ? se permit de demander Oliver.

– Vous pouvez me faire confiance, Oliver, répondit-elle avec une simplicité enfantine pleine de gravité, une sorte de conviction qui rendait impossible tout sarcasme facile et la laissait victorieuse.

– Et comment honorerez-vous ce marché ? » Sally ne laissait rien passer ; elle avait une volonté d'acier, et ses mots étaient comme de l'acier.

« De manière grandiose, répliqua Angel, animée soudain d'une nouvelle détermination et d'une nouvelle puissance. Oui… pourquoi pas un triple mariage dans l'église de l'île ?

– Un triple mariage, d'ici trois semaines… pas trois mois ni trois ans ?

– D'accord, trois semaines… » Ce superbe projet fit son chemin en elle aussi vite qu'un feu dans l'herbe sèche. « Des évêques en soutanes empesées… des magnums de champagne.

– Vous vous amuserez un peu ? la taquina Oliver.

– Oui, je m'amuserai. » Elle redressa fièrement sa tête magnifique et regarda autour d'elle cette pièce qui avait été toute son œuvre, mais aussi toute sa vie et toute son âme. « Je ferai ma sortie en musique.

– Nous avons donc chacune la parole de l'autre, d'accord ? dit Sally.

– Oui. » Elles se serrèrent la main comme deux préfets dans une école de filles.

« Tout ça me semble parfait, soupira Oliver, mais qu'avez-vous prévu en ce qui concerne Birdie et Tiddley ?

– Elles ne sont pas comprises dans ce traité, répondit Angel. Nous avons réglé le sort des enfants, c'est déjà pas mal pour ce soir, non ?

– Les pauvres petites… j'ai vraiment commis une erreur sur ce point, soupira Sally. À moins que… » Elle réfléchit intensément, avant de reprendre d'un ton extrêmement las : « À moins que ce ne soit vous.

– Qui sait ? » Angel ne haussa même pas les épaules. Elle avait cet air impassible que donne l'antipathie.

34

La couleur du sable traversait l'eau et s'infiltrait dans l'atmosphère, les algues fondaient et léchaient les rochers, l'eau arrivait au pied de l'échelle de fer qui montait de la mer à la jetée du port. L'odeur forte de la mer était aussi précise que le goût d'une huître fraîche. Il était plus de huit heures mais le ciel était tellement immense et clair que la nuit semblait encore à un jour de distance. De petits bateaux se balançaient doucement dans la marée basse, ils paraissaient suspendus dans les airs par les cordages humides qui les reliaient aux anneaux de fer fixés dans le ciment du quai.

Debout sur la digue, parmi les festons salés de filets de pêche étendus à sécher, le piano de Tiddley ressemblait au cadavre d'une gouvernante violée ; ces pédales pâles qui faisaient penser à des pantoufles, cette grâce modeste, ce chamboulement survenu dans une existence douce et utile, tout cela sautait aux yeux alors que le piano attendait, se complaisant presque dans son incongruité, la publicité accompagnant ce destin encore pire que la mort.

Angel regarda le piano d'un œil froid et exempt de remords. L'instrument n'était pas le seul objet insolite sur le quai ce soir-là, car elle était en train d'ériger avec l'aide de Finn une terrifiante voûte nuptiale dans laquelle les rames, les boules de verre des filets de pêche et une profusion de delphiniums bleus étaient utilisés avec une effroyable dextérité totalement dénuée d'humour. Elle paraissait jeune, robuste et implacable dans son tailleur de flanelle bleue et ses chaussures plates en daim blanc. Par contraste, Finn, escaladant et descendant les marches mouillées vers le bateau en contrebas, avait l'air aussi sauvage qu'une créature marine à piquants prise dans un filet. Il avait quelque chose de coquin qui semblait conférer à l'événement une atmosphère de fées maléfiques, de sortilèges malveillants et de facéties impitoyables.

« Finn, cria Angel, perchée sur un escabeau. Encore des delphiniums.

– Il n'en reste que trois, madame. » Debout sous la voûte de fleurs, il la contemplait avec des yeux jaunes comme ceux d'une chèvre dans la lumière dorée qui baignait aussi bien l'eau que l'air. « Le pied du bénitier dans l'église de l'île en a consommé plein. Voulez-vous que je retourne à la maison en chercher quelques autres ?

– Non, non, je vais me débrouiller. » Elle lia ensemble de la mousse humide et des fleurs et étira ses bras infatigables.

« Fichtre, mille pardons, s'exclama Finn avec une admiration servile, mais ça va être magnifique pour ce triple mariage demain matin.

– Sublime, n'est-ce pas ? » Angel examina son œuvre avec une satisfaction qui ne s'encombrait pas de la moindre réserve. « L'église de l'île était ravissante elle aussi… merci pour ton aide, Finn.

– Je n'ai rien fait, en réalité.

– Je ne serais jamais arrivée à disposer les lys sur l'autel sans toi.

– Ah, déclama-t-il avec un lyrisme de véritable poète, quand le soleil du matin viendra frapper cette vieille dalle de pierre, ils seront splendides.

– Oui, oui, acquiesça Angel avec flamme, je vois déjà la scène… Miss Slaney en blanc des pieds à la tête, son voile baissé sur son visage… moi-même dans une robe gris-bleu aussi simple qu'élégante…

– Et Mrs. Wood ? demanda-t-il, désireux de compléter le tableau.

– Je crois que j'ai entendu parler d'un tailleur de brocart

violet avec des orchidées. Je suis sûre qu'il y aura une gerbe d'orchidées. »

Finn soupira : « Ce matin viendra-t-il jamais où nous vous verrons enfin les trois jeunes mariées que vous êtes ? »

Angel profita de cet instant d'enthousiasme pour peaufiner ses instructions concernant ledit matin. S'adossant contre le mur, elle sortit un petit carnet de sa poche.

À cent lieues de toute préoccupation domestique, Finn regardait vers le large : « Est-ce le bateau du colonel Christopher que j'aperçois ?

– Ne dis pas de bêtises… » Angel tournait les pages de son impeccable petit carnet. « Je lui ai clairement laissé entendre qu'il ne devait pas venir ce soir. Bon alors, Finn, à propos de la matinée… Tu dois respecter l'horaire que j'ai établi. Qu'est-ce que tu fais à midi ? » demanda-t-elle, son crayon pointé sur la page correspondante.

Finn répondit avec emphase : « J'emmène monseigneur l'évêque et les trois futurs mariés à l'église de l'île avec le *Julietta.* » Il s'interrompit rêveusement, écoutant un battement cadencé qui résonnait sur l'eau, et ce songe de grand air lui rendit sa voix de braconnier : « Sacrebleu, je crois bien que le colonel Christopher marche au moteur maintenant. »

Angel ne releva pas. « Et tu dois te souvenir…

– D'offrir à monseigneur un double brandy avant de partir.

– C'est un très mauvais marin, dit Angel avec une certaine réprobation.

– C'est là que j'ai mis ma cave, avec les verres et tout le reste… vous n'auriez jamais deviné, pas vrai ? » Finn ouvrit l'abattant du piano de Tiddley. « Sans oublier une bouteille pour les mariés. » Il regarda à l'intérieur comme un écureuil.

« Veille bien à tout sortir de là avant que le maître d'école n'attaque *La voix qui a soufflé sur l'Éden*… ce sera quand nous débarquerons après la cérémonie. Et sois là pour l'aider à charger le piano sur le bateau quand nous serons tous partis en voyage de noces. Tout se combine à merveille. Je ne suis pas du genre à traînasser. Et à ce propos, est-ce que Miss Tiddley a bien passé la tondeuse sur le court de tennis ?

– J'en doute, madame. » Penché par-dessus la digue, Finn, pour l'instant, était totalement concentré sur le bateau qui approchait du mouillage. « Doucement, monsieur, allez-y doucement », cria-t-il, s'apprêtant à attraper l'amarre que Chris avait lancée avec une impatience cinglante.

« C'est vraiment assommant, dit Angel à personne en particulier. Bon, veux-tu bien m'écouter, Finn… À midi et demi, départ des femmes pour l'île. »

Mais Chris, très léonin dans la lumière sableuse, les avait rejoints. « Bonjour, mon cher, quelle surprise, dit Angel d'un ton froid.

– Il faut que je voie Slaney tout de suite, annonça Chris. Vous comprenez, j'imagine, que c'est assez important. Où est-elle ?

– Dans la maison en train de se faire coiffer ; pardonne-moi, mon cher, mais tu ne crois pas que tu ferais mieux de la laisser tranquille… tu sais comment sont les filles… »

Chris ne répondit pas. La tête baissée, les mains dans les poches, il s'éloigna doucement dans ses chaussures à semelles de caoutchouc. Il n'était pas mal élevé. Il paraissait simplement un peu désespéré.

Finn le suivit des yeux puis regarda à nouveau Angel : « Mais, madame, Miss Slaney est en train de pêcher des crevettes sur les rochers là-bas… rectifia-t-il.

– Je ne suis pas au courant, dit Angel, se replongeant dans son carnet. Bon, nous disions, départ des femmes pour l'île.

– Oh là là, madame, quelle calamité s'il pleut ! lança-t-il, avec une lugubre délectation. Mon Dieu, il peut aussi pleuvoir des cordes sur l'île de l'église.

– Allons, Finn, arrête. De toute façon, Birdie pourra apporter trois grands parapluies dans le bateau… je les mettrai sur sa liste. » Elle le nota. « Trois grands parapluies. Ce sont les hommes qui les tiennent de toute façon.

– Mettez les parapluies sur ma liste, madame, dit Finn en secouant la tête. Si le coup de ce soir réussit, nous ne pourrons guère compter sur Miss Birdie demain.

– Pour son propre bien, la pauvre chérie, murmura Angel, corrigeant l'inscription dans le carnet, de sa toute petite écriture si précise.

– Sa chance s'est envolée… Elle tombe sur du noir à chaque fois qu'elle tire les cartes. » À nouveau, cette méchante lueur de jubilation. « Tous les sourires, tous les artifices et tous les soufflés au saumon du monde ne sauraient avoir raison des cartes. »

Angel repensa aux trois semaines écoulées et au tour que les événements avaient pris ; ces petites excursions à Dublin pour acheter les trousseaux, auxquelles Birdie et Walter n'avaient pas participé ; ces longues journées à mieux faire connaissance tandis qu'ensemble ils cherchaient les moyens d'améliorer les vêtements achetés pour les futures mariées, et qu'ensemble ils concevaient, tant en pratique qu'en imagination, des modèles qui les comblaient de satisfaction, se marmonnant des suggestions avec des bouches remplies d'épingles ; ils étaient occupés ensemble ; ils travaillaient ensemble ; ils avaient conscience de leur importance respective. Angel n'avait pas sous-estimé le danger, mais c'était l'indéniable utilité de la combinaison qui avait prévalu. Elle avait toujours eu le sentiment que quand les choses deviendraient trop sérieuses elle pourrait, si nécessaire, détruire cette association.

Birdie, l'air étonnamment indestructible dans son bonheur et dans son joli chapeau neuf, arriva gaiement et esquissa un sourire en levant les yeux sur la voûte nuptiale. Elle portait une jolie veste de couleur pâle qui précédait quasiment la mode, et son chapeau convenait aussi bien aux traits de son visage qu'un étang au détour d'une route.

« Ma parole, Birdie, vous êtes bien élégante, dit Angel avec une suffisance un tantinet insultante. Quel chapeau… » acheva-t-elle d'une voix éteinte. C'était un compliment tellement forcé que n'importe qui se serait senti endimanché et vaguement ridicule, mais Birdie savait que ce n'était pas le cas.

« Adorable, n'est-ce pas ? » Elle l'ajusta d'un millimètre sur son front. « C'est Walter qui l'a fait.

– Très mignon, ma chère. » Le sécateur d'Angel claqua

sur une tige. « Tu ne trouves pas qu'il te vieillit un tout petit peu ?

– Il voulait que je porte un chapeau en forme d'auréole, poursuivit Birdie. Non, Walter, lui ai-je dit, ces chapeaux-là ne sont pas mon genre.

– C'est un tort, mademoiselle », persifla Finn.

Elle ne se laissa pas démonter. « Allez, moquez-vous tout votre saoul, mon petit Finn… » Il fallait qu'elle leur dise. « Ce soir il m'est impossible de me fâcher. Walter et moi, nous nous apprêtons à mettre au point les derniers détails avec le Père Scanlan.

– Tiens, tiens ! » Angel accueillit cette nouvelle avec indulgence, comme quelqu'un qui a la situation en main et qui peut se permettre d'être tolérant. « Je suppose que vous savez mieux que quiconque ce que vous avez à faire, ma chère. Les valises des futures mariées sont-elles prêtes ?

– Y compris la mienne… » L'iridescence de l'expression « future mariée » constituait pour Birdie un merveilleux délice à partager. « Jusqu'à la dernière couche de papier de soie la plus aérienne, avec sur le dessus ma fabuleuse chemise de nuit en satin bleu…

– Il va être paralysé, ironisa Finn.

– Chut, Finn, fit Angel, plus pour souligner le grotesque de la chose que pour le rabrouer. Eh bien, Birdie, poursuivit-elle, pratique comme on l'est avec un enfant à l'heure du coucher, est-ce que tu as préparé tes fameux sandwiches au homard ? Nous en aurons besoin ce soir, après tout ce labeur.

– Mes homards sont tous dans la mayonnaise pour le petit déjeuner de mariage.

– Ah… fit Angel sans s'appesantir. Finn, descends donc en sortir deux de plus du casier.

– Très bien, madame. » Il regarda le casier qui se balançait au pied de la jetée ; se baissant sous la voûte fleurie, il emprunta l'escalier qui menait aux bateaux, tout en fredonnant : « *Ma mère a dit que je pouvais me marier… me marier… me marier.* »

« Quel chenapan, commenta Birdie, prenant la chose avec humour. Madame, je sais que vous nous excuserez pour les sandwiches, mais Walter et moi devons nous rendre chez le Père Scanlan sur-le-champ.

– Ah oui ? répondit Angel, désormais occupée à piquer dans son arceau des rameaux de verdure. Et où est Walter ?

– Mrs. Wood aimerait bien le savoir elle aussi, plaisanta Birdie. Elle agite des sonnettes dans toute la maison pour le réclamer ; il n'est pas fini, mais elle veut son chapeau de mariée qu'il garde dans sa boîte à ouvrage…

– C'est drôle.

– Il me retrouve ici à huit heures », annonça Birdie avec assurance.

Angel jeta un coup d'œil à sa montre. « Il est déjà huit heures vingt.

– Si tard que ça ? » La voix de Birdie trahissait une angoisse subite. Lorsque Finn réapparut tout joyeux, tenant dans chaque main un homard bleu foncé aux pinces cliquetantes, elle se ressaisit et lui demanda avec une valeureuse insouciance : « Finn, vous ne pourriez pas me dire, par hasard, où se trouve Walter ? »

Finn déposa ses homards sur le ciment où ils se mirent à se contorsionner et à cracher des bulles. « Il s'est fait la malle, pas vrai ? Ah, le scélérat !

– Et c'est un majordome qui dit ça ! lança Birdie, toujours guillerette.

– Tu n'es pas inquiète, n'est-ce pas, Birdie ? demanda Angel avec sollicitude.

– Pas le moins du monde… Les cartes et les feuilles de thé étaient catégoriques. J'ai confiance. »

Finn regarda la mer. « N'oubliez pas que vous aviez la plus mauvaise carte du jeu qui était allée se glisser dans le lit conjugal… et un vendredi, en plus.

– Oh, ça ne compte plus… c'était la mayonnaise du mariage : il n'y avait pas moyen qu'elle prenne.

– Tu n'aurais pas envie de tirer les cartes, ne serait-ce qu'une fois de plus ? proposa Angel, comme si elle voyait là la solution miracle.

– À trois heures cet après-midi, les cartes du mariage n'arrêtaient pas de sortir les unes après les autres… » Une petite fissure était apparue dans la confiance insolente de Birdie ; Finn s'en rendit compte.

« N'empêche qu'il y avait l'as de pique par-dessus et un grand changement sur la lune ce soir.

– Ah bon ? Un changement sur la lune… eh bien, je vais peut-être les tirer encore une fois pendant que j'attends. » Ils l'avaient ébranlée.

« Et profites-en pour faire cuire les homards, dit Angel, qui ne perdait pas le nord.

– Il exagère, quand même… persifla Finn en donnant les homards à Birdie.

– Bon, voyons ce qui vient ensuite sur la liste… dit Angel en remettant le nez dans son carnet. Expliquer à Slaney les choses de la vie avec délicatesse… Autant me débarrasser de cette corvée en plein air, du moment que j'évite de déraper sur les algues… » Descendant par l'escalier, Angel s'éloigna sur le sable noir et les rochers visqueux, d'un pas aussi léger que Finn lui-même.

« Finn ! s'écria Birdie, en appelant soudain à l'ennemi. Est-ce que vous savez quelque chose que j'ignore ?

– Dois-je vous le dire ? demanda Finn en se penchant vers elle.

– Je vous en prie… et je vous le revaudrai. Où est-il, mon garçon ? »

Le visage de Finn prit une expression barbare : « Il est parti arracher le duvet d'un cygne dans son nid pour confectionner une couette pour deux… Six pence maintenant si vous le trouvez… j'irai même jusqu'à un shilling, mais vous n'avez aucune chance. »

À ce moment-là, Chris revint tranquillement : « Birdie, où est Slaney ? » On aurait dit un enfant qui cherche son compagnon de jeux.

« En train d'attraper la mort là-bas dans l'eau froide… » répondit la nounou ; puis ce fut la jeune fille angoissée qui demanda : « Vous n'auriez pas vu Walter quelque part ?

– Non, répondit Chris, indifférent. Il est introuvable ?

– Nous avons des raisons de croire qu'il a fait un petit numéro de disparition, monsieur, expliqua Finn de sa voix de majordome.

– C'est faux, s'écria Birdie, c'est un tissu de mensonges… il y a de la fourberie et de la friponnerie là-dessous, et les cartes le montreront, car elles ne me mentent jamais. » Elle s'en alla brusquement en direction de la maison, la future mariée et la bonne d'enfants cédant soudain la place à la sorcière. Une harpie escaladant la colline à la hâte, comme si la folie du soir était parvenue à engloutir toute éventualité de douceur et de tendresse. Chris était conscient du caractère vaguement cauchemardesque du moment. Il avait besoin de serrer les dents sur une pipe. « Finn, dit-il, il faut que je trouve Miss Slaney.

– Je l'ai vue il n'y a pas dix minutes, lança Finn avec désinvolture. Voyons, de quel côté est-elle allée ? Elle est partie faire un tour en mer avec son petit youyou. Tout le monde est déprimé ce soir. À cause des mariages, je suppose. Regardez Mr. Julian, maintenant… on croirait que c'est son cercueil qu'il transporte. »

Julian et Tiddley approchaient péniblement, fléchissant sous le poids des casiers à homards. Chris avança vers eux, armé de sa requête. « Vous avez vu Slaney ?

– Elle est en train de se faire coiffer, j'imagine, suggéra Tiddley d'un air détaché.

– Elle n'est pas en train de se faire coiffer ! répliqua Chris avec colère.

– Allons, mon colonel… ne te mets pas dans un état pareil, dit Julian en s'asseyant. Tu aurais dû rester dans ton coin. J'ai horreur des futurs mariés. Ils me font penser à moi. Tout ce que je veux, c'est être un peu tranquille ici pour réparer mes casiers.

– Il faut que je la trouve, tonna Chris, hors de lui.

– À ta place, j'essaierais ailleurs. » Tiddley enroulait un morceau de ficelle. Julian le lui ôta des mains nerveusement. « J'ai moi aussi mes problèmes.

– Je crois que je l'ai repérée, annonça Finn en scrutant la mer. Voyons. Non, par là-bas… là, vous voyez ? Là-bas, près de…

– Non, je ne la vois pas, geignit Chris d'une voix malheureuse.

– Ah, après tout, ce n'est peut-être pas elle, c'est peut-être seulement mon imagination… » Finn prenait la chose avec décontraction. « Je ferais bien le tour de la baie avec vous, pour voir si je la vois, mais voilà je suis pressé par le temps.

– Allez, Finn, cinq shillings si vous la repérez », dit Chris, soudain très décidé.

Finn succomba, et ensemble lui et Chris descendirent au bateau, laissant Julian et Tiddley seuls sur la jetée. Ils avaient beau travailler à leurs casiers, on aurait dit qu'ils avaient la tête dans les mains.

« Tu crois que nous avons manqué de compassion ? demanda Tiddley d'un ton morne.

– Il n'était pas question qu'on nous gâche notre dernière soirée… » Julian releva la tête et tressaillit. « Hou, cette voûte fleurie est vraiment effrayante ! Dis donc, Tiddley, tu es une sacrée veinarde… trois fois demoiselle d'honneur…

– C'est tout moi, mon cher, répliqua-t-elle avec une sécheresse délibérée. Bon, reprit-elle en tendant une main pour récupérer la ficelle, concentrons-nous plutôt sur notre ouvrage.

– Le mien est réparé, et pas mal du tout, en plus, dit Julian en tapotant son casier comme un toutou. Ça nous a demandé une semaine, mais ça valait la peine.

– Tu sais qu'Angel voulait les mettre dans le feu de jardin, mais je les ai cachés dans ma cabane à outils. » Elle se tut un instant. « Sous clé, précisa-t-elle.

– Excellente précaution, petite Tiddley… Tout le monde sait que les casiers neufs ne marchent pas bien. Tu as encore un bout de ficelle sur toi ? Bravo. Tu as toujours ce dont j'ai besoin. Oh… » Son esprit se détourna un instant de sa tâche. « Regarde ton pauvre piano. Je sais… tu vas me jouer ton vieil air pendant que je termine ce casier. »

Toujours malléable et docile, Tiddley se dirigea vers le piano. Mais quand elle atteignit son ridicule instrument, quelque chose la mit subitement en colère. L'injure banale qui camoufle une insulte autrement scandaleuse.

« Mon tabouret aussi, s'écria-t-elle d'une voix stridente,

et à la mauvaise hauteur, en plus… ils n'ont même pas pu le laisser à ma hauteur. »

Elle s'assit sur son disque de velours fané, et tel un ami déloyal le tabouret la trahit en s'affaissant brutalement. C'était grotesque. « Elle m'a fait ça exprès. » Pleine de rancune, Tiddley accusait une seule et unique personne.

« Ce n'est pas grave, dit Julian en riant, tu es la nabote la plus mignonne que je connaisse. Vas-y, joue *C'était sur l'île de Capri.* »

Tiddley referma le couvercle sur le clavier : dans la pénombre, ses touches brillaient comme un sourire cruel. « Je ne peux pas, je ne peux pas. C'est comme quand notre singe apprivoisé est mort.

– Je me souviens… nous n'arrivions pas à le regarder.

– Exactement… » Elle s'écarta du piano. « Et rends-toi compte : dehors toute la nuit comme ça, quand j'y étais tellement attachée… un poêle à mazout en hiver… oui, et les jours de pluie en été aussi, quelquefois.

– Ce n'est pas grave, mon chou, dit Julian, cherchant à faire de l'épate. Je t'achèterai un demi-queue pour Noël… je le ferais bien maintenant, mais je suis complètement, mais alors complètement à découvert.

– Mais à Noël, s'exclama Tiddley, les yeux vaillamment braqués sur l'horizon, je serai partie travailler comme jardinière…

– Arrête ces sottises, dit Julian en alignant soigneusement les casiers. Ne me bousille pas mon dernier soir… tu sais que je ne pourrais pas vivre ici sans toi.

– Tu n'auras pas besoin de moi et puis tu auras Sally. Tu dois être aux anges, non ? » Il fallait qu'elle pose la question. C'était la dernière minute avant l'exécution.

« Tiddley, répondit posément Julian, je ne suis pas aux anges. Si tu vois ce que je veux dire, non, je ne suis pas aux anges. Pas exactement.

– Julian… » L'univers tout entier lui paraissait trembler. « Pourquoi ?

– Oh, j'imagine que tu t'en doutes. Tout ça, ce sont seulement les beaux projets de maman pour un triple mariage. Tout se combine trop bien… je me sens bousculé.

Je n'ai plus voix au chapitre. Ce n'est qu'un abominable, un abominable mariage.

– Je ne vois pas comment tu peux en vouloir à Angel, elle a été formidable, elle a tellement facilité les choses. Tu voulais te marier, tu as ramené Sally à la maison pour ça.

– Bien sûr que oui, répondit-il, presque avec colère.

– Elle t'aime aussi, dit Tiddley à voix basse. Alors qu'est-ce qui ne va pas ?

– Je ne sais pas, je ne sais pas. » Il s'assit d'un air découragé. « Je rêvais d'avoir des ailes tant que je n'en avais pas. » Il la rejoignit et, se penchant vers elle, il lui dit dans un élan de confidence émue : « Petite Tiddley, garde ça pour toi, mais voilà ce qu'il en est : j'ai peur de ne jamais pouvoir lui apprendre à aspirer un tuyau à essence bouché.

– Peut-être que tu y arriveras… répondit Tiddley en ravalant ses larmes. Une fois marié.

– Hou, j'ai vraiment une frousse bleue pour demain… » Julian voulait que quelqu'un d'autre que lui redoute aussi ce jour-là. « Et qu'est-ce que tu feras, petite Tiddley, quand nous serons tous partis, et que le sol sera recouvert de grains de riz et de bouts de papier sales, et que tu sentiras l'odeur de la marée qui se retire comme maintenant, sens cette odeur… et qu'il y aura bien trop de lys, de fonds de champagne et de télégrammes ouverts ?

– Je serai trop occupée pour réfléchir », répondit-elle avec un enjouement affreux.

Il fallait qu'il lui fasse mal : « Et ton piano qui sera parti, lui aussi.

– Julian, s'il te plaît, arrête de me taquiner.

– D'accord. Ecoute, tu ne seras pas toute seule, au milieu des verres sales : demain soir Sally et moi nous reviendrons te voir. Nous mangerons des œufs au bacon pour le dîner et nous installerons les casiers à homards… qu'est-ce que tu en dis ?

– Julian ! » La perspective de ces heures contraintes en compagnie de ce couple amoureux était presque insoutenable. « Ne fais pas ça… promets-le… je, je ne pourrais pas le supporter si vous reveniez demain, je ne pourrais pas. »

Ainsi il était arrivé une fois encore à la faire pleurer : les larmes de Tiddley, indice de son pouvoir inentamé, le comblèrent de joie. « Chérie, arrête de pleurer. Tu te souviens : “ Arrêt'ça Miss Tiddley, maint'nant, d'accord ? ” » Il lui retira les mains du visage : « Regarde, tu fabriques de la boue dans tes petites pattes crasseuses. Espèce de sotte, qu'est-ce qu'il y a ? Dis-le-moi.

– Non, je ne peux pas. Ce n'est rien… lâche-moi. » Elle se montrait aussi têtue et stupide qu'un poney d'enfant.

« Dis après moi : Julian, reviens me voir demain… » Tout à coup il la serra plus fort. « Dis-le.

– Tu ne sais pas à quel point tu me fais mal, murmura-t-elle.

– J'adore te faire mal et te taquiner, et j'ai horreur de te faire mal et de te taquiner. Je préfère t'embrasser.

– Non, Julian.

– Laisse-moi t'embrasser. »

Il l'embrassa. Sa bouche avait le goût tout frais de la mer et des larmes ; ne s'y mêlait aucun autre parfum ni aucune autre saveur : c'était comme d'embrasser une enfant. Pour cette excitation d'une nature tellement différente, là encore, il était redevable à Sally. « Je sais maintenant pourquoi je voulais te faire mal, dit-il.

– Il n'y a guère de changement. » Elle était bizarrement apaisée ; cette première découverte de la sensualité l'avait emplie d'une sorte de féminité bienveillante.

« Non, dit-il, je dois bien trop de choses à Sally pour changer quoi que ce soit. »

Ils s'assirent sur la digue, discutant tranquillement, se regardant l'un l'autre, avec insistance. Sans se toucher les mains.

« Maintenant, annonça Tiddley, il faut que j'y aille. »

Il répondit alors, et ce fut comme si le ciel s'ouvrait pour déverser sa lumière sur elle : « Chérie, ça a toujours été toi, mais pourquoi n'ai-je pas pu le comprendre ?

– La guerre et Sally t'ont fait grandir si vite.

– Pour toi… et en même temps jamais pour toi… essaie de m'aider, Tiddley… Je vole sans visibilité. »

Tout l'instinct pratique de Tiddley se réveilla en elle pour éviter à Julian de souffrir. « Julian, est-ce que tu veux m'offrir un cadeau d'adieu ? demanda-t-elle non sans une certaine brusquerie.

– Quand je te regarde, je te donne tout le magasin Cartier à choisir, dit-il en essayant de badiner comme autrefois. Tu ne vois pas les billets de banque dans mes yeux ?

– Voilà qui est mieux, mon chéri. » Elle s'était remise debout. « Mais je ne veux rien de chez Cartier ; je veux seulement mon petit piano. » Très femme d'affaires, elle poursuivit : « Le maître d'école exige du liquide et un bénéfice de cinq livres… je lui ai posé la question.

– Ça fait vingt-trois livres, dit Julian d'un air sceptique.

– C'est la somme que tu obtiendrais pour le nouveau moteur du *Julietta*, mais je suppose que tu serais obligé de réparer le vieux et de le réinstaller… » Cette idée était irréalisable. « Tu ne pourrais pas y arriver. Pas en un seul soir.

– Et pourquoi pas ? Tu crois que je ne pourrais pas faire ça pour toi, c'est ça ? » Avec son doigt, il tourna le menton de Tiddley vers lui. « Eh bien, tu te trompes, j'y travaillerai toute la nuit s'il le faut. » Il aspira profondément pour marquer sa résolution, puis il quitta Tiddley pour rejoindre l'endroit où se trouvait l'ancien moteur du *Julietta*. Il ôta la bâche qui l'enveloppait comme un linceul, puis examina, tâta et marmonna.

Tiddley l'observait sans bouger. Elle était pelotonnée comme un petit animal, une minuscule créature primitive recroquevillée sur un trésor. Maintenant qu'elle lui avait donné suffisamment de raisons de l'oublier durant les quelques heures dangereuses qu'ils avaient passées ensemble, elle aurait volontiers sacrifié sa vie pour qu'ils puissent s'embrasser à nouveau : la terreur et la nausée qui suivent le renoncement lui submergeaient le corps et l'âme en vagues implacables.

« Ah, te voilà… je te cherchais partout, *petite* *. » C'était Angel qui revenait d'un pas vigoureux par les rochers ; Slaney, en maillot de bain et chandail bleu, les cheveux ébouriffés et le visage blême, marchait derrière elle : son épuisette et son seau avaient un aspect un peu grotesque, comme des jouets à un enterrement.

« Eh bien… dit Angel en remontant sur la digue, qu'est-ce que tu fais, chéri ?

– Oh… je m'amuse, c'est tout, répondit Julian avec un grand sourire, en essayant de retirer une pièce du mécanisme. Tu as du papier de verre sur toi, Tiddley ? Parfait.

– Tu t'amuses ? Pourquoi pas ! » Angel montrait une patience magnifique. « Dis donc, Tiddley, est-ce que tu as lavé les chiens et mis les bouquets dans l'eau ?

– *Pas encore* *, répondit Tiddley avec une politesse machinale.

– Tu peux laisser mourir mon bouquet de mariée », annonça Slaney d'un ton un peu déclamatoire. Sa déclaration passant inaperçue, elle s'assit avec mauvaise humeur.

« Et où est la clé à écrous ? demanda Julian, très concentré.

– Sous mon lit, répondit Tiddley en se tournant vers la maison. Tu veux que j'aille la chercher ?

– S'il te plaît.

– *Un moment* *, intervint Angel d'une voix flûtée, et *avez-vous* * – elle fit le geste de tondre une pelouse – *tondu le* * court de tennis ?

– *Non* *, répondit Tiddley sans se démonter.

– *Et pourquoi* * ? insista Angel, encore un peu affligée.

– Parce que je ne veux pas. *Voilà pourquoi* *… » Tiddley se tut, puis elle ajouta : « Et dorénavant, tu remarqueras, je ne parlerai qu'anglais. »

Elle se dirigea vers la maison pour aller chercher la clé à écrous de Julian, laissant Angel la bouche grande ouverte et pleine de mots français. Refermant les lèvres sur ses répliques en français, Angel, d'un mouvement de tête, ramena en arrière sa jolie chevelure, puis dévisagea ses enfants d'un air stupéfait.

« Nous avons tous changé, insista Slaney.

– Pas en mieux, du reste. Mais Tiddley… quelle mouche a bien pu la piquer ? »

Le regard de Julian alla du piano vers sa mère : il accrocha les yeux d'Angel et les ramena avec les siens sur le piano. « Tu ne penses pas, dit-il calmement, que sa réaction pourrait avoir un quelconque rapport avec ça, par hasard ?

– Oh, ça n'a rien à voir. Réfléchis un peu. Tout le monde est amoureux, à part elle, voilà ce qui la rend tellement assommante et inutile. »

Julian explosa devant la cruauté du sous-entendu. « Maman, comment oses-tu parler d'elle de cette façon ? C'est de ma Tiddley qu'il s'agit.

– De ta bonne à tout faire, oui… Allez, s'il te plaît, dépêche-toi, Slaney. Pourquoi crois-tu que j'aie fait venir depuis Dublin cette petite coiffeuse hors de prix ? Ça fait une heure qu'elle se roule les pouces… et puis regarde-moi ça, mais enfin, regarde l'état de tes ongles ! »

Slaney replia ses articulations et regarda : « Mais tu ne comprends donc pas que ça n'a pas d'importance ?

– Surtout, qu'elle n'y mette rien de plus vif qu'une teinte corail ! » Angel était comme un tourbillon, une plume voguant sur un torrent. « Et pourquoi pas un masque de beauté ? Ensuite tu te reposeras un peu, et puis tu liras cette petite brochure sur l'amour conjugal que je viens de te donner.

– Tu peux la reprendre, ta petite brochure. » Slaney était résolue à jouer le grand jeu.

« Allons, chérie, persista Angel. Tout y est très joliment formulé, et je tiens vraiment à ce que tu la lises.

– Eh bien, je ne la lirai pas. Je n'en ai pas besoin… j'ai mes propres idées sur le sujet.

– Voyons, Slaney ! protesta Angel avec une étonnante sincérité. Mais enfin qu'est-ce que tu fabriques, alors que tu devrais être en train de préparer ton cœur et ton âme à faire une mariée de toute beauté ?

– Elle patauge dans l'eau de mer, à pêcher la crevette, lança Julian sans lever les yeux de son travail.

– J'aime patauger dans l'eau, précisa Slaney avec un calme impressionnant. Ça me fait sortir le sang du cerveau.

– Oh mon Dieu, pourquoi as-tu du sang dans le cerveau ? s'inquiéta Angel sur le ton qu'on emploie avec un enfant énervé. (« Tu n'as pas à nouveau mal à la gorge, mon chéri ? »)

– Parce que je fais quelque chose que je n'ai jamais fait de ma vie : je réfléchis.

– Tu auras tout le temps de réfléchir à partir d'après-demain, dit Julian avec résignation.

– De toute façon, les filles qui se marient ne devraient pas trop réfléchir, lança Angel d'une petite voix horriblement neutre.

– Mais je ne suis pas une mariée sous cellophane, se récria Slaney, retenant enfin leur attention. Et il n'est pas question que j'en sois une… pas demain. Pas avec Chris.

– Tu ne veux pas épouser Chris ? répéta Angel presque stupidement. Julian… tu as entendu ta sœur ?

– Elle n'est pas sérieuse.

– Si. Je suis très sérieuse. Je lui ai écrit. " Tout est fini ", ai-je dit dans ma lettre.

– Mais, ma petite chérie… reprit Angel avec un calme olympien. Enfin, voyons, moi qui ai cédé, moi qui ai tout organisé, moi qui ai tout mis au point pour demain…

– Justement. Tu as trop organisé, ma chérie. Je ne veux pas d'un mariage organisé par toi, ni d'un mari organisé par toi, ni d'un voyage de noces organisé par toi. Je t'assure, ce n'est pas un mariage, c'est de la pollinisation.

– Mon bébé chéri, emploie des mots de ta taille, je t'en supplie.

– Je choisirai les mots que je veux et les hommes que je veux.

– Mais bien sûr… » Angel récapitula alors avec bienveillance ses glorieux préparatifs : « Tu es entièrement libre… même maintenant, à la onzième heure, avec l'évêque qui arrive, la coiffeuse qui est là, le trousseau qui a été acheté, les cloches de l'île qui sonnent, les bouchons de champagne qui sautent, les photographes de presse qui prennent des photos… »

Les enfants se mirent à pousser des cris en même temps : Slaney à cause de tout ce à quoi elle renonçait, Julian à cause de la sensation d'horreur vertigineuse qui l'étreignait.

« Arrête ! hurlèrent-ils. Arrête, Angel, arrête. »

Slaney dit, au milieu de ses larmes : « Ça paraît tellement merveilleux. »

Julian dit, s'acharnant sur son moteur : « Ça paraît tellement affreux. Je t'en prie, essaie de te souvenir que je dois aller jusqu'au bout.

– Tu dois aller jusqu'au bout... » Angel le prit au mot, incrédule. « Julian, avant qu'il ne soit trop tard, dis-moi, dis-moi, mon chéri... Je suis prête à renoncer à tout pour toi... Je suis prête à reconstruire entièrement ton bonheur. »

Un silence s'établit. Les remous de la marée montante venaient chatouiller les rochers et le pied de la digue, pendant que les petits bateaux se balançaient en ronchonnant au bout de leurs amarres. Puis Julian répondit tout à coup : « Ne te mêle pas de mon bonheur, si ça ne te fait rien.

– Julian, dois-je te le dire ? Peut-être que non ? Tant pis, j'y vais. Slaney, je suppose que tu es assez grande pour entendre ça, toi aussi ; mon chéri, tu crois tout savoir de Sally, n'est-ce pas ?

– Je sais tout ce qui est important, répondit Julian avec une grande froideur mâtinée de colère.

– Chaque petit détail de son mois au Tyrol avec Oliver ?

– Avec ce vieil Oliver ? » C'était Slaney. « Voilà qui est terriblement avant-guerre et incroyablement nostalgique. Je n'ai jamais entendu de scandale aussi ridicule.

– Ça se passait loin d'ici et il y a longtemps, commenta Julian d'un ton morne. Quelle différence crois-tu que ça puisse faire ? Pourquoi est-ce que ça m'embêterait après toutes ces années ?

– Eh bien moi, ça m'embêterait, je crois, en fin de compte, ça m'embêterait... » Slaney était assez contente de pouvoir participer à cette conversation d'adultes. « Je crois que je vais prendre tous mes mariages extrêmement au sérieux. Je ne ressemble pas du tout aux femmes des années 30.

– Retourne donc barboter, dit Angel, cajoleuse. Maman réglera tes problèmes comme elle a toujours tout réglé.

– Je les ai réglés toute seule, dit Slaney en ramassant son seau et son épuisette avec sa docilité coutumière. Mais laisse-moi me briser le cœur à ma façon, c'est tout ce que je demande... que ce fichu cœur se brise une bonne fois pour toutes. » Elle regagna les rochers et les flaques avec une sorte de noblesse enfantine malgré sa culotte de bain.

« Julian chéri, je ne veux pas t'imposer quoi que ce soit, insista délicatement Angel, mais dis-moi, es-tu sûr de pouvoir affronter la journée de demain, es-tu sûr de pouvoir continuer ?

– Bien sûr que je vais continuer, s'obstina-t-il. Ce que tu m'as raconté, c'est terminé… c'était même mort et enterré avant la guerre. »

Ça y était, elle l'avait eu. Elle l'avait récupéré. « Elle ne t'a pas dit qu'ils étaient sur le point de s'enfuir tous les deux le soir même de ton retour ici ?

– Maman… » Il s'assit. « Maman… tu es sûre que tu ne te trompes pas ? Tu es en train de me dire que Sally est amoureuse d'Oliver ? Qu'elle est toujours amoureuse d'Oliver ?

– Oui, oui ! Elle est folle de lui. » Dans son insistance sur ce fait qu'elle savait être vrai, elle mit tout ce qu'elle avait sur le cœur : la vanité qui l'avait poussée à se cramponner à Oliver, la haine qu'elle éprouvait à l'égard de cette femme réfléchie qui avait osé surgir de nulle part pour détruire entièrement la structure sur laquelle reposait l'existence d'Angel. Maintenant que ses deux enfants lui étaient revenus de leur plein gré, Angel pouvait se permettre de rompre tous les accords et de laisser les promesses s'envoler à tout vent ; sa sensation de puissance, immense comme la voile d'un bateau, l'emportait avec majesté sur ce nouvel océan.

« Oui, répéta-t-elle, elle est folle de lui. Mais je l'ai forcée à renoncer à lui pour toi, mon chéri. »

Il ne releva pas : il avait l'air fantastiquement heureux. « Et Oliver est amoureux d'elle ? Tu es sûre, Angel ? Certaine ? Ou bien sommes-nous tous devenus fous ? Oliver s'apprêtait pourtant à t'épouser, non ?

– Eh bien, reprit Angel, parlant comme dans un gros roman écorné de 1909, tout ce qu'il y a de mieux chez Oliver m'appartient, naturellement. Mais j'ai fait tout ce que j'ai pu pour sauver de Sally la bête qu'il y a en lui.

– Tu veux dire que Sally apprécie la bête qu'il y a en lui ? Que je peux me sortir de là sans la faire souffrir ? »

« Se sortir de là »... ah, l'expression bénie ! « Te sortir de là... mais bien sûr que tu peux te sortir de là. Je ne voulais pas m'immiscer dans ta vie de jeune homme, ce n'est pas mon genre... sinon je te l'aurais dit plus tôt.

– Et tu me l'as dit juste à temps... in extremis... oh, maman, tu es une grande nigaude, en fait. » Il l'embrassa et il l'étreignit violemment, plein d'une joie frénétique. Quant à Angel, les yeux et le cœur remplis de larmes et de rire, elle tremblait : ses jolies épaules bien droites tremblaient sous l'effet du soulagement, de la fierté et de la jubilation triomphante. Elle avait l'impression d'être une joueuse de poker qui vient de gagner cent livres sur un grand coup de bluff : elle se sentait toute faiblarde et extraordinairement ravie. Elle s'assit après qu'il l'eut quittée, se précipitant vers la maison comme le petit garçon si cher à son souvenir, oubliant son seau et sa pelle. Elle remit la bâche sur le moteur démantibulé du *Julietta*. Elle joignit les mains et contempla la mer et la première étoile, et elle était toujours dans cette même position lorsque Oliver descendit de la maison, progressant dans la nuit comme un chat en goguette. Il s'immobilisa, consterné à la vue de la voûte nuptiale. « Oh, dit-il avec un frisson. Oh, quel affreux monument nuptial ! »

Mortifiée et tout de suite sur la défensive, Angel répondit : « Inutile de cracher sur ce que vous n'avez pas été fichu de faire vous-même. Ça m'a pris des heures de bâtir ce truc-là.

– Je veux bien vous croire. » Il continuait à regarder l'édifice d'un œil malveillant.

« Et tout ça pour rien... commenta Angel d'une voix qui mêlait à nouveau soulagement et triomphe. Mon très cher Oliver, il faut que je vous dise quelque chose... quelque chose qui va vous faire mal... qui va vous faire très mal. »

Oliver s'assit, contemplant la mer d'un air à la fois maussade et crispé. « Allez-y, je ne suis plus à ça près.

– Ce sont les enfants... N'allez pas croire que j'ai triché, je n'ai pas triché. » La vérité de ses dires la pénétrait d'une grande humilité. « Toujours est-il qu'ils sont revenus vers moi sans que je les y oblige. Tous les deux... ils ne voulaient pas se marier. C'est seulement... c'est seulement qu'ils ont encore besoin de moi. »

Oliver ne leva pas les yeux : « Influence abusive et hystérie prénuptiale, voilà tout.

– Je ne les ai pas influencés, Oliver, je vous promets. Je les ai simplement trop poussés à se marier.

– Très juste.

– Vous savez que c'est vrai : ils ont besoin de moi... ils sont à moi.

– Pardonnez-moi, mais je n'aurais pas déjà entendu ça quelque part ?

– Vous ne comprenez donc pas ! Je renonce à tout pour eux... même à votre bonheur. Oliver, voulez-vous me rendre ma liberté ? Voulez-vous me laisser libre pour eux à présent qu'ils ont besoin de moi ? » Il n'avait pas eu le temps de répondre que l'humeur d'Angel, telle une vague capricieuse, avait déjà changé : « Est-ce que c'est le moteur tellement agaçant de Chris que j'entends ?

– Une chose à la fois. » Dans le cou d'Oliver, une veine palpitait aussi fort que le cœur d'un oiseau qu'on tient entre ses mains, et pourtant il s'exprimait sans aucun emballement ; n'osant pas croire à un pareil bonheur, il doutait foncièrement de la parole d'Angel : « Est-ce que vous voulez dire par là que vous ne voulez pas m'épouser ?

– Franchement, non, mon cher. » Angel recouvra, ô délice, son attitude normale. « Notre mariage est annulé, et je vous serais extrêmement reconnaissante si vous pouviez nous débarrasser de Mrs. Wood le plus vite possible. »

C'était donc tout : en fait, les choses n'avaient pas changé, on était toujours dans la situation de la veille. « J'aimerais beaucoup vous aider, dit-il d'une voix froide et morne, mais je crains que vous ne sous-estimiez Mrs. Wood, si vous vous imaginez qu'elle va laisser tomber Julian. C'est loin d'être gagné d'avance. Il est pour elle une croisade, comprenez-vous, il est sa guerre sainte... tout comme vous étiez la mienne.

– C'est vrai, ça ? Comme c'est beau... Seulement voilà, le

mot “ croisade ” n'est pas le mot qui convient pour décrire le vol d'enfant.

– Ça suffira comme ça, ma petite tête de linotte, dit-il non sans patience. Vous ne croyez pas que vous feriez mieux d'appeler l'évêque avant que le central ne ferme ? Il sera sûrement intéressé par le changement de programme de demain…

– Oui, oui, il y a dix millions de choses à décommander. » Débordante d'autorité, de méthode, et même tout simplement de vie, Angel se tourna vers la maison pour s'imprégner de cet instant exceptionnel. C'est alors que Chris et Finn remontèrent en bondissant l'escalier de la digue comme deux pirates frustrés. Quant à Sally, vêtue d'une absurde tunique en brocart lilas qui paraissait conçue pour un petit déjeuner sur un balcon français – les manches avaient beau lui arriver au bout des doigts et la jupe aux sandales, sa robe possédait malgré tout la hardiesse impudente d'un vrai déshabillé –, elle descendit de la maison et chemina sur les dalles, aussi éminemment naturelle dans sa tenue romantique que Finn et Chris dans leurs pantalons rapiécés et leurs chaussures de toile mouillées.

Ignorant Angel, et même Oliver, elle demanda sur un ton impérieux : « Finn, qu'est-ce que vous avez fait de Walter ? À l'heure qu'il est, mon chapeau de mariée est encore en six morceaux dans sa boîte à ouvrage… À ce train-là, il risque d'être littéralement épatant demain matin ! »

Finn regarda Angel en quête de directives. « Julian ne vous a donc rien dit, ma chère ? demanda-t-elle.

– Je n'ai pas vu Julian. Allons, Finn, où est Walter ?

– Je ne devrais peut-être pas le dire, hésita Finn, mais je crois que Walter et Miss Birdie ont filé chez le prêtre pour obtenir un permis de mariage.

– Cette situation… » Sally chercha la formule le plus incontestable : « Cette situation n'existe pas.

– Toute cette histoire devient carrément rocambolesque », précisa Oliver.

Angel, enivrée par son pouvoir irrésistible, prit la parole : « La situation, en l'occurrence, s'est volatilisée. Et maintenant, si je peux dire un mot à mon majordome... Saute sur ton vélo, Finn, et va décommander l'organiste ; pendant ce temps, moi j'annule monseigneur l'évêque. »

Chris attrapa Angel par le bras. « Ça va peut-être vous paraître extrêmement bête – son teint était tout gris sous son bronzage –, mais si vous ne me dites pas immédiatement où se trouve Slaney je vous tords le bras.

– Chris... » Même là, elle ne se laissa pas désarçonner. Elle posa sa main sur celle de Chris et le regarda dans les yeux comme une petite fille confiante. « Tu ne ferais pas ça.

– Répondez-moi.

– En réalité, elle est au lit, mon cher. Alors ne crois-tu pas que... » Mais il était déjà parti.

« Si vous êtes encore une fois en train de nous mentir, je serai désolée pour vous », dit Sally, exprimant ainsi leur point de vue à tous sur le sujet.

Refusant de lui prêter attention, Angel continua à donner ses instructions à Finn. « Et n'oublie pas de décommander les douze paquets de pétales de rose en papier. Les confettis, il est trop tard pour les renvoyer. »

Plein de tristesse, Finn détourna les yeux de l'arceau nuptial. « Oh, madame, madame, mais qu'est-il arrivé à tous nos tourtereaux ? » Il avait du mal à comprendre le brusque recul d'Angel.

« Je vais te dire un truc... » Plantée devant Oliver, Sally avait les nerfs tellement tendus qu'ils risquaient de craquer à tout moment. « C'est la veille de mariage la plus folle que j'aie jamais connue, mon chéri. Toute seule là-haut dans le vieux château, tu sais, depuis l'heure du dîner, je n'ai pas arrêté de picoler avec la coiffeuse, et on est devenues tellement copines que je me suis dit que j'allais lui montrer mon nouveau chapeau, histoire de passer le temps... et puis pas de chapeau, pas de Walter, personne.

– Pas de Julian ?

– Julian... » Soudain elle atteignait réellement le fond du problème. « Julian... il est en train d'attacher des maquereaux pourris dans des saloperies de casiers à homards avec son pote d'enfance ; et en plus, soit dit en confidence, mon cher, il prévoit de revenir ici demain soir, et de me balader dans une barque jusqu'à me flanquer la nausée, pendant que Tiddley et lui relèveront leurs foutus casiers. Dis-moi, est-ce que tu peux imaginer un truc plus assommant que ça comme soirée de mariage ?

– Chérie, tu devrais penser à te mettre de côté quelques surprises pour ces longues soirées de mariage qui t'attendent…

– Oh, je n'ai plus de larmes et j'ai épuisé toutes mes surprises. » Elle était exaspérée ; ses yeux luttaient désespérément contre les larmes tandis qu'elle contemplait la progression des flots.

« Sally, j'ai une surprise pour toi.

– Oh, formidable, répliqua-t-elle, glaciale.

– Angel m'a lâché. » Il se tut. « Quoi ? Aucune réaction ?

– Eh bien, tu as le droit de souffler un peu, mon chou… c'est épatant… félicitations.

– Et pourquoi ? Parce qu'elle a repassé le licol à ces deux pauvres gamins. Slaney a fait faux bond à Chris et Julian ne veut plus de toi.

– Ma parole, est-ce que je suis plaquée moi aussi ? Ah ça, elle nous a tous bien entubés.

– Je ne veux pas te paraître grossier, mais il faut que tu comprennes que c'est Julian qui t'a plaquée. »

Elle répondit d'un ton morne, dénué de tout enthousiasme : « Eh bien, vois-tu, je vais me cramponner, tu m'entends ? Je ne laisserai pas tomber ce pauvre gamin tant que sa mère ne l'aura pas délivré définitivement du sortilège qu'elle a jeté sur lui. De toute façon, laisse Julian en dehors de ça. Regarde plutôt… » Ils aperçurent Slaney qui approchait péniblement à travers les rochers. « Et cette pauvre enfant, elle ne te convainc pas qu'il faut faire quelque chose ?

– Ne commence pas à me dire que tu comptes également t'occuper d'elle ? Et si tu laissais Chris et la nature suivre leur cours, tu ne crois pas ? Tiens, d'ailleurs, le voilà qui revient. Il est comme l'amoureux dans un vaudeville à la française…

– Sauf qu'il ne l'a pas trouvée au lit, c'est la seule différence. » Sally se retourna pour accueillir Chris. « Allons, du calme… la voilà… qui rentre à la maison avec son seau et sa pelle.

– Et qui garde son amour dans la glace en attendant plus tard… » Oliver parlait amèrement car il se sentait amer.

« Écoutez, mon cher, dit Sally à Chris, si j'étais vous…

– Vous me pardonnerez, mais je n'ai pas besoin de conseils », répliqua Chris, aussi grossier que désespéré. Il observait la lente progression de Slaney qui, tête baissée, chargée de son seau, cheminait avec prudence sur les rochers. « Je sais exactement ce que je vais faire, mais je n'en discuterai pas. Il y a eu bien trop de discussions.

– Pas tellement de votre part ! remarqua Oliver avec une cruauté sinistre.

– D'accord, je sais que je ne fais pas partie des grands esprits. » Il dégageait une beauté fabuleuse et une assurance prodigieuse, alors même qu'il revendiquait son manque d'intelligence.

Levant les yeux de son seau de crevettes, Slaney le vit au-dessus d'elle sur la jetée : se détachant sur cet arrière-plan de mer, de filets et de ciel, il était sans conteste le plus majestueux des trois. Elle posa son seau et respira profondément, tandis que la marée montante recouvrait peu à peu ses pieds froids et que son gros chandail foncé camouflait ses moindres attraits, comme une carapace de tortue protège son occupante. Ils demeurèrent tous deux silencieux pendant que Chris descendait de la jetée pour venir la rejoindre.

Oliver et Sally observèrent leurs retrouvailles avec une vive attention. Les jeunes gens venaient d'aborder une étape de la vie qu'ils avaient connue jadis, une période où la foi est absolue et où l'on croit à l'amour éternel. Ils se souvinrent de cet état de transe, de cette jeunesse dont on ne prend conscience que quand son temps est révolu. Ils écoutèrent l'apostrophe mal assurée de Slaney.

« Tiens, qu'est-ce que tu fais là ? Tu n'as pas eu ma lettre ?

– C'est pour ça que je suis là. » Chris éloigna le seau

qu'il déposa soigneusement sur la première marche de l'escalier.

« Tu ne l'as donc pas comprise, mon pauvre vieux ?

– Retire ce que tu as dit : je ne suis pas ton pauvre vieux, et ne t'imagine pas non plus que tu vas me quitter.

– Je me marierai pour mon plaisir à moi, pas pour distraire ma mère. C'est elle qui tire les ficelles : il n'est plus question de toi et de moi. Est-ce que tu sais si tu m'aimes ou non ? Est-ce que tu m'aimes maintenant ? Vraiment maintenant ?

– Je t'aime beaucoup plus que je ne voudrais… je n'en dirai pas plus.

– Tu t'en remettras.

– Oui, dit-il, je m'en remettrai. Nous nous en remettrons ensemble.

– Chris, dit-elle en s'écartant de lui, ma décision est prise. Je ne me marierai pas dans cette église de l'île demain.

– Moi non plus. » Il l'attrapa par l'épaule. « Mais tu viens avec moi maintenant… l'express de minuit, et puis un mariage civil à Londres aussi vite que Dieu nous le permettra… Allez, viens, monte tout de suite dans mon bateau… » Il la souleva dans ses bras. Elle était épouvantée. Elle était enchantée. Étrangement, tout à coup elle eut peur, comme un enfant à une fête donnée en son honneur… Chris le savait. Il la reposa sur le sable mouillé, lui prit la main et se pencha pour l'embrasser.

« Tout va bien, murmura-t-elle.

– N'empêche, je ne te fais pas confiance. » Il la souleva à nouveau dans ses bras et marcha en direction de son youyou.

« Ne me fais jamais confiance, ne me fais jamais confiance une minute, Chris. Promets-le.. »

Ils n'entendirent pas la réponse de Chris. Il ramait puissamment vers le large.

« Ma chérie. » Oliver et Sally s'adossèrent à la digue, regardant le bateau, les amoureux, la mer nocturne et le ciel. « Ça pourrait être comme ça, tu sais. Viens avec moi.

– Ne me parle pas, Oliver. Je t'en prie… tu ne crois pas

que ça me fait horriblement mal de voir ce petit bateau en partance pour l'Eldorado ?

– Oui… par une nuit pareille. Sally, mon seul amour, c'est maintenant ou jamais pour toute notre vie.

– Je sais que c'est vrai.

– Oh, ma chérie, je t'en prie, réfléchis bien.

– Réfléchir fait mal.

– Alors regarde.

– Je ne vois que toi.

– Écoute-moi : tu m'aimes.

– Oui, je t'aime.

– Nous n'aimerons plus jamais.

– Jamais.

– Alors qu'est-ce que tu fabriques ? Tu fiches en l'air nos deux vies pour un gamin qui te plaque dès qu'Angel courbe un peu son index.

– Qui me plaque, c'est toi qui le dis. J'ai sauvé cet enfant de l'enfer, oui, de l'enfer, et je le sauverai aussi d'Angel. C'est une destructrice.

– Comme toi.

– Je suis l'amour humain. » Sally prononça ces mots avec l'humilité propre à la certitude. Leur puissance terrible accéda enfin à l'âme d'Oliver. Il en avait été ainsi depuis le début. La stupidité et la force de l'amour humain la lui avaient enlevée à deux reprises, autrefois pour un vieillard qui avait besoin d'elle, aujourd'hui pour un garçon nerveux dont elle avait restauré la confiance comme une étoile au firmament, une bougie qu'elle n'éteindrait jamais.

« Tu as gagné, dit-il d'un ton léger. C'est la Mère Pèlerin en toi, je suppose. L'invincible Mère Américaine. »

Ils allumèrent des cigarettes – deux flammes séparées provenant de deux briquets séparés –, la pierre sur laquelle ils étaient appuyés devint plus froide sous leurs bras, les vagues avançaient dans le port, fraîches et douces, affluant sur les algues et le sable avec une symétrie imparable.

Oliver éteignit sa cigarette. « Voilà que la nuit s'épaissit », cita-t-il de façon impardonnable. Et, comme il l'espérait, toute la désolation, toute l'appréhension et toute la solitude contenues dans cette berceuse enfantine écrasèrent si insupportablement le cœur de Sally que sa tête se baissa et que des larmes aussi corpulentes que celles de Slaney dégringolèrent sur les dalles froides et salées avec un petit nuage de vapeur. À nouveau les bras d'Oliver enlacèrent son corps, sa joue se posa à nouveau contre ses cheveux.

« Et tu vois Julian… tu vois par toi-même comment c'est : toujours *auf wiedersehen.* »

Dévalant l'escalier quatre à quatre depuis la maison, Angel poussait Julian et Tiddley devant elle. Ils transportaient entre eux une caisse à outils pareille à un cercueil de bébé : il n'était pas question qu'on les presse. Posant à terre son côté de la caisse, Julian s'approcha lentement pour prendre entre ses mains le visage souillé de larmes de Sally. Tiddley ouvrit le coffre à outils et plongea sa tête à l'intérieur. Oliver rejoignit Angel : un tigre prêt à sauter sur un autre tigre.

« Sally, est-ce que c'est vrai ? demanda Julian. Tu ne veux plus de moi ? » Il faisait exprès de se montrer légèrement théâtral. Elle ne devait pas savoir ce qu'il pensait vraiment avant qu'il ait obtenu la vérité de sa bouche.

Calme et assurée, comme si ses larmes faisaient partie de son plaisir, Sally lui répondit : « Eh bien, ne va pas te mettre ce genre d'idées stupides dans la tête. Enfin, mon chou, bien sûr que je veux de toi ! Que dirais-tu de jeudi soir à Paris ?

– Une soirée à Paris ? intervint Angel. Vous vous flattez. Avec vous, un après-midi pépère sur le *Julietta* suffira amplement.

– Ma chère, dit Oliver, outré par la laideur de sa remarque, contenez donc un instant vos élans naturels, et fermez-la un peu. »

Mais Angel était déchaînée. « Le martyre de mon enfant pénètre dans mes chairs et…

– Et il ressort de l'autre côté. » Lui tournant le dos, Sally s'adressa à Julian : « Alors, Julian, on me lâche, si je comprends bien.

– Oui, il en a assez des viragos…

– Taisez-vous, dit Oliver, ou je vous balance à la mer.

– Tu me lâches, Julian ? Je suis à toi. Vraiment. C'est oui ou c'est non, choisis. »

Angel et Sally se penchèrent toutes deux vers Julian avec un air d'attente farouche : leur angoisse dévorait l'atmosphère. Chacune était tendue au point de ne plus prêter attention aux choses extérieures, et elles n'entendaient même pas les vagues se briser pendant que Julian, puérilement, faisait tarder sa réponse. Il dit enfin : « Sally, est-ce que tu veux bien me laisser partir ? »

Angel n'attendit pas. Se libérant soudain d'Oliver, elle se précipita à ses côtés.

« Oh, Julian, notre vie recommence ! Je savais que tu ne pourrais pas rompre avec moi, chéri : tu as toujours six ans et tu es toujours à moi, pas vrai ? Allons, reconnais-le, ce n'est pas vrai ? » Ce déballage était légèrement répugnant.

Sally déclara avec causticité : « Je t'ai sauvé une fois de la noyade, gamin, sois raisonnable. Ne rate pas le coche.

– C'est à cause de toi, Sally. » Les laissant là toutes les deux, Julian arracha un outil des mains de Tiddley : « Ce n'est pas comme ça, andouille… » Il prit la relève sur le *Julietta* : employer ses mains à quelque chose semblait lui procurer une certaine quiétude. « C'est seulement à cause de toi que j'ai le bon sens de choisir… et c'est Tiddley que je veux. »

Pour la première fois, Angel et Sally partagèrent la même émotion, et elles chancelèrent un instant ensemble, sous l'impact de cette révélation.

« Tiddley ! » Angel trouva le mot le plus cruel : « C'est absolument grotesque.

– Mais c'est moi qu'il veut. » Toujours prêtes à jaillir, les larmes de Tiddley lui montèrent aux yeux. « C'est moi qu'il veut, c'est vrai, et aussi mon piano, il a dit. » Elle posa la paume de sa main sur le couvercle de l'instrument, pour bien lui marquer sa fidélité.

« Pardonne-moi, mon mignon, intervint Sally, s'efforçant d'extirper la situation de ses profondeurs tragiques, mais est-ce que tu acceptes le piano avec ?

– Oui. » Sérieuse, la réponse de Julian était destinée à Tiddley plus qu'à n'importe qui d'autre.

« Alors c'est de l'amour… c'est du vrai de vrai qui dure toute la vie. » Sally se tourna vers Oliver ; des larmes aussi grosses que celles de Tiddley lui coulaient à flots sur le visage. « Chéri, est-ce que je suis humiliée ?

– Il faut que tu te souviennes, déclara Oliver avec une modération révoltante, que toutes les plus belles croisades s'achèvent en désastres. » Il sortit son mouchoir du sac de Sally et le lui tendit. « En désastres glorieux. » Il alluma deux cigarettes et lui en donna une, puis il alla s'asseoir sur le mur de la digue, car l'excès de bonheur faisait tout vaciller autour de lui.

Atrocement menaçante, Angel s'en prit alors à Tiddley. Si Tiddley avait été la petite fille de douze ans à qui elle ressemblait à cet instant, Angel l'aurait secouée un bon coup et tout aurait été réglé… ce soir un tel geste aurait causé moins de dégâts que le flot de vitupérations qui sortit de sa bouche. « Un désastre, on peut le dire, et occasionné par une affreuse traîtresse… Oui, une menteuse, une voleuse et une petite intrigante à moitié demeurée ! »

Julian para cette attaque avec un admirable détachement. « N'arrête pas, murmura-t-il, dévissant un tuyau du moteur et l'examinant de près, plus tu lui cracheras dessus, ma chérie, plus elle sera à moi et rien qu'à moi. Ça vaut largement six montres cassées ou un tube d'alimentation bouché.

– Et encore autre chose… elle a le piano… tu sais ce que ça signifie… *L'Île de Capri* pour l'éternité. Julian, Julian, réfléchis…

– Oui, Dieu merci je ne suis pas mélomane, et pour tout le reste Tiddley constitue mon idéal féminin. Tiens, chérie – il tendit à Tiddley une extrémité du tuyau – aspire ça, pendant que je souffle.

– Vous êtes… vous êtes deux toqués ! » Même Angel acceptait leur totale unité. Elle tourna les épaules, accablée par l'horreur de sa défaite… qu'est-ce qui pourrait l'aider désormais ? « Où est Slaney ? demanda-t-elle d'une si petite voix qu'Oliver en aurait pleuré pour elle.

– À mi-chemin vers le septième ciel, répondit-il gentiment, si ça peut vous consoler, ma chère.

– Que voulez-vous dire ?

– Elle est partie il y a quelques minutes avec le colonel, dit Sally d'un ton fielleux.

– Avec Chris… elle est partie avec Chris ? Je ne le crois pas… c'est un mauvais rêve… c'est un complot… » Portant sa main à sa bouche et se détournant de ces êtres déloyaux, Angel leva les yeux vers la colline où sa maison se découpait au-dessus de la mer nocturne. Sa maison, tellement pleine de robes de mariée, de pièces montées, de bouteilles de vin, de guirlandes de ruban et de bouquets de fleurs, toutes ces preuves de son amour infini et de son labeur acharné… Or, pour la première fois, il lui sembla que sa maison était prise de nausées, écœurée par cette profusion de dépenses vulgaires et de fanfreluches inutiles. Comment s'y prendre pour se débarrasser de tout ça ? Mais il y avait autre chose qui devait être fait : c'était là que reposait la substance d'Angel, son salut et son équilibre mental, dans cet autre chose qui devait toujours être fait. Elle aspira vaillamment une profonde bouffée d'air marin, et vivifiée par celle-ci, elle s'éloigna d'un pas léger.

Toutefois, en bas de l'escalier qui allait du jardin à la mer, Birdie apparut brutalement et tomba nez à nez avec elle, si bien qu'Angel recula vers le groupe de la digue, comme pour chercher refuge. L'étrange précipitation de Birdie l'avait réellement terrifiée : sa hâte paraissait d'autant plus vengeresse et déterminée que la nourrice arborait un duffle-coat à capuche rapporté par Julian, de simples sandales à la place de ses talons habituels, et que dans son sillage, Finn, docile et marmonnant, tenait une lanterne allumée.

Impérieuse, Birdie demanda : « Combien de signaux lumineux pour S.O.S. ?

– Juste ciel, ce n'est pas à moi qu'il faut demander ça ! » Angel essayait de ramener la situation à la normale, mais même Finn n'était plus dans son camp, quelque chose lui avait fait tourner casaque, elle le sentait.

« Madame », dit-il sans la regarder. Elle était devenue l'ennemie. « Les jeux sont faits : les cartes ont mis au jour l'éclatante vérité, et on ne peut pas berner Dieu.

– Trois fois je les ai tirées, et chaque fois c'était un feu sur l'eau et des mains de l'autre côté de la mer, alors dites, est-ce que les cartes nous mentaient ? » Birdie brandit soudain son bras emmitouflé dans son drôle de manteau, et en suivant l'indication de sa main ils aperçurent un feu de Robinson Crusoé, aussi petit que la flamme d'une opale, qui exécutait des cabrioles et des bonds minuscules sur le rivage de l'île de l'église. « Je vais aller à la rame jusqu'à l'île, car c'est là-bas que se trouve mon amoureux. Pas question ce soir que je nie les cartes et que je laisse passer ma chance. L'amour me guidera et cette lampe me montrera le chemin du retour. » Elle prit la lanterne des mains de Finn et la posant sur une pierre, comme une veilleuse dans sa soucoupe, elle se tourna d'un pas résolu en direction des bateaux.

Mais, cernant cette créature passionnée, ils lui bloquèrent tous le passage pour l'arrêter dans son entreprise. Elle se débattit dans cette foule comme un nageur dans les vagues, et la retenant par son manteau ils la supplièrent d'être raisonnable. « La marée est trop forte. » « C'est dangereux, c'est vrai. » « Birdie, tu ne peux pas faire ça. » « Je l'interdis catégoriquement. » « Du calme, ma jolie, laissez-moi au moins vous accompagner. » C'était Oliver, mais elle le repoussa ; elle ne voulait même plus de ses amis.

« Laissez-moi tranquille, il faut que j'aille jusqu'au bout… »

« *Prenez garde. Elle s'enrage à la folie**. »

Même l'usage du français lui était désormais indifférent. « Vous pouvez persifler tant que vous voulez ! », lança-t-elle en se libérant soudain de leur étreinte. Elle se dressait, invincible, sur la marche du haut, prête à se rendre aux bateaux et à gagner le large, quand, de manière étrange et romantique, un peu comme si la mer rejetait ses morts, Walter, entièrement nu à l'exception d'un suspensoir et d'un filet à cheveux, son corps bronzé tout luisant d'eau de mer, de phosphore et de la lumière de la lanterne, gravit les marches en titubant d'épuisement et s'écroula dans ses bras. Avec une sérénité venue du ciel, Birdie se tourna vers Angel : « Madame, demanda-t-elle, connaissez-vous le mot français pour amour ? »

Walter, grelottant, bredouillait ses explications : « Brouillard marin, et puis la nuit qui tombe, des chauves-souris plein les cheveux, je n'exagère pas, ma chère, et l'église bourrée de rats… oh, plutôt prendre le risque de me noyer ! Finn, tu as trahi notre amitié. Birdie, protégez-moi, gardez-moi à l'abri. »

Atterré, Finn demanda : « Tu es revenu de l'île de l'église à la nage ?

– Il a franchi un bras de mer pour venir retrouver sa Birdie ! » Birdie retira son duffle-coat et l'emmaillota dedans, comme une nounou enveloppe sa couvée de précautions attentives. « Tiens, mon trésor, là, mon enfant, réchauffe-toi. »

Montant l'escalier humide dans le crépuscule, Chris et Slaney surgirent main dans la main, lointains et inaccessibles. « Nous avons récupéré Walter dans la baie, expliquèrent-ils.

– Déjà de retour ? » Angel s'en prenait à eux, ignorant pour une fois quelle conduite adopter.

« Il a bien fallu, répondit Slaney, Walter a failli se noyer.

– Seulement failli, dit Angel en se tournant brusquement vers Finn. Et qui lui a laissé cette boîte d'allumettes ?

– Oh, mille pardons, mille excuses, mais qu'est-ce qu'une boîte d'allumettes à côté des étoiles ? » Finn n'était pas encore remis de ces rebondissements en chaîne, aussi bien naturels que surnaturels.

« Voilà la marée qui change, annonça Chris. Viens, Slaney. Nous devons filer pour attraper l'express de minuit… à Dublin ce soir… et demain, Londres.

– Au revoir, maman, dit Slaney avec une douceur polie.

– Tu ne vas pas aimer ça… c'est impossible. » Mise au supplice par leur abandon, Angel recula contre le mur de la digue, saisie d'une immense et effroyable tristesse ; au risque de se perdre à nouveau, Slaney fit un pas vers elle pour la consoler. Ce fut Oliver, et non Chris, qui se glissa entre les deux femmes, telle une épée. « Nous partons. Il faut que nous vous quittions, Angel, tous tant que nous sommes… c'est maintenant ou jamais. Allons, Birdie, Walter, Sally mon amour, montez dans le bateau. Julian… Julian…

– Un tout petit instant, répliqua Julian, s'acharnant sur un écrou. Il faut que je libère ce joint de culasse… »

Ses yeux enfiévrés encore agrandis par l'amour, Tiddley suggéra : « Tu n'as qu'à l'emporter pour la lune de miel.

– Les vêtements… plaisanta Sally tandis qu'elle rassemblait dans ses mains ses jupons lilas et s'apprêtait à courir vers le bateau. Le maquillage… » Elle hoquetait de rire, ils étaient tous cinglés… cette aventure était aussi indispensable qu'elle était cocasse. Oliver avait raison. C'était le moment crucial de leur existence à tous : cette minute où le changement s'avère inéluctable, juste avant que l'étoile ne s'éteigne ou que la vague ne tourne.

Mais, plantée devant l'escalier, Angel leur barrait le chemin du bateau. « Attendez… attendez demain. Vous ne pouvez pas partir comme ça, c'est de la folie… j'ai tellement besoin de vous… pensez à moi. »

Finn, qui se tenait non loin du piano de Tiddley, leur offrit alors une superbe diversion : il extirpa soudain de l'instrument la bouteille de champagne ainsi que les verres qui allaient avec. « Madame, annonça-t-il en serrant la bouteille, voilà de quoi les retenir ! »

Du champagne… c'était l'arme pétillante idéale qui lui permettrait de gagner encore une minute en cette toute dernière minute. « Oh, ouvre-la, Finn, fais vite, nous allons la boire à cet avenir radieux que nous allons connaître ensemble. »

Hypnotisés par la bouteille, ils ne bougèrent pas pendant qu'Angel plaçait des verres dans leurs mains et qu'elle les remplissait, riant et pleurant à la fois : « Souvenez-vous, souvenez-vous, ne partez pas.

– Il le faut. » Oliver lui enlaça tendrement les épaules, comme un mort bien-aimé à qui l'on doit confisquer son souffle de vie. « Si nous partons, c'est seulement parce qu'il le faut. » Il effleura son verre du bout de ses lèvres, puis il le lui donna. « Mais d'abord… nous vous saluons, Angel. Vous nous avez ramassés, et vous nous avez laissés retomber, vous nous avez aimés et vous nous avez fait tourner en bourrique, vous avez été notre péril et notre forteresse, notre réconfort du goûter et notre désarroi le plus féroce. Mais, ma chérie, promettez de ne pas changer. Restez exactement comme vous êtes. Soyez là, prête à accomplir votre destin et votre avenir rêvé. Les enfants, avant que nous partions, buvons à la santé d'Angel, la grand-mère magique ! »

C'était théâtral et dégoulinant de sentimentalité : c'était exactement ce qu'il fallait. C'était l'avenir commun qu'on plaçait ainsi entre ses mains à elle, un avenir peuplé de pâquerettes, de rubans et de couffins, son avenir personnel, la confirmation de son rôle primordial et son assurance contre le vieillissement… Comprenant cela pour la première fois, Angel se mit à pleurer à la pensée de ce fabuleux dérivatif à la solitude, ce rayon fantastique qui venait illuminer ses ténèbres.

« Oh, Oliver, dit-elle en l'embrassant avec une réelle affection, quelle pensée merveilleuse… des petits-enfants… de vrais bébés à nouveau. Oh, comme j'ai été lente de ne pas l'avoir compris avant !

– Oui, ma chérie, s'écria Slaney en se pendant à son cou. Tu seras la marraine de mon aîné. Et maintenant, au revoir, au revoir, et à bientôt.

– Au revoir… tu seras aussi la marraine du mien… tu as été absolument parfaite jusqu'à mes douze ans, dit Julian en l'embrassant.

– C'est à deux ans que je vous préférais… j'aurai l'impression de vous revoir à cet âge ! *Au revoir* *, mon Julian.

– Nous formons un couple épatant, vous ne trouvez pas ? » dit Sally en attrapant Oliver par le bras. Angel se contenta d'un sourire étincelant : « Ah, non, pas question que je réplique… une riposte pourrait me coûter un filleul !

– Sois sage, Sally, dit Oliver en s'interposant. Ne réplique pas non plus, quoi que tu aies en tête. Allez ouste, le temps presse.

– Oui, oui… » Angel était magnifique. « Qu'est-ce que vous attendez tous ? Vous allez rater le train. Allez ouste, on se dépêche ! Oh, merveilleux, merveilleux, des petits-enfants. J'en voudrais des douzaines et des douzaines, des tendres, des bouclés, des mignons, des quelconques. Au revoir, petite Tiddley… Birdie, Walter, faites de votre mieux… Julian, arrête d'aspirer et de souffler dans ce tuyau, tu vas arriver trop tard. *Allons ! Dépêche-toi ! Au revoir ! À bientôt* * *!* »

Elle leur fit descendre l'escalier, les accompagnant de son rire, de ses larmes, de ses paroles d'adieu. Elle leur paraissait plus belle, plus enthousiaste et plus affable qu'ils l'avaient jamais connue, tandis qu'elle se tenait là sur le quai, les filets de pêche et les pierres du mur profilant derrière elle leurs ombres fantomatiques, la mer et le ciel nocturne pour uniques compagnons. Il ne lui restait plus que Finn. Et alors que les rames emportaient vers le large cette embarcation si lourdement chargée, les enfants aperçurent ces deux esseulés qui entrechoquaient leurs verres, portant toast sur toast et continuant à rire. Bizarrement, leur fuite ne leur procurait pas un si grand soulagement : ils éprouvaient l'étrange sensation de se trouver, peut-être, en fin de compte, exclus de certaines réjouissances… il faudrait bientôt qu'ils reviennent vers elle.

CET OUVRAGE
A ÉTÉ REPRODUIT
ET ACHEVÉ D'IMPRIMER
SUR ROTO-PAGE
PAR L'IMPRIMERIE FLOCH
À MAYENNE EN JUILLET 2000
POUR LE COMPTE DE QUAI VOLTAIRE
7, RUE CORNEILLE, 75006 PARIS

ISBN : 2-912517-14-1.
Dépôt légal : juillet 2000.
N° d'édition : ★ 061. N° d'impression : 49194.

Imprimé en France.
(R1)